주무르면
다고침!

주무르면 다 고침! 6

강준현 현대 판타지 소설

초판 1쇄 찍은 날 § 2019년 4월 11일
초판 1쇄 펴낸 날 § 2019년 4월 18일

지은이 § 강준현
펴낸이 § 서경석

총괄팀장 § 최하나
편집책임 § 김대용
편집 § 김설아
디자인 § 고성희

펴낸곳 § 도서출판 청어람
등록번호 § 제387-1999-000006호
등록일자 § 1999. 5. 31
어람번호 § 제1-3015호

주소 § 경기도 부천시 부일로 483번길 40 서경B/D 3F (우) 14640
전화 § 032-656-4452 팩스 § 032-656-4453
http://www.chungeoram.com
E-mail § chungeorambook@daum.net

ISBN 979-11-04-91972-5 04810
ISBN 979-11-04-91881-0 (세트)

MODERN FANTASTIC STORY
강준현 현대 판타지 소설
6
주무르면 다 고침!
도서출판 청어람

주무르면
다고침!

목차

37. 굿노래 · 007

38. 이상윤 · 059

39. 일이 쫓아다녀 · 083

40. Vital sign을 지켜라 · 121

41. 충남으로 · 171

42. 응급실엔 환자가 아닌 개도 온다 · 197

43. 새로운 능력과 실마리 · 223

44. 살고 싶은 자, 죽음을 바라는 자 · 249

45. 치료보다 더 어려워 · 287

37. 콧노래

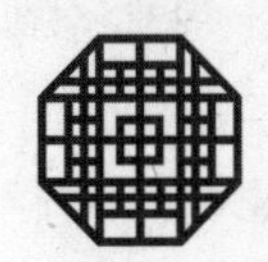

"TV를 보는데 네 얼굴이 나오더라. 반갑기도 하고 예전 일도 생각나서 와봤는데 반갑지 않은 얼굴이다?"

반갑지 않느냐고? 농담이라도 듣고 싶지 않은 말이다. 만일 당시 장갑의 능력이 있었으면 평생 하반신 마비로 살게 했을 것이다.

"…우리가 반가워할 사이인가요?"

조해수는 두삼의 말에 피식 웃었다.

"하긴 그렇긴 하지. 나도 너만 보면 어머니가 생각나서 마음이 아프거든."

"효자네요."

"내가 좀 그래. 하하하!"

비꼬는 투로 말했는데 곧이곧대로 듣는 뻔뻔함.

그는 그의 어머니가 죽고 나서야 찾아온 사람이었다. 그전엔 명절 때도 평소에도 섬을 찾은 적이 없었다.

'상대해 봐야 내 기분만 더러워지는 인간.'

솔직히 확고하게 정리한 현재, 섬에서 있었던 과거는 더 이상 자신을 괴롭히지 못했다.

처음에 놀랐던 건 파블로프의 개처럼 과거의 경험으로 인한 일시적인 조건 반사였을 뿐이다.

더 이상 신경 쓰고 싶지 않았다. 그래서 대화를 멈추고 가려 했다.

"아저씨랑 더 할 얘기 없네요. 이만 가볼게요."

"잠깐! 난 할 얘기가 있는데 어쩌지?"

"무슨 얘긴지 모르지만 웬만하면 하지 마세요. 지금 헤어지면 잊고 넘어가겠지만, 얘기를 시작하면 분명 후회하실 겁니다."

"와아~ 세월이 좋긴 좋구나. 내가 말을 하면 아무 말도 못 하던 꼬맹이가 TV에 나온다고 '후회'라는 단어를 쓰기도 하고 말이야. 근데 병원에서는 알고 있냐? 네가 살인자라는 거?"

"알죠. 제가 섬에서 죽을 환자를 살려서 헬기에 태워 보냈다는 건 말이죠. 왜? 병원에 말하고 싶으세요? 이제 보니 저기 원장님 비서실장님이 계시네요. 저분한테 소문 좀 내달라고 부탁할까요?"

지나가다가 우연히 들른 건지, 아님 낯선 사람이 있음을 CCTV로 확인을 하고 달려온 건지 비서실장이 두 명의 경비원과 이쪽을 바라보고 있었다.

그는 경비원을 보자 한발 물러났다.

"워워~ 싸우자고 온 거 아냐. 그저 과거의 약속을 깬 사람에게 이유를 물어보기 위해 온 것뿐이야."

"약속을 깼다? 뭔 약속이요?"

"잊지 않았겠지? 나에게 했던 말. 두 번 다시 침을 잡지 않겠다는 약속 말이야."

"그런 약속이 있었어요? 제가 기억하는 거랑 다르네요? 아저씨가 섬에서 머물 수밖에 없는 저와 우리 부모님을 협박해서 돈을 뜯어냈고, 그 대가로 두 번 다시 나타나지 않겠다는 각서를 썼다는 얘긴 들었네요."

"…오호라~ 시치미를 떼겠다는 건가?"

"됐습니다. 과거의 일로 말다툼하고픈 생각 없으니까. 용건을 말하세요. 지금 기다리고 있는 환자들이 많아서요. 알다시피 TV에 출연해서 그런지 바쁘네요."

그는 두삼의 입에서 이 말이 나오길 기다린 건지 씨익 웃으며 다가와서 속삭이듯 말했다.

"요즘 내가 사정이 좀 그래서 말이야. 작은 가게라도 했으면 하거든. 막 인기가 치솟고 있는 지금 네가 잘못된 침술로 사람을 죽였다는 소문이라도 나봐, 어떻게 되겠어? 서로서로 좋게 해결하자는 거지."

결국 찾아온 이유는 돈 때문인가?

두삼은 잠깐 고민하는 척하며 물었다.

"…돈을 달라는 겁니까? 얼마나요?"

"흐흐흐! 나야 많을수록 좋지. 하지만 각자 사정이라는 게 있잖아. 듣자 하니 네 사정이 요즘 좋다며? 그러니 지난번 줬던 것만큼만 줘."

"3억요?"

"크크! 아닐걸. 그건 자네 부모님한테 물어봐. 자! 이건 내 전화번호. 한 일주일 정도 서울에 머물 테니까 연락해. 나 기다리는 거 싫어하고 입 가벼운 거 알지? 늦으면… 알아서 생각하고. 하하하!"

그는 두삼의 어깨를 툭툭 치곤 웃으며 가버렸다.

두삼은 그의 뒷모습을 보는 대신 그가 남긴 전화번호를 뚫어지게 쳐다봤다.

그때 비서실장이 다가왔다.

"한 선생, 괜찮아요?"

"아! 실장님. 별거 아닙니다. 과거 악연이 있던 사람인데 얘기를 조금 했습니다."

"혹, 도와줄 거라도?"

"아닙니… 아! 얼핏 원장님께 듣기론 병원 직원이면 변호사의 도움을 받을 수 있다고 들은 것 같은데?"

"사실이에요. 상담 및 병원 관련된 일은 무료로 변론까지 가능해요. 개인적인 것이면 케이스 별로 약간의 비용은 들어갈 겁니다. 필요하면 불러줄까요?"

"그래주시면 좋겠네요. 아! 이왕이면 실력 좋은 분으로 부탁드리겠습니다."

"그러죠."

분명 그냥 넘어가자고 말했는데, 듣지 않은 건 조해수였다.

'한 번 당했다고 누굴 호구로 알고 있어. 상대하기로 한 이상 두 번 다시 내 얼굴을 보기 싫을 정도로 철저하게 상대해 줄게.'

진료실로 돌아온 두삼은 기다리는 손님에게 양해를 구한 후 어머니께 전화를 드렸다.

—응, 아들. 이 시간에 웬일이야?

"잘 지내시죠?"

—우리야 항상 그렇지. 근데 TV에 나오면 나온다고 하지 그랬냐. 네 아빠가 어제 다른 곳에서 듣고 와서 말하는데 깜짝 놀랐어.

"별것도 아닌데요. 아버지도 잘 계시죠?"

—네 아버지 요즘 바쁘다. 유형식품인지 유령식품인지 거기 납품 담당자가 됐거든.

"예? 또 사업하시는 건 아니죠?"

—돈도 없는 양반이 무슨. 이 동네 사람들이 복분자도 납품하는 곳이라더라.

엄마의 설명이 귀에 들어오지 않았다.

얼른 인터넷에 유형식품이라고 친 후 검색을 해봤다. 그러다 유형식품이 납품하는 기업의 이름을 보고 안도의 한숨을 쉬었다.

'고려F&D. 고정운 회장의 또 다른 선물인 건가?'

한편으론 고마우면서도 또 한편으론 왜 쓸데없는 짓을 해서 가슴 철렁하게 만드는 건지 모르겠다.

"…믿을 만한 회사네요."

—그렇다고 하더구나. 회사에서 차까지 내줘서 요즘 신이 나서 다니고 있다.

"술 먹고 운전하시는 건 아니죠?"

—같이 다니는 청년이 있어서 괜찮을 거다.

안부를 적당히 물은 두삼은 본론을 꺼냈다.

"엄마, 예전에 저 문제 생겼을 때 합의금 줬었잖아요. 그때 각서 받았다고 했는데 혹시 아직 있어요?"

—…그건 왜? …혹시 문제 생겼니?

"아뇨. 제가 잘못한 것도 아닌데 문제가 생길 게 어디 있어요."

—그럼? 똑바로 얘기해.

제대로 말하지 않으면 각서를 내주지 않을 것 같았기에 조해수가 찾아왔다는 얘길 했다. 한데 돈 달라고 했다는 얘긴 안 했는데, 어머닌 단번에 찾아온 이유를 맞혔다.

—그 빌어먹을 자식이 왜? 또 돈을 달라디?

"엄만 신경 쓰지 마세요. 변호사를 사서 본때를 보여줄 테니까요."

—알았다. 잘 보관해 놨으니 보내줄게.

"지금 차 보낼 테니까 차편으로 주세요. 참! 운전사가 낯을 가리니 차 트렁크에 넣어주시면 돼요."

하란은 자신의 차에 이어 두삼의 차도 자동 운행이 가능하도록 만들어줬다. 그에 운전을 잘하는 루시를 보낼 생각이다.

50대 초중반으로 보이는 변호사는 두삼이 마지막 환자를 보고 난 후에 들어왔다.

"안녕하세요, 무척 바쁘네요. 한강대학병원 담당 로펌의 홍인규입니다. 일이 있다고요?"

"예, 변호사님."

"먼저 얘기를 들어볼까요?"

두삼은 섬에서 있었던 일과 해결 과정을 일일이 얘기해 주었다. 그리고 마지막으로 오늘 조해수와 만났을 때 녹음해 뒀던 내용까지 들려줬다.

그는 녹음까지 꼼꼼히 듣고 난 후 말했다.

"돈을 주지 않아도 될 일이었는데 줬군요?"

"당시 변호사를 알아볼 만큼 저희 가족은 제정신이 아니었습니다. 꽉 막힌 섬, 조해수의 말에 적으로 돌아선 주민들, 매일처럼 계속된 조해수 형제자매의 협박, 전 버티려 했지만 부모님은 버티지 못하셨죠."

"음, 그럴 수도 있겠군요. 어떻게 하길 원하죠?"

"어떻게 할 수 있습니까. 전 가능한 모든 것을 하고 싶습니다."

"각서가 있고, 오늘 돈을 요구한 녹음본이 있으니 돈을 돌려받는 건 쉽습니다. 하지만 협박을 통한 갈취를 주장하기엔 무리가 있습니다. 섬 사람을 증인으로 내세우는 방법을 쓸 수 있겠지만 한두삼 씨 얘기를 들어보니 해줄 것 같지 않고요."

"그들이 매일처럼 와서 협박한 내용이 녹음이 되어 있다면요?"

"오! 그때도 녹음을 한 겁니까?"

"그렇습니다. CCTV도 있죠. 화질은 좋지 않지만."

섬에서 약간 정신 상태가 안 좋았다고 해도 매일처럼 와서 지랄거리는 그들에 대한 분노가 없었을까?

있었다. 마음 한구석의 악마는 그들을 죽이라고 말할 정도였다.

그러지 못한 건 이성의 힘이 더 컸기 때문이다. 복수도 당연히 꿈꿨다.

그래서 증거들을 모았다. 부모님이 돈을 쥐여 주자 하루아침에 섬에서 사라졌기에 그냥 흐지부지된 것이지, 증거물은 없어지지 않았다.

녹음과 CCTV 영상 모으는 것이 어쩌면 직캠 마니아가 된 시작이었는지도 모른다.

그건 오버인가?

아무튼 엿 먹일 건 고이 집에 있었다.

"확인을 해봐야 정확히 말할 수 있겠지만, 그렇다면 협박을 통한 갈취로 형사 고발이 가능하고 민사상 손해배상, 그리고 지불한 금액에 대한 이자까지 받을 수 있겠군요."

"변호사 비용은 얼마나 들까요?"

"병원 일이 아니고, 금액은 3억이라고 했나요? 아! 아직 정확히 모르겠군요. 대충 예상하면 2, 3천만 원 정도 들어갈 겁니다."

"많지 않네요?"

"한강대학병원에서 지원을 하니까요. 보통의 경우 성공 보수금에 따라 요구를 하니 비싸게 느껴지는 거죠."

"그렇군요. 전 제가 느꼈던 바를 그들 역시 확실히 느꼈으면 합니다. 그래서 부모님이 준 금액을 제외하곤 성공 보수금으로 드리고 싶은데요. 가능할까요?"

"손해배상 금액과 이자를 얼마를 받던 모두 성공 보수금으로 주겠다는 말입니까?"

"예. 얼마 되지 않으면 돈을 더 드리죠."

"하하하! 아닙니다. 그러지 않아도 확실하게 해드릴 겁니다. 한강대학병원은 우리 로펌에서도 큰 클라이언트거든요. 하지만! 때에 따라 얼마가 될지도 모르는 성공 보수금이 걸리니 솔깃해집니다. 없던 힘까지 짜내야겠군요."

"그럼 짜내주세요, 변호사님."

어차피 잃었다고 생각한 돈이다. 진행 상황에 따라 모두 포기

한다 하더라도 끝까지 가볼 생각이다.

'그나저나 뒤에 누군가가 있는 것 같아.'

TV에 나왔다고 찾아온 사람이 자신이 잘살고 있다는 건 어떻게 알았을까.

떠보는 것일 수도 있지만 아무래도 이상했다.

* * *

3억으로 알고 있었는데 부모님은 조해수에게 자그마치 6억이라는 돈을 건넸음을 각서를 보고 알게 됐다.

6억이나 건넨 부모님의 행동에 순간 어이가 없었지만 자신을 위해 한 일이고 오래전에 한 일이라 생각하니 이해가 됐다.

게다가 이젠 돌려받을 거 아닌가.

일과를 마치고, 뇌전증 환자를 치료하고, 마지막으로 이상윤의 기 마사지를 마치고 나니 9시가 넘었다.

빵빵!

터덜거리며 지하 주차장으로 내려가 차를 타려는데 맞은편 차가 헤드라이트를 깜박이며 빵빵거렸다.

뭔가 싶어서 쳐다보니 낯익은 얼굴이 차에서 내렸다.

"주해인? 네가 웬일이야?"

"저녁이나 사달라고 할까 해서 기다렸는데 왜 이렇게 늦게 나와?"

"일이 많아서. 전화를 하지 그랬어?"

"그럼 일찍 나올 순 있었고?"

"…아니. 그래 봐야 이 시간이었네."

"흡! 밥 사줄 거야? 말 거야?"

치마의 구김을 보니 오랫동안 앉아 있었던 것 같다.

"사줄게."

"이왕이면 맛있는 걸로. 조용한 곳이면 더 좋고."

"괜찮은 곳이 있어. 따라와."

각자의 차에 올라 향한 곳은 이경도의 음식점이었다.

나흘 만에 나은 그는 이방익과 두삼에게 언제 오더라도 자리를 마련해 주겠다는 약속을 했었다.

그 이후 두 번째 방문.

전과는 달리 작지만 야경이 아주 예쁜 방으로 안내를 받았다.

"나 여기 알아. 예전에 한 번 왔었어. 야경 예쁘다."

"마음에 든다니 다행이네."

"그나저나 뭘 먹는다?"

"새로 생긴 S코스 먹어봐. 맛있더라."

"헐~ 가격이 만만지 않은데?"

"오래 기다렸는데 이 정도는 사줘야지."

"사양하지 않을게. 근데 단골인가 봐? 여기 식사하려면 족히 몇 달은 걸린다고 들었는데."

"병원 선생님이랑, 애인이랑, 두 번밖에 못 와봤어. 그냥 요리사랑 좀 알아."

"…애인 있었어? 전엔 그런 말 없었잖아?"

"지난달부터 사귀기 시작했거든."

"…예뻐?"

"당연한 걸 왜 물어? 더 먹고 싶은 건 없어?"

"와인 먹고 싶어."

들어온 직원에게 S코스 두 개와 와인을 주문했다.

미각을 되찾은 이경도가 새로운 요리들로 구성한 S코스는 다시 먹는데도 맛이 끝내줬다.

한데 정작 저녁을 사달라던 주해인은 음식보단 와인에 더 집중하고 있었다.

"천천히 마셔. 취하겠다."

"취하려고 마시는 거야."

"…안 좋은 일 있었어?"

"…그렇게 보여?"

고개를 끄덕이자 그녀는 피식 웃었다. 그러고는 와인 잔을 빙글빙글 돌리며 뚫어지게 보다가 말했다.

"혹시 남자도 육감이라는 게 있나?"

"뜬금없이 웬 육감?"

"그런 거 있잖아. 이성 친구의 마음이 변했는지 변하지 않았는지, 헤어지자고 말할 것인지 아닌지 느껴지는 거 있잖아."

"빤히 어제랑 오늘이 다른데 남자라고 왜 모르겠어. 그저 둔한 사람이 있을 뿐이지 그건 남녀완 상관없다고 생각해."

"…그래? 그럼 너도 알았겠네?"

임동환이 민청하에게 정성을 쏟고 있는 걸 안 모양이다. 지하 주차장에서 기다리고 있었던 건 자신에게 밥을 사달라기 위함이 아니라 다른 목적이 있었음이 틀림없다.

"뭘 알았다는 건지 도통 모르겠다. 무겁다. 다른 얘기나 하자.

경해대병원은 요즘 어때?"

시치미를 떼고 화제를 전환하려 했지만 실패다.

"후후! 여전히 착하구나. 요즘 동환 선배가 조금 이상했어. 바빠서 그렇다고 말했는데, 바빠서라기보단 관심이 다른 곳에 가 있는 느낌이랄까. 오늘도 약속이 있었는데 갑자기 병원 일로 늦게까지 일해야 한다며 다음에 만나자고 연락이 오더라. 그래서 아는 사람의 차를 빌려서 주차장에서 기다리고 있었어."

"……."

"솔직히 틀리길 바랐어. 밤새 기다려도 좋으니 선배가 진짜 일하기를 바랐어. 한데 웬 여자랑 나오더라."

주해인은 독백처럼 중얼거렸다.

"당장 나가서 누구냐고 묻고 싶었는데… 온몸이 떨리면서 꼼짝을 못 하겠더라. 두 사람이 가는 걸 지켜볼 수밖에 없었어. 화도 나고, 슬프기도 하고, 차에 멍하니 앉아 있다 보니 비참해지더라."

꿀꺽꿀꺽!

비참함이 다시 떠올랐을까, 그녀는 가득 따른 와인을 단숨에 마셔 버렸다.

'이거 말해야 하나 말아야 하나?'

주해인이 본 여자는 민청하가 분명할 것이다.

임동환은 어떤지 모르겠지만 민청하의 경우 깊게 생각하지 않는 게 눈에 보였다.

남녀 문제는 끼어봐야 손해다. 아예 삼자라면 모를까, 자신 역시 한발 걸치고 있는 셈이니 더욱 그렇다.

말을 해야 하나 말아야 하나 고민하다가 결정을 내리고 입을 열었다.

"네가 본 사람이 키 크고 예쁘장한 아가씨라면 네가 생각하는 그런 사이 아냐. 흉부외과랑 한방센터랑 함께 작업할 일이 있어서 다니는 거야."

"…알고 있었어?"

"소문이 돌아서 알아본 거야. 여자랑은 아는 사이기도 하고."

"뭐 하는 여자야?"

"올해 흉부외과 전문의가 됐어."

민규식 원장의 딸이라는 말은 삼켰다. 왠지 그 말까지 하면 안 될 것 같았다. 대신 조금 진정되지 않을까 싶어 자신이 보고 느낀 걸 말했다.

"내가 볼 땐 민청하는 동료 그 이상으로 보지 않는 것 같았어. 그러니……."

"뭐야, 바보같이 일방적으로 좋아하고 있는 거야? …하아~ 정말 기가 막힌다."

그게 그렇게 해석되는 거냐?

이젠 모르겠다. 말은 말고 그냥 얘기나 들어주며 술이나 따라줘야 할 모양이다.

주해인은 한동안 입을 다물고 술만 마셨고 두삼 역시 식사를 하며 술잔이 비면 술만 따라줬다.

두 번째 와인이 절반쯤 비고 코스가 4개 남았을 즈음 조금 진정이 되었는지 입을 열었다.

"내가 헤어지자고 통보했을 때 마음 많이 상했지? 미안해. 당시 여러 가지 문제가 많았거든. 그래서 내 자신을 정리할 시간이 필요했어."

말하고 싶은 않은 주제였다. 미련이 남아서가 아니라 떠올리고 싶지 않아서였다.

게다가 이별을 고하던 당시엔 아무 말도 하지 않다가 이제야 하는 말은 변명으로밖에 들리지 않았다.

"슬펐던 적은 있었어. 하지만 잘 정리했고 너에 대한 원망 같은 거 없어. 그러니 이렇게 앉아서 함께 식사를 하고 술을 마시는 거 아니겠어. 그 얘긴 하지 말자."

"…고마워. 이해해 줘서. 오늘 함께해 줘서."

"말재주가 없어서 위로도 못 해줬는데, 무슨."

"그냥 함께 있는 것만으로도 충분해."

눈빛이 얽히자 살짝 어색한 분위기가 흘렀다.

얼른 분위기를 바꾸려고 하는데 도와주는 이가 있었다.

노크 소리와 함께 이경도가 마지막 디저트를 들고 안으로 들어왔다.

"안녕하세요, 메인 셰프 이경도입니다. 식사는 맛있게 드셨… 어? 지난번보다 더 신경을… 흠! 예전보다 더 신경을 썼으니 맛있게 드세요."

접시를 놓다가 주해인을 보고 살짝 놀란다. 그러고는 두삼을 보곤 어깨를 툭 쳤다.

'재주가 좋네?'라는 표정이다.

두삼은 괜한 오해를 할까 봐 아예 말을 했다.

"지난번엔 애인, 오늘은 친구예요."

"아! 그런 거야? 아쉽네."

"뭐가 아쉬워요?"

"네가 양다리면 전에 그 여자분에게 말해주려고 했거든. 그래야 나한테 기회가 올 거 아냐."

"그때 필요 이상으로 친절하더니… 다시 원래대로 만들어 드릴까요?"

"하. 하. 그건 사양할게. 근데 여기 룸 어때?"

"조금 작은 걸 빼곤 괜찮네요."

"이 선생님이랑 널 위해 내 사무실을 줄이고 만든 방이야. 그러니까 언제든지 와."

"감사하긴 한데… 자주 오기엔 가격도 가격이지만 식사 시간이 너무 길어요."

"다음부턴 먹고 싶은 걸 말해. 내 기꺼이 요리를 만들어줄 테니까. 두 사람 시간을 너무 방해했네요. 그럼 즐거운 식사해요."

분위기를 환기시켜 준 이경도가 나간 후 마지막 디저트를 먹었다. 그리고 남아 있는 와인마저 깔끔하게 비우고 일어났다.

계산을 마치고 엘리베이터 앞에 섰다.

"괜찮아?"

"혼자 먹어도 원래 괜찮았는데, 오늘은 기분 나쁜 상태에서 술을 마셔서 그런지 조금 취하네."

"내가 콜 불러 줄 테니까 얼른 들어가서 쉬어."

계산을 할 때 들고 온 대리 기사 번호로 전화를 하려는데 주해인이 팔목을 잡았다.

그리고 잠깐 머뭇거리다가 말했다.

"지금 들어가면 잠 못 잘 것 같아. 아무 곳이나 앉아서 잠깐 쉬었으면 좋겠다. …네 생각은 어때?"

"……!"

두삼은 순간 놀란 눈으로 주해인을 바라봤다.

그녀는 눈을 피하며 엘리베이터 층 신호에 시선을 두고 있었다.

방금 한 말은 주해인과 사귈 때 두삼이, 혹은 그녀가 집에 곧장 가기 싫을 때 했던 신호였다.

실망 어린 눈빛이 두삼의 얼굴에 순간 스쳤다. 그러나 곧 지우고 웃는 얼굴로 말했다.

"미안. 커피라도 한잔하면서 술 깨는 거 보고 가고 싶은데, 애인이 운전해 주러 오기로 했거든."

"…그, 그래?"

"차는 다음에 하기로 하자. 엘리베이터 왔네. 타자."

주차장으로 내려와 대리 기사를 불렀다. 일부러 학창 시절 MT에 가서 논 얘기를 하고 있는데 대리 기사가 왔다.

"들어가. 다음에 보자."

"…응, 너도. 오늘 고마워."

"별말을 다 한다, 친구잖아. 아저씨, 잘 부탁드려요."

대리 기사에게 오만 원을 건넨 후 문을 닫았고 차는 빠르게 멀어졌다. 차가 완전히 사라지자 두삼은 표정을 살짝 굳히며 중얼거렸다.

"좋았던 기억마저 더럽히진 말자, 해인아."

마지막에 했던 친구라는 말에 담긴 의미를 알아차렸기를 바랐다.

기분을 털어내고 대리 기사를 부르려고 할 때였다. 차 문이 벌컥 열리며 하란이 나왔다.

"대리 기사 부를 생각이면 안 불러도 돼."

"헐! 언제 온 거야?"

"20분 전쯤. 옛 애인과 저녁을 먹는다니 도저히 집에 있을 수가 있어야지."

"…아까 전화했을 땐 괜찮다며?"

식당으로 오면서 연락을 했는데 그땐 쿨하게 괜찮다고 말했었다.

"괜찮을 줄 알았는데 아니더라고."

"그래? 그럼 걱정시키는 일은 가급적 하지 말아야겠네. 조심할게. 근데 네가 질투를 했다고 생각하니 왜 기분이 좋은 거지? 하하하!"

"질투는 아니거든! …그냥 대리운전 해주러 온 거야. 놀리면 그냥 간다."

"하하하! 놀리긴, 대리 기사님, 집까지 잘 부탁드려요."

"내가 대리 기사 하면 얼마나 비싼지 알지?"

"당연하지. 근데 돈으로 갚긴 힘들 것 같으니 온몸으로 갚을게."

"…피이! 누구 좋으라고. 그만 타기나 하셔."

두삼과 하란은 알콩달콩하면서 차에 올랐다.

* * *

"핫핫핫! 걱정 말고 기다려. 적어도 몇 억쯤은 뜯어낼 테니까.

당신은 가게 자리나 알아봐."

룸살롱에 앉아 술을 홀짝이며 조해수는 호언장담을 하며 즐거워하고 있다.

전화를 끊은 그는 옆에 앉아 있는 아가씨의 허벅지에 손을 올리며 말했다.

"여편네 때문에 분위기를 깼네. 그래? 올해 몇이라고? 참 곱네."

"스물하나예요. 근데 돈 생길 곳이 있나 봐요?"

"두고두고 우려먹을 수 있는 놈이 있거든. 이틀 후면 목돈이 들어올 거야. 하하하! 내가 돈 받으면 우리 연애 한번 할까?"

"피이~ 연애하면 돈은 언제 벌어요."

"흐흐흐! 돈이야 내가 넉넉하게 주면 되지. 그나저나 이 이거 진짜 거 같은데."

"사장님도 참, 아잉~ 술이나 드세요."

여자는 살짝 앙탈을 부리며 그의 손을 살며시 밀어냈다. 한데 그 모습에 조해수는 더욱 흥분이 되는 걸 느꼈다.

"앙탈은. 내가 돈 받으면 너한테도 팍팍 쏜다."

"보이지 않는 목돈보다 눈앞에 보이는 적지만 확실한 돈이 전 더 좋거든요."

"그것참, 말도 잘하네. 자자! 됐냐?"

오만 원을 그녀에게 건네준 후 그의 손은 바빠졌다.

넓지 않은 룸 분위기가 끈적끈적하게 바뀌려는데 테이블 위에 올려둔 전화기가 부르르 떨었다.

그의 와이프였다.

"하아~ 이 여편네, 분위기 존나 깨게 만드네. 신경 쓰지 마. 안 받으면 끊을 거야. 우리 하던 거나 마저 하자고."

그러나 그의 예상과 달리 전화는 계속 울렸다. 결국 짜증이 난 그는 아가씨를 조용히 만든 후 통화 버튼을 눌렀다.

"왜! 왜! 또 무슨 일인데! 내가 어련히 하고 내려갈 텐데 왜 이렇게 보채는 건데, 응!"

—…다른 건 아니고 경찰이 와서 당신을 찾아서.

"…경찰이 왜 날 찾아?"

—공갈 협박, 금품 갈취라고 하던데 나도 잘 모르겠어. 아무래도 이상해 여보. 그냥 내려오는 게…

"뭔 헛소리야! 이게 얼마짜린데 포기를 하고 가. 내가 알아보고 연락 줄 테니까 당신은 일단 모른다고 해."

전화를 끊은 그는 머리를 굴렸다. 그리고 곧 한 가지 결론에 이르렀다.

"이 빌어먹을 새끼가 신고한 게 분명해. 이렇게 나왔다 이거지. 누가 손해인지 두고 보자."

그는 술을 한 잔 비우고 자리에서 일어났다. 그리고 막 문을 열려는 순간 문이 열리고 두 명의 형사가 들어왔다.

"조해수 씨?"

"내가 조해순데 왜?"

"당신을 한두삼 씨와 그 가족에 대한 협박 및 금품 갈취로 체포합니다. 당신은 불리한 진술을 거부할 수 있고 변호사를 선임할 수 있습니다."

"이… 이……!"

화가 머리끝까지 솟았지만 일단은 따라갈 수밖에 없었다.

"얌전히 갈 테니 변호사 선임하게 전화 좀 합시다."

고등학교 동창회에서 만난 선배 중에 한 명이 서울에서 변호사를 하고 있다는 기억이 났다.

경찰서로 간 조해수는 통화한 선배의 조언대로 변호사가 오면 조사를 받겠다고 한 후 앉아 있었다.

그때 한 주먹거리도 안 될 중년의 남자가 그의 옆에 앉더니 경찰에게 말했다.

"이 사람이 조해수 씨?"

"아, 예, 정 차장님."

"그만둔 지가 얼만데 차장은, 변호사님이라고 하게. 참! 안녕하세요, 난 한두삼 씨 변호인인 정태섭이라고 합니다."

"…변호사 올 때까지 할 말 없소."

성질대로 하기엔 중년 남자를 대하는 형사들의 태도가 심상치 않았다.

"그저 현재 어떤 상황에 처해 있나 설명하려고 하는 것뿐입니다. 뭐, 싫다면 변호사가 온 다음 얘기하기로 하죠. 아! 참고로 법원에서 한두삼 씨 부모와 한두삼에 대한 접근 금지 가처분 신청이 떨어졌습니다. 100미터 이내로 접근하면 안 됩니다. 위반 시마다 신청인에게 오백만 원을 지급해야 합니다."

"빌어먹을 새……."

"허허허! 욕은 하셔도 됩니다. 단, 제 클라이언트 앞에서 하면 명예훼손으로 고소할 테니 주의해 주세요."

"씨발! 하든지!"

조해수는 참다 참다 화가 터져 나왔다. 한데 변호사가 아닌 형사가 소리쳤다.

“조용히 해요! 하여간 범죄자 새끼가 뭘 잘했다고 큰소린지… 진짜 시대 좋아졌다.”

“허허! 신 형사는 여전하군.”

“죄송합니다, 차장님. 범죄자 새끼, 아니, 분들이 큰소리치면 피가 거꾸로 솟아서요.”

“하긴 요즘 인권이다 뭐다 해서 너무 심하지. 혹시 문제 생기면 연락해. 내가 웬만한 건 해결해 줄 테니까. 그렇다고 함부로 패진 말고. 그런 건 막기 힘들어.”

주거니 받거니 자신을 놀리는 두 사람을 보니 더 화가 났기에 아예 돌아앉아 버렸다.

선배 변호사가 도착한 건 20분쯤 지난 후였다.

“선배님, 여깁니다. 동창회 때 뵀었죠?”

“반갑군. 한데 무슨 일이기에……!”

조해수의 변호사는 인사를 하다가 옆에 앉아 있는 변호사의 얼굴을 보고 깜짝 놀랐다.

서울 지방검찰청 차장이었던 정태섭이 앉아 있는 거 아닌가.

‘이거 간단한 일이라고 생각했는데, 저 양반이 있는 걸 보니 장난이 아니겠어.’

정태섭 한 명을 상대하기도 쉽지 않은데 그의 뒤에 로펌까지 버티고 있으니 패소할 게 너무 빤히 보였다.

눈이 마주치자 살짝 고개를 숙인 그는 일단 형사에게 무슨 일인지 물어봤다.

사건의 개요를 들은 그는 인상을 찌푸렸다.

확실한 증거가 없으면 경찰이 바로 체포를 하는 경우가 없는 케이스였다. 그 말인즉, 이미 증거가 잔뜩 준비되어 있다는 말이기도 했다.

"정 변호사님, 얘기 좀 나눌 수 있을까요?"

"그럽시다."

"얘기하고 올 테니까. 자넨 잠깐 있어."

변호사는 정태섭을 데리고 한쪽에 위치한 테이블로 가서 앉았다.

아무리 체급 차이가 난다고 하지만 피고의 변호사인 이상 꼬리를 내릴 순 없었다.

"따져봐야겠지만 협박의 시효는 5년입니다."

"그렇죠. 섬에서의 일은 5년이 조금 지났죠. 하지만 5일 전에도 협박을 했답니다."

정태섭은 병원에서 녹음된 파일을 플레이시켜 들려주었다.

"상대가 동의하지 않은 녹음은……."

"허허허! 변호사님 성함이?"

"이시진입니다."

"이 변호사님, 제 클라이언트는 이미 협박으로 인해 6억이나 뺏긴 상태였습니다. 그런 사람이 다시 나타나면 어떻게 해야 할까요?"

"그건……."

"반론의 여지가 있는 말이죠. 그러나 싸움은 싸움터에서 합시다. 여기선 급하게 오느라 사건에 대한 정리가 부족할 테니 제가 준비한 증거물들의 일부를 보시고 사건에 대한 파악부터 하시죠."

"그러죠."

조해수의 변호사는 정태섭이 보여주는 증거물들을 하나씩 살폈다. 한데 하나씩 살필 때마다 표정이 어두워졌다.

5년 전 사건이라 '어쩌면 가능할지도'라는 생각을 했는데 사정없이 깨져 나갔다. 예상대로 증거를 준비하고 터뜨린 것이다.

'이런 경우는 재판까지 가면 안 돼. 어느 검사가 나올지 모르지만 저들이 원하는 대로 되겠지.'

합의가 답이었다.

"…합의를 한다면 어디까지 가능합니까?"

"클라이언트는 가능한 모든 조치를 취하라고 하더군요. 하지만 그렇게 빡빡하면 결국 지루한 법정 싸움으로 가지 않겠습니까. 여기 제가 원하는 걸 적어뒀습니다. 이 변호사님께서 보시고 의뢰인과 잘 얘기해 보시고 연락 주십시오."

종이를 받아 든 변호사의 인상은 다시 구겨졌다. 조건 자체도 만만치 않았기 때문이다.

'이거 설득하기도 만만치 않겠는데. 쩝! 괜히 맡은 거 아닌지 모르겠군. 그나저나 배후를 밝히라는 건 뭐야? 여기서 왜 배후가 나오는 거야.'

일단은 조해수에게 사건에 대해 자세히 들어보는 게 우선이었다.

*　　　*　　　*

"그가 말할까?"

민규식은 비서실장에게 물었다.

"말할 수밖에 없을 겁니다. 아님 재산도 뺏기고 감옥도 가야 할 테니까요. 그런 자일수록 자신이 피해를 본다 싶으면 바로 불죠."

"좋은 결과가 있었으면 좋겠군. 한데 그만한 일에 6억이나 줬을 줄은 몰랐네."

"섬에 가서 조사해 보니 그럴 수밖에 없는 구조더군요. 막말로 누군가가 그곳에서 죽는다고 해도 밝혀낼 수가 없습니다. 모두가 한통속이라고 해도 과언이 아닙니다. 만일 그러한 점을 은근히 말하면서 협박을 했다면 어느 부모가 돈을 아끼겠습니까."

"하긴. 일단은 자식의 안녕이 우선이니. 한 선생은 뭘 하고 있나? 괜스레 이런 일에 신경 써서 휘둘리지 않았으면 하는데."

"걱정 안 해도 될 것 같습니다. 제가 볼 때 그는 충분히 강합니다. 평소와 다름없이 생활하고 있습니다."

"그런가?"

"조해수가 왔을 때 대화하는 걸 지켜봤는데, 상당히 영악해 보였습니다."

"영악? 어떤 점이?"

"살짝 겁을 먹은 듯한 표정으로 상대의 말을 유도한다고 할까요. 그가 떠나자 표정이 언제 그랬냐는 듯 싹 바뀌더군요."

"허허허! 방송 출연을 하더니 연기까지 배운 모양이군. 사실 병원장으로서 이러면 안 되는데 자꾸 편애하고 싶어진다네."

"실력이 있는데 당연합니다."

"꼭 실력 때문이 아니라 뭐랄까? 생각하는 게 마음에 든다고나 할까. 독할 땐 독하고 환자에겐 한없이 약한 걸 보면 참 기특

하다네. 의사는 모름지기 독한 구석이 있어야 하거든."

흐뭇하게 웃는 민규식을 보고 비서실장 역시 그의 말에 동의한다는 듯 천천히 고개를 끄덕였다.

"참! 충남 병원과 울산병원 응급센터 충원 계획은 어떻게 되고 있나?"

"아무래도 지방 쪽이라 그런지 충원이 여의치가 않은 모양입니다."

"음, 하기는 현재 인원도 겨우 구했는데, 응급의학 전문의를 구하는 게 쉽진 않겠지. 정부 지원금이 들어온 이상 하루라도 빨리 구해야 할 텐데……."

"인센티브를 더 준다고 지낼 곳까지 마련해 준다는데도 싫다는데 차라리 서울에서 구해서 4개월씩 순환 근무를 시키는 건 어떻습니까?"

"생각 안 해본 건 아니야. 한데 가급적 자신이 있고 싶어 하는 데 근무하게 해주고 싶어서. 쩝! 하지만 안 되면 완제가 될 때까지라도 해야겠지."

힘들게 일하는 이들에게 강요를 하고 싶진 않았다. 그러나 이건 정부와의 약속임과 동시에 지방에 사는 환자들을 위해 꼭 필요한 일이었다.

지금까진 미뤄왔지만 이번에 꼭 정착시키고 싶었다. 그러나 모든 일이 그의 뜻대로 흘러가진 않았다.

*　　*　　*

이틀에 한 번씩 이상윤을 치료할 때는 9시경, 하지 않을 땐 8시면 퇴근이 가능했다.

오늘은 하지 않아 주차를 하고 가게에 들렀다.

봄이 되면서 나른해진 몸을 풀기 위해 가게는 한동안 바빴다. 한데 오늘은 웬일로 일찍 문을 닫고 마당 한쪽에서 삼겹살 파티 중이다.

같이 저녁을 먹기로 한 하란이 자리를 잡고 앉아 손짓했다.

“안 그래도 메시지 보내려고 했는데, 어서 와.”

“응. 그런데 웬일로 오늘은 일을 안 하고 삼겹살 파티를 하고 있어요?”

“일이 있어서. 그건 좀 이따가 얘기하기로 하고. 야! 오랜만인데 인사도 안 하냐?”

“거의 한 집에 사는데 무슨… 오랜만이네요, 진철이 형, 혜경이 누나, 미령이. 다들 잘 지냈죠?”

“호호! 그래. 얼굴 잊어먹겠다.”

미령은 빙긋 웃으며 반갑다는 듯 손을 흔들었다.

생각해 보니 꽤 오랫동안 못 본 것 같다.

이진철이 말을 이었다.

“도대체 병원에서 무슨 일을 그렇게 시키는지 모르지만 얼굴 좀 보고 살자.”

“제가 일찍 올 땐 세 사람이 일하고 있을 때가 많아서 그런 거예요.”

“그게 아니라 연애를 한다고 바빠서 그런 거겠지. 미령이도 네 얼굴 못 본다니 말 다했지.”

"…그것도 부인 못 할 사실이죠. 근데 잔소리 다했으면 먹어도 될까요?"

가끔 먹는 삼겹살인데 야외에서 숯불로 구워서인지 냄새가 식욕을 자극했다.

"먹으라고 구웠으니 마음대로 먹어라."

시원한 맥주와 삼겹살이 잘 맞는 조합은 아니지만 술술 들어갔다.

적당히 배가 부르자 그제야 아까 할 말이 있다는 생각이 떠올랐다.

"아! 오늘 쉬는 이유에 대해서 할 말이 있다고 하지 않았어요?"

"아, 그거… 다른 건 아니고 네가 만든 한약 화장품 있잖아. 그게 떨어졌어."

"그게 벌써 떨어져요? 항상 떨어지기 전에 만들어놓고 간 걸로 아는데 아닌가?"

약재의 경우 병원 납품업자에게 따로 받아서 필요한 것들은 집에 와서 만들었다. 한데 워낙 정신없이 살다 보니 만들었는지도 헷갈렸다.

"만들어놓고 갔어. 다만 최근 황사다 뭐다 해서 얼굴마사지 손님들이 늘면서 사용량이 많아졌어."

"그럼 진즉에 말을… 할 시간이 없었군요. 지금 만들어도 5일 정도 숙성을 해야 하는데 어쩐다. 근데 한약 화장품 꼭 필요해요? 그냥 다른 화장품으로……."

"안 돼!"

"안 돼요!"

신혜경과 한미령이 동시에 소리쳤다. 놀란 눈이 되어 쳐다보자 신혜경이 설명을 덧붙였다.

"그것 때문에 오는 손님이 얼마나 많아졌는데. 처음엔 나도 몰랐는데 단골 손님들은 얼굴이 달라."

"마사지를 하는데 당연히 달라지죠."

"마사지 때문만은 아니라니까. 우리가 그걸 모르겠어? 봐봐! 내 얼굴 어때?"

신혜경은 부담스럽게 얼굴을 들이밀며 물었다.

"…예쁜 얼굴은 아니죠."

"이게 확! 피부를 보라고!"

"잘하면 치겠네요? 잠깐만요."

두삼은 검지와 중지를 들어 그녀의 볼에 댔다. 그리고 기를 이용해 피부를 살폈다.

'기의 움직임이 활발하네. 설마 내가 만든 약재에 이런 효과가 있었나?'

피부에 좋다는 약재들로 사상 체질과, 피부 타입에 따라 대략 8종의 한약 화장품을 만들고 있다. 기본적인 베이스에서 조금씩 달라져서 그리 복잡하지도 않기에 가능한 일이었다.

"다르지? 다르지? 최근에 나도 바르고 있거든."

"예전에 마사지 가르쳐 줄 때 빼곤 처음 만져보는데 어떻게 알아요? 진철이 형, 혜경이 누나 피부 요즘 괜찮아요?"

"…그, 그걸 왜 나한테 묻냐!"

"그야 형이 물고 빨… 아얏!"

"이게 무슨 얘기를 하려고? 죽을래, 응!"

"하, 항복! 악! 항복이라고요!"

잠깐 소란이 있은 후 결론을 냈다.

"만드는 법 가르쳐 드릴게요. 재료 구분은… 가르칠 수가 없는 부분이니 제가 지금처럼 제공해야겠네요. 지금 만들어볼까요?"

"지금?"

"한시라도 빨리 만들어야 하지 않겠어요?"

"그야 그렇지. 근데 술을 먹어서 기억할 수 있을까 그게 문제다."

"정리해 드릴게요. 어차피 몇 번은 같이해야 해요."

마사지사로 일할 당시 손님이 없으면 무척 심심했다. 침을 손에서 놨지만 지식이 사라지는 것은 아니었다. 그때부터 조금씩 만든 것이 현재의 화장품이다.

달인 약재에 화장품을 만드는 원료를 일정 비율로 섞으면 되는, 단순하다면 단순한 과정인데 가장 어려웠던 부분은 효능의 최대화가 아니라 부작용의 최소화였다.

피부에 좋다는 걸 다 때려 넣어도 부작용이 생길 가능성이 높으면 쓰지 못했다.

아무튼 2년 정도 만에 완성한 화장품은 가게를 내기 전에 약초의 음양을 구분하는 능력으로 8종류로 늘릴 수 있게 되었다.

"내일 달인 한약을 넣고 교반기로 30분 정도 골고루 섞어줘야 해요. 그다음 나흘 정도 상온에서 보관해 주면 완성이에요."

"생각보다 꽤 시간이 많이 걸리는구나."

"양이 많아서 그래요. 자자! 오늘은 여기까지. 이제 퇴근들 하시죠. 저도 이제 그만 쉬어야겠어요."

시침은 어느새 11시에 가 있었다.

*　　*　　*

"수고하셨어요, 선생님!"

"허허허! 서은서 선생도 고생했어. 레지던트는 우리 과에서 하는 거 생각해 봐."

"물론이죠, 선생님. 그럼."

"다른 두 선생도 고생했어."

서은서는 두 명의 동기와 함께 한방신경정신과를 나왔다.

복도로 나오자 동기 중 한 명이 부러움과 서운함이 담긴 목소리로 말했다.

"이야~ 은서는 과장님께 스카우트 제의도 받고 좋겠다. 우린 이름도 기억 못 하는 것 같은데."

"스카우트는 무슨. 어차피 우리가 선택하는 건데."

"그래도 오라는 곳에 가는 것과는 확실히 다르지."

"아직 8개 과가 남았으니 해진이랑 두호 오빠 마음에 들어 하는 곳이 있을 거야. 그러니 걱정 말고 힘내!"

"…으, 응!"

"응! 은서 말을 들으니 힘이 난다.

서은서의 파이팅 넘치는 말에 해진과 두호는 얼굴을 살짝 붉히며 대답했다.

서은서는 기분이 좋아진 두 사람과 함께 환하게 웃었지만 속으로 그들의 단순함에 고개를 흔들었다.

'정말이지 남자들은 정말 단순하다니까. 물론 그래서 내가 편

하지만.'

예쁘장한 외모의 서은서는 집안 사정으로 빨리 세상을 알아 버렸다.

세상의 어두운 면을 보고 힘들게 살았다는 얘기가 아니다. 그저 세상이 돌아가는 방법을 깨달았고, 어떻게 하면 자신에게 유리해지고 편해지는지 알게 됐다는 편이 맞을 것이다.

그 덕에 대학 생활 내내 누구보다도 편하게 지냈고 인턴 첫 번째 근무지인 한방신경정신과에서도 사랑을 독차지하며 보냈다.

물론 함부로 몸을 굴리거나 쓸데없는 아양을 떨진 않았다. 작은 한마디와 사소한 행동만으로도 남자들을 충분히 자신의 편으로 만들 수 있었다.

지금도 마찬가지다. 위로를 통해 자존감을 높여줌으로써 두 사람의 기분을 좋게 해준 것이다.

"해진아, 우리 다음 차례가 현재 한방센터에서 가장 바쁘다는 안마과야?

"응. 거기 학교 동기가 있는데 듣자 하니 눈코 뜰 새 없이 바쁘대. 특히 한두삼 선생님한테 걸리면 그냥 죽었다고 생각해야 한단다."

"그래? 아무튼 언제까지 함께할진 몰라도 함께하는 동안은 잘 부탁해. 두호 오빠, 해진아."

"물론이지."

"인턴 내내 같이했으면 좋겠다."

"나도 그랬으면 좋겠다. 어서 가자!"

서은서는 두 사람의 팔을 잡고 안마과로 향했다.

'약간 느끼하게 생긴 걸 보니 저 사람이 엘튼 리 선생님이고, 접수대에 앉아 있는 살짝 처진 눈의 간호사가 도 간호사님이구나.'

접수대 앞에서 얘기를 나누고 있는 두 사람을 보고 누구인지 단번에 파악했다.

"안녕하세요, 엘튼 선생님, 도 간호사님. 이번 턴에 안마과에서 일하게 된 서은서예요."

"안녕하세요. 강해진입니다."

"처음 뵙겠습니다. 고두호입니다."

서은서는 이번에도 자신 있었다. 한데 시작부터 삐걱거렸다.

엘튼이 그들을 반겨줬다.

"오! 새로운 인턴들? 이쪽이 강해진이고, 이쪽은 고두호, 그리고 넌… 뭐 이름이 중요하냐. 환영한다. 요즘 많이 바쁘니까 너희들이 빠릿빠릿 움직여줘야 해. 가만있자, 어떻게 배정을 한다."

앞으로 해도 서은서, 뒤로 해도 서은서인 이름이 뭐가 어렵다고 기억을 못 하는지.

자존심에 살짝 금이 갔지만 일단은 그게 중요한 게 아니었다. 바로 담당을 정할 모양이었다.

두삼만 걸리지 말라고 빌었다.

"강해진 선생은 나랑 일하고, 고두호 선생은 이방익 선생님과 일하면 되겠다."

"……."

"자자! 인사는 나중에 다시 하기로 하고 일 시작해야 하니까 각자 진료실에 가서 선생님께 인사드려. 해진 선생은 나랑 들어가장~ 후후!"

반론을 제기하기도 전에 엘튼은 진료실로 들어가 버렸고 고두호도 '수고해'라는 말과 함께 이방익 진료실로 들어갔다.

덩그러니 남게 된 서은서는 잠시 '뭐 이런 곳이 있나?' 싶었지만 곧 마음을 가다듬었다.

'시작은 좋지 않았지만 상관없어. 결국은 내 뜻대로 될 테니까.'

그녀는 도 간호사에게 물었다.

"도 간호사님, 한 선생님이 좋아하는 커피는 뭐예요?"

"내가 탄 커피요."

"에? 그런……."

"호호! 왜요? 안 믿겨요?"

"그게 아니라… 그럼……."

점수를 딸 수가 없잖아!

그녀의 생각이 표정에 드러났을까 도 간호사가 빙긋 웃으며 말했다.

"한 잔 타줄까요?"

"그래주실 수 있으세요?"

"열심히 하려는 선생님을 위해 커피 한 잔 타는 게 뭐가 어렵겠어요. 잠깐만요."

커피를 타러 가는 도 간호사. 뭘 열심히 하려 한다는 건지 얼핏 이해가 되지 않았지만 금세 커피를 가지고 왔기에 들고 진료실로 들어갔다.

모니터를 보고 있는 두삼이 보였다.

'오! TV에서 보는 것보다 훨씬 잘생겼네. 분위기도 꽤 괜찮고.'

속으로 평가를 마친 후 인사를 했다.

"안녕하세요! 한두삼 선생님. 이번에 안마과에서 일하게 된 서은서라고 합니다. 잘 부탁드리겠습니다."

"…어서 와요, 서 선생."

"말씀 편하게 하세요. 그리고 이거 드세요. 도 간호사님 커피 좋아하신다면서요?

"오! 이건 어떻게 알았대. 혹시 양태일 선생이 말해준 거야? 가기 싫다고 징징거리더니 동기를 위해 노하우는 말해준 모양이네. 아무튼 잘 마실게, 서 선생."

양태일이 동기인 것은 맞지만 그완 잘 몰랐다. 무슨 말인지 몰라 어리둥절해했다.

'여기 뭔가 평범한 것 같지 않아.'

보통의 경우 커피를 갖다주면 마시면서 어느 대학 출신인지, 몇 살인지 따위의 사소한 질문이나 예쁘다, 매력 있다 따위의 말을 하게 마련인데 그는 모니터를 보며 커피를 마셨다.

다시 자존심에 금이 가려 할 때였다. 그가 흘낏흘낏 자신의 얼굴을 봤다.

'역시. 남잔 다 똑같아.'

그녀는 속으로 회심의 미소를 지었다. 그러나 곧 착각임을 알게 됐다.

"휴우~ 바쁜데. 양태일 이 자식 나중에 보자. 좋아! 서 선생, 실력 한번 보자. 급체했는지 가슴이 많이 답답해. 해결해 봐."

두삼은 한쪽 팔을 그녀를 향해 내밀었다.

서은서는 '뭐라는 거야?'라는 표정으로 그와 그의 팔을 번갈아 봤다.

"빨리 안 하고 뭐 해. 곧 진료 시작해야 해."

"…아, 네."

그녀는 두삼의 손을 잡고 어찌할 바를 몰라 주물럭거리기만 했다.

두삼이 어이없다는 표정으로 말했다.

"…서 선생 뭐 해? 안마 배웠어? 실력을 보니 그런 것 같진 않고. 혹시 남자 손 주무르는 취미 있어?"

"아, 아뇨. 선생님 말씀을 이해를 못 해서."

"또릿하게 생겼는데 의외로 말귀는 어두운가 보네. 내가 체한 환자라고 생각하고 손에 시침을 해서 낫게 해보라고. 침은 드레싱 카에 있어."

"아! 네네."

커피를 갖다준 것이 왜 이런 테스트로 이어지는 건지 이해하기 힘들었지만 일단은 하라는 대로 할 수밖에 없었다. 하지만 얼떨떨한 상태에서 한 시침이 제대로 될 리가 없었다.

"그만해. 이러다가 진짜 체하겠다."

"……."

"양태일이 그리워질 줄이야… 아무튼 열심히 하려는 자세는 높게 사도록 할게. 서 선생은 여기 있지 말고 2층 안마실로 가서 안마 배워."

"…안마를요?"

"가서 안마 배우러 왔다고 하면 잘 설명해 줄 거야. 두 번 연속 성공할 때까지 내려오지 마. 뭐 해? 당장 안 올라가고."

서은서는 쫓겨나듯이 진료실에서 나와야 했다. 항상 웃는 얼굴인 그녀의 표정이 처음으로 굳어 있었다.

'무슨 상황인지만 제발 알려달라고!'

당장에라도 소리를 치고 싶었다. 한데 그마저도 여의치가 않았다.

"인턴 선생님, 문 앞에 서 계시면 안 돼요. 환자 들어가야 해요."

"…아, 미안해요."

뒤죽박죽인 생각을 정리하려 애쓰며 2층 안마실로 갔다. 어디 있다는 건 알고 있었지만 처음 방문하는 곳이라 쭈뼛거리며 들어갔다.

입구 데스크에 있던 직원이 말했다.

"서은서 선생님? 한 선생님께 연락받았어요. 잠시만요. 여기 한 선생님이 보내신 인턴 선생님 오셨는데 누가 담당하실래요?"

"험! 난 양태일 선생님 할 때 많이 해서……."

"전 몸이 좋지 않아서요. 이번엔 안 하고 싶네요."

"저도요. 요즘 일도 많은데……."

여기저기서 꺼리는 듯한 말이 나왔다. 그도 그럴 만한 것이 안마를 할 줄 모르는 사람에 안마를 받게 되면 시원한 게 아니라 아프기 때문이다.

다행히 한 명의 지원자가 있었다. 바로 이준호였다.

"제가 할게요. 이쪽으로 오세요, 인턴 선생님."

서은서는 손을 흔드는 이준호에게 갔다.

20대 초중반에 착한 인상이라 서은서는 현 상황에 대해 묻기로 했다.

"안마사님, 혹시 한 선생님과 양태일 선생에 대해 잘 아세요?"
"그럭저럭 안다고 할 수 있죠."
"그럼, 궁금한 점이 있는데 물어도 될까요?"
"네, 얼마든지요."
"제가 조금 전에 안마과로 왔는데요."
그녀는 안마과에서 들어서면서부터 있었던 일을 꼼꼼히 설명했다. 설명이 끝나자 이준호는 웃으며 말했다.
"하하하! 선생님의 잘 보이려 한 행동을 한 선생님이 잘못 받아들이신 모양이네요. 도 간호사님도 그렇고요."
"자세히 설명해 주세요."
"양태일 선생님은 항상 침을 연습할 사람을 찾았어요. 웬만하면 저희가 해드렸지만 위험한 건 한 선생님에게 했나 보더라고요. 그래서 때마다 도 간호사님 커피로 환심을 샀다고 하더라고요."
"아! 그래서 도 간호사님 커피를 갖다주니 팔을 내민 거군요? 제가 배우고 싶어서 그런 줄 알고……."
"제가 볼 때도 그런 것 같네요. 근데 너무 마음 쓰지 마세요. 내일이 됐든 모레가 됐든 한 선생님 인턴이라면 여기로 올라오게 됐을 거예요."
"…그런가요?"
"네. 한 선생님은 실력이 부족하다 싶으면 여기부터 보내거든요. 참고로 교육 방식은 꽤 단순한데 실력 향상은 확실히 되나 보더라고요. 양태일 선생님도 처음엔 힘들어하다가 나중에 안마과에서 계속 인턴 생활을 하고 싶다고 했거든요."

서은서는 이준호의 설명을 듣고 나니 복잡하던 머리가 깔끔해졌다.

'음, 일 잘하는 사람을 좋아하는 스타일인가? 그렇다면 나쁠 거 없지.'

그녀도 한의사였다. 그래서 언젠가 교수가 되거나 자신만의 한의원을 가질 꿈을 꾸고 있다.

일 외적인 것으로 편하고 노하우를 쉽게 전수받기 위해 사람들의 비위를 맞추는 것이지, 일과 관련해서는 누구보다도 열심히 했다.

생각이 정리되자 더 이상 망설일 필요가 없었다.

어느새 웃음을 되찾은 그녀가 이준호를 향해 말했다.

"뭐부터 할까요?"

* * *

일주일도 되지 않아 두삼은 비만 환자들을 더 받을 수 없었다. 예약 환자만 근무시간 내내 봐야 할 지경에 이른 것이다.

이때 이방익이 아이디어를 냈다.

한 명의 환자를 세 명의 의사가 번갈아가면서 진료를 보는 것이다. 장담컨대 그는 이미 이 아이디어를 가지고 있었으면서 이제야 말한 것이리라.

3번 방문에 한 번은 두삼의 진료를 받을 수 있기에 환자들도 수긍을 했다.

그에 또다시 환자를 볼 수 있게 됐다.

한데 악재(?)가 또 겹쳤다. 일주일이 지나 두 번째 방송이 나가고 슬슬 살이 빠지긴 시작한 이들이 SNS로 글을 올리면서 2차 웨이브가 밀려들기 시작한 것이다.

밀려드는 환자를 감당하기엔 3명으로도 부족했다. 결국 안마과 3명의 한의사가 예약 환자만 보는 신세가 되었다.

물론 한의사가 여유가 있다고 해도 안마사들 역시 하루 종일 안마를 해야 할 지경이라 한 명이 빠지면 한 명을 보는 식으로밖에 할 수가 없었다.

그런데 웃기게도 예약 손님들밖에 없다 보니 오히려 여유가 생기는 기현상이 발생했다.

예약 손님이 오지 않으면 그 시간이 휴식 시간이 되어버리는 것이다.

안마과 세 한의사는 한방센터 전체 회의에 참석하기 위해 커피를 마시며 걷고 있었다. 그때 두삼이 여유로운 표정으로 커피를 마시며 중얼거렸다.

"전체가 예약 손님이니 꽤 괜찮네요."

"그러게. 근데 삼촌은 이렇게 될 줄 알았나 봐요?"

이방익이 엘튼과 두삼을 보며 씨익 웃었다.

"난 이미 경험을 해봤잖아. 하하!"

"그럼 그냥 지금처럼 쭉 하면 돼요?"

"응. 이제부턴 땅 짚고 헤엄치기야. 돈도 왕창 벌 수 있는 방법도 있고."

"어떻게요?"

지금도 안마과는 많은 돈을 벌고 있었다. 한데 여기서 더 벌

수 있는 방법이 있다니 궁금했다.

"새끼 의사를 만드는 거야."

"새끼 의사요?"

"아! 그거요."

두삼은 의문을 표했지만 엘튼은 알고 있는 모양이다. 엘튼이 이방익 대신에 설명을 이었다.

"그냥 용어야. 우리 아래에 의사를 고용하게 되면 그들은 새끼 의사가 되고 우린 어미 의사가 되는 거지. 쉽게 말해 한 수준이 높은 우린 특진비를 받을 수 있게 되는 거야. 거기에 몇 달간 통으로 묶어서 진료비를 청구할 수도 있고 말이야."

이해가 됐다.

흔히 이름 난 의사들의 개인병원에서 주로 볼 수 있는 형태다.

간단하게는 특진비지만 경우에 따라선 몇 개월 단위, 혹은 몇 백만 원이 넘는 선행 진료를 해야 유명 의사가 진료를 해주기도 한다.

딱히 그러한 행태를 나쁘다곤 생각하지 않는다. 그러나 너무 상업적이라 살짝 꺼려진달까.

"여긴 대학병원인데 허락할까요?"

이번엔 이방익이 말했다.

"허락을 왜 안 해. 오히려 좋아할걸. 한방센터도 언젠간 특진비를 받아야 해. 그게 우리가 시작하는 것뿐이고. 무엇보다도 안마과가 돈이 된다고 인식을 시켜야 우리의 목적이 더 빨리 달성되지 않겠어?"

저 양반 목표가 안마과를 정식으로 만드는 것임을 잠깐 잊고 있었다.

"혹시 그러는 게 싫어?"

"아뇨. 한다면 반대할 이유 없습니다."

수십만 원이 넘는 다이어트 약을 먹는 사람들이 더 확실하게 뺄 수 있는 방법이 있다면 병원비를 아까워하진 않을 거라 생각했다.

"당장 시작할 건 아냐. 좀 더 무르익어야 해. 더 주고라도 얼른 치료를 받고 싶다는 사람들이 많아질 때, 그때가 적기야."

두런두런 얘기하는 사이 회의실에 도착했다.

안으로 들어가 앞쪽에 자리를 잡고 앉아 있는데 한방부인과의 성지숙 선생이 이방익의 옆에 와서 앉았다.

이방익은 성지숙이 온 것을 마냥 좋아했지만 두삼은 한 가지 간과한 것이 있음을 깨달았다.

아니나 다를까 성지숙이 입을 열었다.

"안녕하세요, 이 선생님. 혹시 안마실 안마사들 스케줄은 누가 짠 거예요?"

"성 선생님, 어서 와요. 한 선생이 짰는데 그건 왜요?"

"우리 과에 비만클리닉 환자가 늘었거든요. 특히 특별 진료를 받으려는 환자가 제법 돼요."

재주는 곰이 부리고 돈은 사람이 챙긴다더니.

말을 들어보면 한방부인과에서 특별 진료를 먼저 시작한 것이 확실했다.

이방익 역시 아차 싶은 모양이다. 하지만 싸울 생각은 전혀 없어 보였다.

"얼마나 되는데요? 너무 많지만 않다면 조절이 가능할 겁니다. 그렇지, 한 선생?"

가능하다고 말하라는 눈빛이다.

조금 전까지 명석하던 안마과 과장 이방익은 어딜 가고 노총각 이방익이 되어 있었다.

이럴 때 재를 뿌리면 평생 원망하겠지?

머릿속으로 빠르게 계산을 했다.

하루에 취소되는 예약 건수를 계산하고, 안마과 세 사람도 마사지에 참여하고, 마지막으로 휴식 시간도 줄인다고 보면 최대 15명 정도는 추가할 수 있을 것 같았다.

물론 최대다.

"10명 정도라면 가능할 것 같기도 한데……."

"한참 부족해요. 어제까지만 12명이에요."

"한 선생, 12명이라잖아. 성 선생, 일단 12명으로 하고 환자가 빠지면 그때 더 하는 걸로 합시다. 함께하기로 했는데 너무 배려를 못 했던 것 같아 미안하네요."

"삼촌! 그러면……."

막 계산을 마친 엘튼이 말도 안 된다고 말하려는데 이방익이 돌아보며 '닥쳐!'라고 무음으로 말했다.

"하하! 이 얘긴 과장끼리 조용한 곳에서 식사나 하면서 말하기로 합시다."

"호호! 그래요. 이해해 줘서 고마워요."

"당연한 거죠. 하하하!"

이방익은 세 사람의 휴식 시간을 내주고 저녁 한 끼를 얻었다.

두삼은 헤벌쭉하고 있는 이방익을 보고 한마디 했다.

"곰!"

"응? 뭐라고?"

"…아무것도 아닙니다."

한방부인과의 행태는 마음에 들지 않았지만 안마사들을 함께 공유하기로 해놓고 배려를 못 한 잘못도 있었기에 고생 좀 더 하기로 하고 넘어가기로 했다.

한방센터 한의사들이 거의 모이자 고웅섭 센터장이 들어와 단상 위에 섰다.

"아침 일찍부터 회의에 참석하느라 고생했습니다. 오늘 회의는 다름이 아니라 몇 가지 알려 드릴 소식이 있어서 소집을 했습니다."

늦게 들어오는 이가 있어서 잠깐 말이 끊겼다. 고웅섭은 웃으며 그가 앉기를 기다렸다가 말을 이었다.

"첫 번째 소식은 그동안 우리가 토론했던 한방 마취를 이용한 수술의 첫 시행일이 다음 주로 정해졌다는 겁니다. 의학계뿐만 아니라, 각종 매체에서도 와서 참관을 하고 기사화될 예정입니다. 마취를 담당할 이는 침구과의 임동환 선생입니다."

짝짝짝짝!

박수 소리에 임동환은 자리에서 일어나 인사를 했다.

두삼 역시 박수를 치면서 중얼거렸다.

"드디어 시행인가? 빠르네."

임동환이 하게 될 줄은 예상하고 있었다. 그리고 그가 하는 것에 불만은 없었다.

누가 하든지 간에 한의학이 한발 내디뎠다는 것이 중요했다.

"우리 한의학계를 위해서도 좋은 일이니 모두 성공을 기원합시다. 그리고 도울 수 있는 건 돕도록 하고요. 자, 다음은… 혹시 우리 센터 4층에 뭐가 있는지 아는 사람 있습니까?"

"…연구실 아닙니까?"

"맞습니다. 연구실이죠. 한데 말이죠. 현재 연구실을 사용하는 이가 몇 명인 줄 아십니까?"

고웅섭은 대답을 한 한의사에게 물었다.

"…그, 글쎄요."

"0명입니다. 제로! 다들 바쁘다고 말한다면 저도 할 말은 없습니다. 하지만 우리가 본관의 의사들보다 바쁘다고 말할 수 있습니까? 아! 바쁜 과도 있죠."

우리 과를 흐뭇하게 바라보는 고웅섭.

설마 우리 과를 왕따시키려는 것이 목적인가. 그렇다면 목표를 이룬 것 같다.

시샘 어린 눈빛이 연신 와서 박힌다.

"비교해서 여러분들을 기분 나쁘게 할 의도는 없습니다. 다 여러분들의 미래를 위해 말하는 겁니다. 시간을 투자해서 연구를 하세요. 솔직히 원장님이야 별다른 말이 없지만 센터장 회의에 들어가면 할 말이 없어요."

"그렇게 말씀하셔도 연구라는 게 하루 이틀 만에 뚝딱 되는 게 아니잖습니까."

한방내과 과장이 불퉁하게 말했다.

"하루 이틀 만에 만들어지면 모두가 그 일에 매달리겠죠. 생각은 있는데 윗사람들의 눈치가 보여서, 혹시 자신이 연구한 것을 뺏길까 두려워서 하지 않는 이들이 있을 겁니다. 한강대학병원에선 아이디어를 훔치는 이들은 일벌백계하고 있으니 걱정 말라고 말하고 싶군요. 그러니 생각이 있는 사람들은 연구 계획서를 저에게 제출해 주시길 바랍니다. 진행 상황과 피드백을 받을 수 있을 겁니다."

고웅섭은 단상에 있는 물을 마신 후 말을 이었다.

"연구에 관해선 여기까지 하고 다음으로 넘어가죠."

전체 회의는 40분간 지속되다가 끝났다.

돌아가는 길, 엘튼이 말했다.

"나도 연구할 게 있는데 해볼까?"

"무슨 연구인데요?"

"근육통 약. 태국 여행 갔을 때 다리를 삐었는데 주인이 자신의 집 대대로 내려온 약이라고 발라주는데 완전 좋더라고. 그래서 레시피를 알아놨거든."

"오! 그거 괜찮네요."

"그렇지? 내가 볼 땐 만들면 대박이야. 하하항!"

들뜬 분위기에 이방익은 찬물을 부었다.

"그런 근육통 약은 많이 나왔어."

"…삼촌이 어떻게 알아요?"

"왜 몰라. 예전에 내 병원에서 썼던 젤형 파스도 태국에서 레시피를 받아서 만든 건데."

"새로운 물질일 수도 있잖아요."

"행여나. 너한테 그런 행운이 있을 리가. 제약 회사에선 놀고 있는 줄 아냐. 차라리 형태를 살짝 바꿔서 병원 내에서 유통되게 하는 게 나아. 의료보험에 적용이 안 되니 비싸게 팔 수도 있고."

"…그리 잘 아시면 삼촌이 하시죠?"

"귀찮아. 무엇보다도 다른 과장들이 함께 팔아줘야 하는데 푼돈에 아쉬운 소리 하기 싫고. 네가 한다면 도와는 주마."

"흥! 저도 푼돈은 싫거든요."

"가진 건 쥐뿔도 없는 놈이."

"왜 없어요! 돈 많은 삼촌 있잖아요. 참! 장가가기 전에 유산으로 떼어주는 거 잊지 마세요."

"지랄한다. 니가 뭘 예쁘다고 줘?"

"아니면 성 선생님께 삼촌이 예전에 어떻게 놀았는지 다 말할 거예요. 아마 기겁을 할걸요."

"…너, 너! 말만 해봐. 그땐 진짜 족보에서 파버릴 테니까."

"헹! 우리 집안에 족보도 없잖아요."

"어떻게 놀았는데요?"

"어떻게 놀았냐 하면… 이크! 나중에 말해줄게."

이방익의 주먹을 피해 엘튼은 후다닥 도망갔고 이방익은 그의 뒤를 쫓았다.

"삼촌과 조카가 재미있게 노네. 그나저나 연구 계획서라……. 한번 내볼까."

돈이 필요한 건 아니었다. 그저 자신이 만든 화장품이 어느 정도일까 궁금했다.

*　　　　*　　　　*

상쾌한 아침이다.

다른 마음을 품고 시작한 수영이지만 어느새 하루의 시작을 활기차게 만들어주고 있었다.

"나 병원 도착했어. 넌?"

화상통화로 하란에게 물었다.

—막 도착했어.

"오늘 하루도 수고해. 전문 경영인 면접이 오늘부터라고 했나?"

—응. 괜찮은 사람이 있었으면 좋겠다. 얼른 물려주고 싶어. 경영이랑 나랑 안 맞나 봐.

"잘만 하면서. 한가해지면 뭐 하려고?"

—애인이 안 놀아주니 연구나 해야지.

"항상 미안하게 생각해."

—어쩌겠어. 열심히 하는 모습에 반한 내 탓이지. 이만 올라가 봐야겠다. 오늘도 수고해. 쪽!

"그래. 너도 수고해. 쪽!"

하란처럼 카메라를 향해 뽀뽀를 한 후 전화를 끊었다. 만일 남들이 그러는 모습을 봤다면 닭살이 돋았겠지만 하란과 하니 기분이 한층 좋아졌다.

콧노래를 흥얼거리며 차에서 내려 엘리베이터를 향해 걸어갈 때였다.

"한두삼!"

돌아보니 조해수였다.

상쾌한 아침에 재수 없게.

"변호사에게 접근 금지 명령에 대해 못 들었습니까? 돈이 아주 많은가 봐요? 더 다가오면 바로 신고할 테니 그리 아세요."

웬일로 그는 말 잘 듣는 강아지처럼 멀찍이 섰다. 그리고 불쌍한 표정을 지으며 말했다.

"돈 달라고 온 거 아냐. 그저… 없었던 일로 하자고 온 거야. 내가 미안해. 두 번 다시 네 앞에 나타나지 않을 테니까, 그만하자."

"물었다가 불리하니 꼬리를 말겠다는 건가요? 싫은데요. 이제 제가 물 차례입니다."

"무슨 말인지 알아. 내가 무조건 잘못했어. 그러니 그만하자. 내가 네 부모에게 받은 돈 내가 다 가진 것도 아냐. 다른 사람들과 나눠 가졌어."

"그럼 그 사람들한테 다시 받으면 되겠네요. 전 고소를 멈출 생각은 추호도 없습니다. 날 괴롭혔을 때의 당당함으로 벌도 당당하게 받으세요. 더 할 말 없으면 이만 가보겠습니다."

"용서해 주라!"

그는 서서히 무릎을 꿇었다.

그동안 알게 모르게 복수를 꿈꿔왔던 걸까, 무릎 꿇은 모습을 봐도 고소할 뿐 안쓰러움은 전혀 없었다. 두삼은 피식 웃으며 말했다.

"내가 무릎을 꿇었을 때 머리를 때리며 무릎에 무슨 가치가 있느냐고 하던 사람들이 생각나네요. 당신의 무릎엔 무슨 가치가 있습니까?"

"…내가 그러고 싶어서 그런 게 아냐! 날 부추긴 놈이 있었어. 돈을 주면서 널 괴롭히라고 했어."

"……."

"이번에도 마찬가지야. 갑자기 전화가 와서 네가 어떻게 살고 있는지 말해줬어. 널 괴롭히면 돈을 받을 수 있을 거라고."

돌아서서 가려던 두삼의 걸음이 멈췄다.

예상하고 있던 일이지만 실제로 듣게 되니 기분이 참 묘했다.

"…그게 누굽니까?"

"나, 나도 몰라. 하지만 사실이야. 내가 어떻게 네가 여기 있는지 알았겠어? 그자가 다 가르쳐 준 거야."

그는 두삼의 행동에 일말의 가능성이 있다고 본 모양인지 열심히 설명했다. 그러나 두삼은 비틀린 미소를 지으며 말했다.

"그 사람이 누구인지 정확히 알아 와요. 그럼 감옥엔 가지 않게 해드리죠. 하지만 당신이 좋아하는 돈은 뱉어내야 할 겁니다. 아니, 이자에 피해 보상까지 철저하게. 그럼."

두삼은 돌아섰다.

한데 돈을 끝까지 받아내겠다는 말에 조해수의 눈빛이 번들거렸다.

'내가 무릎까지 꿇었는데… 네까짓 놈이!'

그의 눈에 섬에서 힘없이 당하던 두삼의 모습이 떠올랐다.

"이이… 개새끼야아아아!"

그는 박차고 일어나 두삼을 향해 달려들었다. 그러나 그가 몇 발자국 앞으로 내딛기 전에 조용히 나타난 네 명의 경호원에게 붙잡혔다.

"놔! 놔! 이 개새끼들아, 놓으라고! 큭! 너… 너……!"

바닥에 눕혀진 채 제압당한 그는 악귀처럼 두삼을 노려보았다.

두삼은 담담히 말했다.

"경호원분들이 나타난 걸 고마워해야 할 겁니다."

"내, 내가 널… 큭! 용서할 줄 알아! 네가 사람을 죽였다는 소문을 다 퍼뜨릴 거야!"

"고맙네요. 그런 모습을 보여줘서. 경찰에 신고하세요. 그리고 변호사님께 전화해서 오늘 일을 말하시고요. 부탁드립니다."

경호원들에게 처리를 맡긴 두삼은 엘리베이터 앞에 섰다.

두삼은 끊겼던 콧노래를 다시 흥얼거렸다.

38. 이상윤

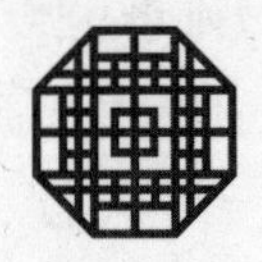

타닥! 타닥! 탁!

[…아직까지 부작용이 발생한 적은 없지만 일반인들을 대상으로 한 실험은 필요하다고 생각합니다.]

두삼은 틈틈이 화장품에 대한 연구 계획서를 작성 중이었는데, 거의 마무리 단계로 오늘까지 작성해서 제출할 생각이었다.

[그에…….]

"선생님! 선생님!"
벌컥! 문이 열리면 서은서가 들어왔다.

"성공했어요! 제가 성공을 시켰다고요!"

"…몇 번 만에 성공했는데?"

"네 번? 다섯 번인가? 그게 중요한가요? 성공했다는 게 중요한 거죠! 점점 성공 확률도 높아지지 않겠어요?"

"……."

정상적인 인턴을 받고 싶다.

한 놈은 기를 믿지 않아 괴롭히더니, 한 놈(?)은 한없이 긍정적이다. 인상을 쓰면서 뭐라 해도 귓등으로 듣는지 소용이 없다.

그렇다고 아주 눈물이 쏙 빼게 혼내기도 쉽지 않다. 무슨 짓을 했는지 안마과에서 그녀를 싫어하는 사람은 엘튼밖에 없다.

"…알았다. 올라가서 성공 확률을 높여라."

"그러고 싶은데 안마사들 퇴근 시간이라서 할 수가 없어요. 아! 선생님이 해주시겠어요? 제가 안마도 해드릴게요. 저 안마도 이제 제법 해요."

"…됐거든. 해주고 싶으면 네 동기들이나 해줘. 걔네들은 좋아할 거다."

"남녀가 유별한데 어떻게 그래요. 그러지 말고 누우세요. 제 손맛을 보면 계속해 달라고 할걸요."

"…나도 남자다."

"에이~ 선생님은 선생님이죠. 준호 씨는 안마사고요. 헤헤!"

후우~ 하느님.

"…내가 귀여운 척하지 말랬지? 그래, 잘했다. 잘했으니까 이제 그만 네 일 해라."

서은서는 칭찬을 해야 갔다.

"감사합니다. 호호! 근데 선생님 저희 저녁 한번 같이 먹어야 하지 않나요? 친목 도모 차원에서요."

"먹긴 먹어야 하는데… 오늘은 일해야 해. 자! 이걸로 너희들끼리 먹어라. 조만간 점심 같이 먹자."

두삼은 지갑에서 돈을 꺼내 줬다. 그녀는 돈을 챙기면서 말했다.

"에이~ 저희가 돈이 없어서 회식하자는 게 아니잖아요. 근데 이렇게 많이 주시다니, 간호사 언니들이랑 같이 먹어도 되겠어요. 잘 먹겠습니다, 선생님."

"…그래."

그녀는 예쁘게 인사를 하고 나갔다.

"후우~ 얼른 새로운 인턴이 왔으면 좋겠다."

"킥킥! 서 선생님 귀엽지 않으세요?"

옆에 있던 천 간호사가 키득거리며 말했다.

"스물일곱 살이 귀여우면 어떻게 해요."

"왜요? 다른 사람들한테 얼마나 인기가 많은데요. 그리고 귀여운 건 선생님 만났을 때만 그래요. 저희랑 있을 땐 얼마나 의젓하신데요."

"한마디로 여우과라는 소리네요. 퇴근하세요. 전 이거 마무리하고 갈게요."

"네, 선생님. 오늘도 수고하셨어요."

"천 간호사도 고생했어요."

그녀가 간 후 연구 계획서를 마무리 지었다. 그리고 이상윤의 병실로 갔다.

"…와냐?"

담담한 척 왔냐고 묻는 그의 눈빛에 약간의 두려움이 담겨 있었다. 그럴 만도 한 것이 마사지를 하면 할수록 그의 고통은 커지고 있었다. 치료 방법만 적혀 있어서 정확한 원인은 알 수 없었다. 그러나 뒤틀렸던 경혈이 원래대로 돌아오기 위해 준비하는 것이 아닐까 생각 중이다.

이렇게 생각하는 이유는 할아버지가 치료했던 중풍 환자들의 입원과 퇴원 날짜 때문이다. 중풍 증상이 일어난 후 빨리 치료를 받은 사람은 빨리 퇴원을 한 반면 늦게 찾아온 사람들은 그 방치한 시간의 몇 배만큼 늦게 퇴원을 한 것으로 나와 있었다.

'즉, 이상윤의 치료가 생각보다 빨리 끝날 수도 있다는 거지.'

"안마실에 가서 안마는 받았어?"

"응. 네가 하느 거와느 다리 시워하더라."

"내가 하는 건 그리 아프디? 두려워?"

"누가 두려어 한… 다고!"

"그래? 그럼 시작하자."

"……."

마우스피스를 건네자 그는 잠시 머뭇거리다가 입에 넣고 모로 누웠다.

'안쓰럽다고 생각되면 더 빨리 고쳐주자.'

안쓰럽게 보던 표정을 지우고 진지하게 그의 목과 어깨에 손을 올렸다. 그리고 주무르기 시작했다.

기를 내부로 보내지 않고 손에 두르고 주무른다고 해서 기가 소모되지 않는 건 아니다. 주무를 때마다 스며드는데 그 양이 엄청나다.

목, 어깨에 이어 팔, 옆구리 허리, 엉덩이, 다리를 쉼 없이 주물렀다.

"…으. …크윽! …크으으윽!"

처음 15분간은 잘 참더니 더 이상 못 참겠는지 목에서 나오는 신음 소리가 점점 커졌다. 그리고 온몸을 잔뜩 움츠리며 식은땀을 뻘뻘 흘렸다.

이틀 전에 했을 때보다 고통이 더 심해진 것 같았다.

30분쯤 지나자 더 이상은 참기 힘든지 그는 마우스피스까지 뱉곤 소리쳤다.

"그마! 그마해! 크윽! 제, 제바… 그마하라고, 이 개자시가! 크아아아!"

너무 처절한 소리에 두삼의 손이 순간 멈칫했다. 그러나 문득 떠오르는 것이 있어 움직이려는 그를 붙잡듯이 누르며 마사지를 계속했다.

할아버지의 진료실엔 환자가 넘치다 보니 환자의 신음 소리와 고통의 비명 소리가 하루가 멀다 하고 났다. 한데 언젠가 지금 이상윤처럼 온갖 저주를 퍼부으면서 고래고래 소리치던 이가 있었다.

어찌나 크던지 뒷마당에 있는 앵두나무에서 앵두를 따 먹던 두삼이 깜짝 놀라 나무에서 떨어질 뻔했다.

그 사람의 비명은 목이 쉴 때까지 계속됐는데, 그러다 어느 순간 조용해졌다. 어린 두삼은 비명 소리 때문인지 그 사람이 죽었을 거라 생각하고 넘어갔다.

한데 이제와 생각해 보니 그 사람의 절규와 이상윤의 절규가 무척 닮아 있었다.

'예상이 맞아야 할 텐데……'

잘못 생각한 거면 몸이 크게 상할 수도 있었다.

"…서, 선생님 …그만두시는 게."

소리가 얼마나 크고 처절한지 귀를 막고 있던 간호사가 다가와 말했다.

이상윤은 옳다구나 싶은지 간호사를 향해 말했다.

"아악! 사, 사려줘! 이 미치노미 나르 주기려 해! 크악! 제, 제발!"

"참견 말아요. 아무도 못 들어오게 문 잠가요!"

"…네! 선생님……."

두삼은 간호사를 향해 버럭 소리친 후 발버둥 치는 이상윤을 잡고 주물렀다. 얌전히 있을 때보다 몇 배는 힘들었다.

고통을 없애고 할지, 아님 마취를 시킨 후 할지 고민을 했지만 결론은 좀 더 지켜보는 쪽으로 갔다.

얼마쯤 지났을까 목이 완전히 쉰 그가 발작하듯이 몸을 쭉 펴며 괴성을 질렀다.

"크아아아아아아!!! 이 개새끼! 넌 사람도 아냐! 악마야, 악마!!!"

외침 후 그는 에너지를 모두 쏟아낸 듯 축 처졌다. 그리고 그 순간.

뿌드득 뿌드득!

그의 뒤틀려서 굳어 있던 근육과 힘줄들이 꿈틀대며 원래대로 자리를 잡아갔다.

'됐다! 역시 이게 답이었어!'

한번 풀리기 시작한 몸은 손을 댈 것도 없이 얼굴부터 발가락까지 경혈이 제자리를 되찾았다.

"…허억… 허억……. 나… 나쁜… 새끼."

축 처진 이상윤이 중얼거렸다.

두삼도 온 힘을 다해 주물렀던 터라 기운이 빠진 상태. 옆에 있던 의자에 앉으며 말했다.

"마음대로 욕해라. 오늘이 마지막이니까. 하하!"

"…미친 새끼. 뭐라는……!"

말을 하다가 자신의 변화를 눈치챈 모양이다. 그는 부들부들 떨면서 오른팔을 들어 올렸다.

"이제야 알겠냐?"

"파, 팔이… 다, 다리가… 움직여. …하하. 말도 제대로 할 수 있고……."

"눈물도 양쪽에서 나오는 게 느껴지냐?"

"응! 느껴져. …느껴져……."

"감동은 나 없을 때 실컷 해. 난 눈물 질질 짜는 거 싫어해."

"미친… 놈. 눈물이 아니라 아파서 나도 모르게 나온 거라니까!"

"자존심은……. 그렇다고 믿어줄 테니까 오늘은 절대 무리하지 말고 밥이랑 보약 먹고 얌전히 자. 내일 제대로 고쳐졌는지 확인할 테니까."

"…퇴근하려고?"

"퇴근은 너 때문에 물 건너갔다. 뭔 용을 그렇게 쓰는지. 그러다가 뇌출혈이라도 생기면 어쩌려고? 아무튼 퇴근했을 때 무슨 일이 생길까 봐 오늘은 병원에서 머물 거다."

"…의사가 당연한 거지, 생색은……."

"이럴 때 아님 너한테 언제 생색내냐? 나도 힘을 썼더니 배가

고프네. 얼른 밥 먹고 일하러 가야겠다. 이 간호사님, 아깐 소리 쳐서 미안했어요."

"…아니에요, 선생님. 제가 오히려 치료하시는 데 방해를 한 것 같아요. 죄송해요."

"신경 쓰지 마세요. 저 녀석이 워낙 처절하게 말을 해서 마음이 움직인 건데요. 저라도 지켜보는 입장이었다면 불쌍해서 그랬을 겁니다."

"죽을래?"

"죽일 힘도 없는 주제에. 혹시 모르니 자주 확인해 주시고 이상 생기면 바로 콜하세요."

"네, 선생님."

"간다."

인사를 한 후 병실을 나가려고 하는데 뒤에서 이상윤의 웅알거리는 듯한 목소리가 들렸다.

"…고맙다, 한 선생."

"뭐라고? 잘 안 들리는데?"

"고맙다고!"

"응? 다시 말해봐."

"…꺼져! 이 자식아!"

"하하! 고쳐준 은인한테 이 자식이라니 싸가지하곤. 하긴 개새끼에서 많이 좋아진 건가. 푹 쉬어라."

한 번 더 놀려준 후 밖으로 나왔다.

샌드위치로 간단히 허기를 달래고 뇌전증 환자를 치료하기 위해 신경과로 이동했다.

"전 간호사님, 좋은 저녁이에요!"

"어서 오세요, 선생님. …준비 다 됐어요."

"무슨 안 좋은 일 있어요?"

전 간호사는 평소와 달리 얼굴에 그늘이 있었다. 그녀는 잠시 머뭇거리다가 말했다.

"한 선생님, 혹시 전에 말했던 거 아직 유효한가요?"

"전에 말했던 거요? …아! 전 간호사님 전권으로 데려와도 된다고 했던 거 말이죠?"

"…네, 그거요."

"물론 유효하죠. 언제든 데리고 오세요. 앞으론 그렇게 고민하지 않으셔도 돼요. 너무 자주 많이 데리고 온다 싶으면 제가 말할게요."

"…이유는 안 물어보세요?"

"무슨 이유든 상관없어요. 전 간호사님도 제가 개인적으로 부탁해도 들어주실 거잖아요. 그거랑 다를 거 없어요."

"…그리 말씀해 주시니 감사해요. 사실 남편 직장 후배의 아들이에요. 그 후배가 비밀로 하고 있었는데 우연찮게 보고 선생님 얘길 했나 봐요. 죄송해요. 바쁘다는 거 빤히 아는데……."

"환자는 어디에 있어요?"

"혹시 몰라 신경외과에 입원은 시켜뒀어요."

"치료하는 동안 데리고 오세요. 오늘 시간이 여유로우니 바로 시작하죠."

예약을 하고 애타게 기다리는 환자와 가족들에겐 미안한 일이지만 함께 일하는 이들의 부탁을 거절할 수는 없었다.

게다가 스물다섯 명 치료하는 이들 중 한 명을 빼는 것이 아니라 자신의 시간을 투자해 스물여섯 명을 치료하는 것 아닌가.

스물다섯 명의 치료를 마치고 나자 전 간호사가 데리고 온 꼬맹이가 보였다.

대여섯 살 난 아이인데 얼굴에 뇌전증 후유증으로 인한 상처가 나 있는 걸 보니 발작이 꽤 심한 상태라는 걸 알 수 있었다.

"이름이 뭐야?"

두삼은 아이의 손을 잡고 천천히 주무르며 말했다.

"…지민이에요."

"많이 아파?"

"모르겠어요. 놀다가 눈 떠보면 엄마가 울고 있거나 천장이 보여요."

"이상한 건 없고?"

"가끔 벽에서 까꿍이가 나와서 같이 놀자고 해요."

까꿍이? 엄마를 보자 그녀는 손에 들고 있는 인형을 보여줬다.

두삼은 현재 아이를 치료함과 동시에 상태를 확인하고 있었다.

환상을 보는 건 결코 좋은 현상은 아니었다. 신경세포의 과전류가 주변의 신경세포를 죽이거나 망가뜨리면서 만드는 현상으로 계속하면 이지를 점점 상실한다.

'10퍼센트까지 제거하자.'

정신이 멀쩡할 때 빨리 낫게 해주는 게 좋을 것 같았다. 두삼은 지민의 머릿속 잘못된 신경세포들을 죽이면서 계속 말했다.

"아아~ 까꿍이. 그래서 같이 놀았어?"

"아뇨. 까꿍이가 보인다고 하면 엄마가 싫어해요. 그래서 어제는 그냥 가라고 했어요."

"그랬구나. 아마 지민이가 가라고 했으니 앞으론 보이지 않을지도 모르겠다. 혹시 다시 보이게 되면 아저씨나 엄마한테 얘기해 줄래?"

"…혼내려고요?"

"아니. 지민이가 곧 다 나을 거니 이제 그만오라고 설득하려고."

"이제 엄마 안 우는 거예요?"

"하하! 그럼. 자! 다 됐다. 하나도 안 아팠지?"

"…뭐 했어요?"

"아저씨 능력이란다. 이렇게 손을 잡고 가볍게 주무르는 것만으로도 치료를 할 수 있거든."

"아저씨 히어로예요? 마스크맨?"

"…마스크맨보다 더 멋진 이름은 없을까?"

"없어요! 마스크맨이 제일 잘 어울려요."

"하하… 그, 그래 마스크맨으로 하자. 내일 보자."

젠장, 결국엔 마스크맨을 인정해야 할 모양이다.

"샌드위치로는 배고픔을 달랠 수가 없네. 당직하는 선생들과 야식이나 시켜 먹어야겠다. 일단 그 전에 그 녀석을 한 번 더 봐야겠네."

이상윤의 병실을 다시 찾았다. 간호사가 다가와 설명을 했다.

"식사 후 바로 잠들었어요. 모니터의 상황을 계속 지켜보고 있는데, 모두 정상입니다."

"고생했어요. 내일 검사가 완료될 때까진 잘 부탁드릴게요."

태블릿을 건넨 후 병실로 들어갔다. 이상윤은 세상모르고 잠들어 있었다.

조용히 다가가 맥을 잡고 내부를 살폈다.

막혔던 경혈도 제대로 돌아왔고, 수술했던 뇌에도 출혈은 없었다. 오늘 일로 기가 소모된 걸 제외하곤 모든 게 정상이었다.

팔다리만 제대로 움직인다면 몸만 보한 후 퇴원을 해도 될 것 같았다.

"푹 자라."

동갑에 치료를 하다 보니 제법 정이 든 건지 자신도 모르게 중얼거렸다.

"…넌 나한테 안 돼. 킥킥! …나쁜 새끼, 음냐음냐~"

"…꿈에 함부로 날 소환하지 마."

재수 없는 건 여전했다.

* * *

걸크러시를 필두도 블랙스완, 원더보이즈 KM엔터테인먼트의 연예인들이 차례차례 다녀갔다.

오랫동안 톱스타로 자리했던 걸크러시를 제외하곤 심하게 아픈 이들은 없었다.

아이러니하게 인기가 없을수록 건강하달까.

아무튼 다른 그룹들은 4, 5일쯤 몸조리를 하고 나갔는데 그중 몇 명이 공황장애 증상을 보여 정신건강의학과의 의사를 소개해 치료하게 했다.

며칠 전 특실을 차지한 이들은 연습생들이었다.

팔팔한 십 대에 하루에 춤 연습으로 많은 운동을 하는 이들답게 건강엔 문제없었다. 그저 다이어트 때문에 몸이 약간 약해진 정도.

맛있는 걸 먹이고 비만클리닉에서 하는 다이어트 프로그램의 일부를 적용하는 것으로 충분했다.

사실 그들이 특실을 찾은 이유는 건강보단 성형 때문이었기에 그에 가장 바쁜 사람은 서문희이었다.

언제 부를까 대기를 하고 있는데 부르는 대신 진료실로 찾아왔다.

"불이 켜져 있어서 혹시나 싶어 들렀는데, 일찍 나왔네. 들어가도 돼?"

"물론이죠. 음료수 드실래요?"

환자들이 갖다주는 것들이 제법 있었다.

"어째 좀 피곤한 표정이네?"

"어제 병원에서 잤거든요."

"아하~ 그래서 이 시간에 진료실에 있었구나?"

"네. 근데 전화를 하시지, 바로 올라갔을 텐데요."

"뭣 하러. 그리고 나 작별 인사 하러 왔어."

"에? 개원 준비 다 되셨어요?"

그녀가 떠날 것이라는 건 알고 있었다. 다만 시점이 연습생들까진 손봐주고 갈 줄 알았다.

"거의 며칠이면 될 거야. 일주일 정돈 쉬고 싶어."

"연습생들은요?"

"연습생들까지 다 고쳐주고 가면 나가서 손 빨고 있어야 하는데. 강가영 이사랑 얘기 잘했어. 칼 댈 애들도 몇 명 있고. 물론 위험한 수술은 안 할 거지만."

"시원섭섭하신 모양이네요?"

쉰다고 할 때 표정이 그랬다.

"젊음을 여기에 바쳤으니까. 아무튼 연락하면 거절하지 말고 와줘. 대가는 확실히 지불할게. 물론 자주 부르진 않을 거야."

두삼이 볼 때 그녀의 쁘띠 주사 실력은 굳이 자신의 방법이 필요할까 싶을 정도로 훌륭했다. 한데 작은 차이마저도 신경 써야 할 이들이 있는 모양이었다.

"제가 바쁜 시간만 피해주신다면 언제든지요. 저도 도움이 필요하면 연락드릴게요."

"그래, 상부상조하자. 성형 외적인 도움이 필요할 때도 연락해도 돼. 병원을 떠나기 전에 한 선생을 만나게 돼서 기뻤어."

"저도요. 선생님, 고생하셨습니다."

예의상 한 말이 아니라 진짜였다. 성형 기술이 는 건 아니다. 미적 감각은 공부를 한다고 되는 게 아니었다. 그저 그녀의 요구를 맞추다 보니 기를 더욱 세밀하게 다룰 수 있게 되었다.

조만간 다시 만나게 될 사람이라 짧은 이별로 마무리했다. 한데 그녀가 나가자마자 환자복 차림의 이상윤이 들어오며 말했다.

"방송을 탔는데도 꽤 한가하다?"

"…아직 근무시간 전이거든!"

"한의사들은 좋네. 근무시간도 따로 있고. 우린 이 시간이면 회진하고 있을 시간인데."

"안 그래도 말도 안 듣는 환자가 있어서 회진할 생각하고 있었거든. 그리고 내가 분명히 무리하지 말고 얌전히 있으라고 했지. 이제 나았다고 담당 의사 말을 무시하는 거냐? 넌 네 환자가 그러면 좋겠냐?"

정곡을 찔렸을까 눈을 피했다.

"…무시하는 게 아니라 귀찮음 덜어주고자 온 거야. 그리고 걷고 싶기도 했고."

"말이나 못 하면… 그렇다면 여기서 보자. 침대에 걸터앉아. 얼른 봐주고 널 보내는 것이 낫겠다."

"제대로 움직여. 일어나서 다 테스트해 봤어."

"그걸 왜 네가 판단해? 네가 의사… 구나. 뭐, 그래도 앉아. 한의학적으로는 다른 판단이 나올 수 있어."

인정하는지 침대에 걸터앉았다.

그의 맥을 잡고 팔다리를 움직이게 해보았다.

어젯밤 볼 때와 변한 건 없었다.

"한의학적 판단은 어때?"

"…멀쩡해. 하지만 기운이 방송할 때처럼 아슬아슬해. 일주일간 보양식이랑 보약으로 준비해 줄 테니까 먹고 퇴원해. 물론 두어 달간은 섹스 금지야."

"1년간은 안 할 거야."

"복상사할 뻔했으면서도 안 한다는 소린 안 하네. 하긴 내가 남의 밤 생활까지 간섭할 권리는 없지. 다 됐습니다, 이상윤 환자. 이제 얼른 병실에 가서 쉬다가 검사나 받아."

"무슨 검사?"

"아무 이상 없다는 걸 증명할 검사. 뇌 CT랑 전신 MRI 찍어야 할 거야. 그래야 퇴원을 시키지."

"하여간 검사에 목을 매는 건 현성이나 여기나 똑같다니까.

좋아! 그럼 이제 정해야지."

"뜬금없이 뭘 정해?"

"우리 대결. 잊고 있었던 건 아니지?"

당연히 잊고 있었다. 그저 치료를 하기 위해 한 말을 기억하고 있는 것도 우습다. 게다가 이렇게 빨리 나을지 예상도 못 했다.

"큼! 기억은 하고 있지! 한데 그게 중요하냐?"

"…잊고 있었군. 중요해! 내가 지독한 고통에서 버틸 수 있었던 건 너와의 대결을 생각했기 때문이야."

"버티긴 개뿔……. 좋아! 한다고 하자. 분야가 다른데 어떻게 할 건데? 하루에 보는 환자 수로 할까?"

"…확실히 넌 양의 탈의 쓴 나쁜 놈이야. 요즘 손님들이 밀려드는 걸 빤히 알거든. 그리고 외과의사는 수술 한 번 들어가면 몇 시간이야."

"그건 네 사정이고. 그럼 어쩌자는 건데? 환자의 만족도? 그것도 아니면 매출액?"

"……."

말을 하다 보니 이상윤의 말처럼 자신이 참 사악한 인간이라는 생각이 들었다. 대결이라니 지기가 싫었는지 유리한 것만 말했다.

물론 할 말은 있었다.

"다른 건 둘째 치더라도 넌 현성에 있고 난 한강에 있는데 대결할 거리가 없잖아."

"내가 한강으로 오면?"

"그러면 서로의 실력을 보면 인정하게 되지 않을까? 근데 실현 가능성이 없잖아."

"왜 없어? 내가 현성에 빚을 진 것도 없는데."

"…방송 찍었잖아?"

"내가 언제 나을 줄 알고 방송국에서 기다려? 함께 수술했던 의사 선생님을 대신 쓴다고 연락 왔어."

"그래서 진짜 우리 병원으로 오겠다고?"

"나 같은 외과의사를 어느 병원에서 거부할까?"

'내가!'라고 소리칠 뻔했다. 그럼 더 아등바등 달려들겠지. 그럼 곤란하다.

일하는 장소는 다르지만 이상윤이랑 일하면 피곤할 게 불 보듯 빤했다. 이럴 땐 조곤조곤 설득을 하는 게 낫다고 생각했다.

"…당연히 거부야 안 하겠지. 근데 네게 의술을 가르쳐 주신 선생님들도 계실 거고, 같이 고생했던 선후배들이 있는데 네가 이쪽으로 오면 어떻게 되겠어? 고작 의미도 없는 대결을 위해 그들을 버리는 게 말이 된다고 생각해?"

"나 미국에서 학교 나왔는데."

"……."

길게 얘기한 것이 무안해질 만큼 짧은 대답에 할 말을 잃었다.

"설마 한국에서 나 같은 의사가 나올 수 있다고 생각하는 거야? 예과 2년, 본과 4년, 인턴 1년, 레지던트 4년, 군 복무 3년까지 마쳤으면 지금 딱 펠로우가 됐겠네. 내가 아무리 천재라고 해도 수술을 할 기회가 한정된 한국에선 무리야. 미국에서 토할 정도로 수술했으니 오늘에 이른 거야."

설명을 하면서도 끝까지 자기 자랑을 하다니 정말 강적이다. 할 말은 하나밖에 없었다.

"…잘났다."

"알아. 더 이상의 변명이 없으면 한강대학병원으로 오는 걸로 할게. 대결 방법은 그때 생각해 보고. 그럼 수고해라. 참! 나 인삼을 먹으면 열이 나는 체질이니 보약에서 인삼은 빼줘라."

"…그래서 홍삼 넣었거든. 그리고 청구서 왕창 나갈 테니 준비나 해라. 나 같은 슈퍼 초울트라 천… 큼! 의사가 치료했으니 싸진 않을 거다. 뭐, 내가 우리 병원으로 안 온다면 특별히 깎아줄 생각도 있다만……."

이상윤처럼 천재라고 말하려고 했는데 차마 말을 할 수가 없었다.

"작성하는 청구서에 10퍼센트 더 붙여라. 반말 찍찍하는 의사가 마음에 들지 않지만 실력은 좋으니 소고기 사 먹게. 우리 부모님이 부자거든."

'나 천재'에 이어 '우리 부모님 부자'라는 연속적인 공격에 두삼은 결국 말싸움을 포기했다.

*　　　*　　　*

민규식이 불러 원장실로 갔다.

"앉게. 마실 건 뭐로 할 텐가?"

"마시고 왔습니다. 요즘 틈만 나면 와서 커피고 음료수고 주고 가는 애가 있어서요."

"허허! 인턴 중에 꽤 싹싹한 애가 있나 보군?"

"싹싹하긴요. 혼을 쏙 빼놓는 통에 아주 골치가 아픕니다."

"표정은 그리 골치 아픈 것 같지 않은데?"

"…원장님은 못 속이겠네요. 열심히 하긴 하거든요."

"그럼 됐지. 실력이야 나중에 만개하는 이들도 있으니까. 오늘 부른 이유는 이상윤 선생 때문이네. 갑자기 찾아와서 자네와 대결을 하고 싶다고 우리 병원에서 일하고 싶다더군."

"역시 그랬군요."

"알고 있었나 보네?"

"네. 그제 말하더라고요."

"대결이라니 무슨 소린가? 물어봤지만 개인적인 일이라며 대답을 피하더군."

"별거 아닙니다. 그저 누구 의술이 더 나은지 비교해서 우위를 정하자는 겁니다."

"허~ 분야가 다른데 어떻게?"

"그러게 말입니다. 고치면 끝날 줄 알았는데 의외로 집요하더라고요."

"허허허! 어떻게 대결할지 궁금하네, 그려. 혹시 결정되면 말해주게. 구경이나 해야겠군."

"구경할 것이라도 있을까 모르겠습니다. 한데 허락을 하셨습니까?"

"아니네. 생각해 볼 시간을 달라고 했네. 아무래도 자네 의견부터 물어야 할 것 같아서."

"제가 싫다면 안 받으시려고요?"

"물론! 이런 말을 하는 게 우습지만 난 그 친구보다 자네가 더 중요하거든."

진심임을 느낄 수 있었다. 그래서인지 가슴이 순간 뭉클해진다. 할아버지와 은사님이 동시에 떠올랐다.

"…상윤이한테 들려주고 싶네요."

"왜? 직접 해줄까?"

"아, 아닙니다. 전 그를 받아들였으면 합니다."

"귀찮아하는 것 같은데, 왜?"

"그의 실력이 정말 천재적이라면 많은 사람을 고칠 수 있을 거 아닙니까? 뭐, 어디를 가든 마찬가지겠지만 원장님이라면 뼛속까지 이용하실 테니 한 명이라도 더 치료하겠죠."

"다른 사람이 들으면 내가 엄청 부려먹는 줄 알겠네. 허허허!"

"…나쁜 의미로 말씀드린 건 아닙니다."

"아네. 그냥 재미있어서 한 말이네. 자네 말처럼 이상윤 선생이 우리 병원에 몸을 담는다면 좋은 일이지. 사실 예전에 그가 한국으로 온다고 했을 때 스카우트를 제의한 적도 있었으니까."

"그랬습니까? 아! 그의 부친이 친우라고 하셨죠?"

"그렇다네. 그래서 친구 백으로 데리고 오려 했는데 거절하더군."

"현성이 더 많은 돈을 지불한 겁니까?"

"아니. 한강이라는 이름이 마음에 들지 않는다더군. 왠지 자살이 연상된다나."

"하하! 그답네요."

단지 그 이유만으로 병원을 선택하다니 괴짜다.

"그때 처음으로 이름을 바꿔야 하나 진지하게 고민했다네. 허허! 그만큼 탐나는 인재였거든."

"스스로 천재라고 떠벌릴 만큼은 되나 보군요?"

솔직히 아직 그가 얼마나 잘하는지는 모른다. 그저 TV에 나올 정도니 좋겠구나 싶은 정도다.

“내가 본 이들 중 천재를 두 명 꼽아보라고 누군가가 말한다면 스스럼없이 그중 한 명은 이상윤 선생을 꼽을 걸세. 외과의 영역이 왜 점점 세분화되고 있는 줄 아는가?”

“과학과 기술이 발전하면서 더 전문화된 인력을 요구해서가 아닐까요?”

“맞는 말이야. 그러나 그 말을 비틀어 생각해 보면 평범한 의사가 한 분야만 평생 연마해도 다 알지 못한다는 뜻이기도 하네. 한데 이상윤 선생은 규격 외야. 여러 분야를 고루 잘한다고나 할까.”

“현대 의학에서 전천후가 반드시 좋은 건 아니잖습니까. 차라리 한 분야에 집중하는 게 낫지 않나요?”

“그건 그렇지. 한데 관심을 둔 분야 전부에서 전문의 실력을 가진다면?”

“이상윤 선생이 그렇다는 말이군요. 1인 종합병원이네요.”

칭찬을 하면서도 크게 감흥이 없었다.

사실 그의 실력이 빛나려면 종합병원이 없는 곳이나 전쟁터로 가야 했다. 아님 아예 과거로 가거나.

“1인 종합병원이라, 딱 적절한 표현이군. 한데 여러 분야에서 실력이 좋다는 것에 여전히 부정적인 것 같군. 한데 말이야. 그의 나이를 생각해 보게. 자네랑 같은 서른넷. 그가 만약 외과 분야를 섭렵한 후에 무엇을 할지 궁금하지 않나?”

“…엄청 잘난 척을 하지 않을까요?”

“허허허허허! 그건 확실하겠군. 아무튼 자네가 괜찮다니 승낙을 하겠네."

"그러십시오."

장난스럽게 말했지만 두삼 역시 그가 어디까지 갈지 궁금하긴 했다. 게다가 그의 실력을 알게 되자 가슴 깊숙한 곳에서 묘한 경쟁심이 일어났다.

"근데 한 선생, 나머지 한 명의 천재에 대해선 궁금하지 않나?"

"왠지 낯 뜨거워질 것 같아 듣고 싶지 않네요."

"자네라고 확신을 하는 모양이군? 허허허!"

"아닌데 그렇게 생각하고 있으실까 봐서 겁이 나는 겁니다."

"한 사람은 너무 잘난 척하고, 한 사람은 너무 겸손하고. 잘 어울리겠군. 근데 그거 아나? 남들이 볼 땐 둘 다 재수가 없다네."

"…이상윤 선생과 비슷하다니 앞으론 조금 잘난 척하겠습니다."

"그러게. 참! 근데 이상윤 선생 치료비가 과하게 청구된 게 아니냐고 재무팀에서 연락이 왔다네."

"부모님이 부자라고 마음껏 청구하라고 하더군요. 거기에 제 수고비 하라고 10퍼센트 붙이라고 해서 그렇게 했습니다."

"허허허! 두 사람 참 재미있게 노는군. 하긴 치료한 것에 비하면 낮은 금액이긴 하지. 알았네. 병원비라 자네에게 현금으로 주진 못하지만 과 특별 상여금으로 10퍼센트는 보내주지."

"감사합니다."

하라는데 못 할 건 없었다.

39. 일이 쫓아다녀

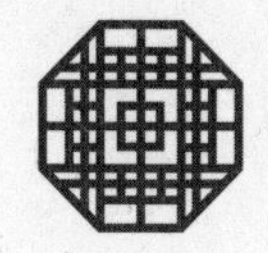

"잘하자!"

출근 준비를 마친 임동환은 거울을 보며 스스로를 향해 중얼거렸다. 오늘은 마취 시범을 보이는 날로 수많은 이들이 보는 앞에서 수술 환자에게 시침을 해야 했다. 며칠 전부터 하루에 몇 번씩 테스트를 했고 할 때마다 성공하고 있었다. 그러나 혹시나 '실패하면 어떻게 하지?'라는 생각이 머릿속을 떠나지 않았다.

'할 수 있어! 난 절대 지지 않아!'

거울 속 자신의 모습이 누군가의 모습으로 바뀐다.

눈엣가시 같고, 반드시 이기고 싶었던 존재. 눈앞에서 치웠다고 생각했는데 다시 나타나 다시 자신의 빛나야 할 앞길을 막고 있는 두삼이었다.

'이번엔 반드시 내 손으로 치워 버리겠어.'

각오를 다진 임동환은 방에서 나가 아래층으로 내려갔다. 아버지 임철호가 거실에 앉아서 신문을 보고 있었다.

"편히 쉬셨어요?"

"그래. 오늘이 시범일이지?"

"네. 다녀오겠습니다."

"아침 먹고 가라."

"…아뇨. 불편할 것 같아서……."

"토스트라도 먹고 가. 수술이 길어지면 얼마나 서 있어야 할지도 모르잖아."

식탁으로 향하는 임철호. 흘낏 시간을 확인한 임동환은 그의 뒤를 따랐다. 와삭! 바싹 구운 토스트를 물며 임철호가 물었다.

"너무 부담 갖지 마라. 시도가 중요한 거지 단번에 성공한다고 해서 주목받는 건 아니니까."

"하지만 임팩트가 다르죠."

"후후! 기합이 단단히 들어갔구나. 그래, 이왕 병원에 들어간 김에 최고가 되어보는 것도 나쁘지 않지. 한데 민 원장 딸이랑은 잘되어 가는 거냐?"

"…그런 거 아닙니다."

임철호는 자신감 없는 목소리로 시선을 피하는 임동환을 보고 만족스럽게 웃었다. 이제야 좀 정신을 차린 것처럼 보였기 때문이다.

"일어날게요."

"그래라. 단번에 성공하고. 참! 그놈에 대해선 너무 걱정 마라. 내가 알아서 밑바닥에 떨어지게 만들 테니."

돌아서 나가려던 임동환의 걸음이 멈췄다. 그리고 돌아서지 않고 말했다.

"…아버지, 이제 제 일은 제가 알아서 합니다."

"안다. 넌 네 일을 해라. 난 내 일을 할 테니."

"아버지!"

"독하게 마음먹어라. 네 욕망의 끝이 어디에 있는지 잘 생각해 보고. 만일 그냥 현재의 자리에 만족하겠다면 말해라. 나도 더 이상 신경 쓰지 않으마."

"……."

아니라고, 당신의 기대감에 조금이라도 만족을 주고자 한 것이라고 외치고 싶었다. 하지만 마음 깊숙한 곳에 자리한 욕망이 스스로를 속이지 말라고 속삭였다.

"…제발 좀 내버려 두세요."

낮게 중얼거린 그는 임철호의 말을 듣지 않고 빠르게 집을 나섰다. 병원에 도착해서 주차를 할 때쯤 주해인에게 연락이 왔다.

받을까 말까를 고민하던 그는 주차를 마친 후에야 통화 버튼을 밀었다.

"응, 주차하고 있어서 조금 늦었어."

—그랬구나. 오늘 시범 잘하라고 연락했어.

"고맙다. …끝나고 연락할게."

—…으응, 시범 끝나고 나면 좀 한가해지지 않아? 우리 여행이나 갈까? 금요일 밤부터 해서 2박 3일간.

"…더 바빠질 거야. 그때부턴 직접 수술에 들어가 봐야 할지도 모르거든."

—그렇구나. 병원이 달라서 그런가, 왠지 조금 멀어진 느낌이야. 나도 한강대학병원으로 옮길까?

징징거리는 듯한 목소리에 슬슬 짜증이 나는지 임동환은 인상을 구겼다. 얼마 전까지 애교로 보였던 행동이었는데, 이젠 귀찮다.

왜 이렇게 바라는 것도 많은지.

그에 반해 민청하는 어떤가.

자기주장이 강하고 상당히 독립적인 성향이다. 밥을 사려 해도 절대 두 번 이상 내게 하지 않는다. 한 번을 사면 반드시 한 번은 그녀가 냈다. 게다가 만날 때 리드를 할 필요도 없다. 함께 한다는 느낌을 준다고 할까.

물론 단점으로 본다면 거리감이 느껴지는 건 사실이지만, 만나고 있으면 주해인과 있을 때보다 한결 편하고 시간도 빨리 갔다.

주해인의 목소리에 상념에서 깼다.

—오빠, 내 말 듣고 있어?

"…으, 응. 근데 이제 올라가 봐야 할 것 같아."

—…그래, 수고해.

"오늘은 같이 고생한 선생님들과 술자리가 있을 것 같으니 내일 저녁이나 먹자. 그럼 끊는다."

전화를 끊고 잠시 스마트폰을 바라보던 그는 사랑한다는 메시지를 보낼까 말까 고민하다가 그냥 올라갔다.

진료실로 가서 옷을 갈아입고 손을 풀며 오늘 할 일을 정리했다.

'시범을 보인 후, 참여 인사들과 점심을 같이하며 인사할 시간이 주어진다고 했으니 최대한 강렬한 인상을 주도록 해야 해.'

한강대학병원 원장과 부원장, 이사진과 각 센터장, 거기에 의학협회와 한의사협회의 사람들과 호의적인 기사를 써줄 기자들까지. 참여 인사들은 나중에 그가 원하는 곳으로 가는 데 힘이 되어줄 수 있는 이들이었다.

미리미리 안면을 익혀두는 것도 나쁘지 않을 것이다.

생각을 정리하고 있는데 노크 소리와 함께 침구과 레지던트 1년차가 들어왔다.

"임 선생님, 이제 슬슬 출발하셔야 합니다."

"알았다."

밖으로 나가자 장인규, 간호사들, 인턴들이 배웅하듯이 서 있었다.

"한의학이 양의학 못지않음을 보여주고 오게."

"잘하고 오세요, 임 선생님!"

"파이팅하십시오!"

설마 장인규가 잘하고 오라고 할 줄은 생각도 못 하고 있었다. 사실 같은 과지만 반(反)원장파인 자신과 달리 원장파에 가까운 그와는 데면데면한 관계였다. 특히 두삼에게 뜸을 가르치고 있음을 알고 난 후엔 함께 식사도 하지 않았다.

"…감사합니다. 실망시키지 않게 잘하고 오겠습니다."

"너무 긴장하진 말고."

진심으로 격려하는 모습마저 무시하긴 힘들었기에 정중하게 인사를 한 후 본관으로 이동했다.

시범을 보일 수술실은 이번 시범을 위해 별도로 만들어진 곳으로, 양쪽 방에서 창문으로 볼 수 있게 된 구조였다.

수술실로 들어가자 환자를 제외하곤 모두 준비가 되어 있었다. 먼저 마취과 과장인 이진석에게 먼저 인사를 했다.

"선생님, 잘 부탁드립니다."

"만에 하나의 상황 때문에 와 있지만 내가 할 게 있을까? 임 선생이 잘하겠지."

"노력하겠습니다. 민 선생도 잘 부탁해."

오늘 수술의인 민청하에겐 미소를 띤 얼굴로 말했다.

"저도 잘 부탁해요, 임 선생님. 그나저나 사람들이 쳐다보고 있다고 생각하니 긴장되네요."

건너편 방에선 수술실을 볼 수 있지만 수술실에선 볼 수가 없었다.

"그러게. 나도 많이 긴장되네."

"약간의 긴장은 좋은 거래요. 그런 의미에서 우리 파이팅해요!"

"후후! 그래, 파이팅! 환자 온다!"

문이 열리며 침대에 누운 환자가 들어왔다. 그리고 잠깐의 준비 시간이 주어진 후 수술 준비가 완료됐다.

민청하가 시작하라고 살짝 고개를 까닥했다.

"시침을 통한 전신마취를 시작하겠습니다."

임동환은 가볍게 숨을 뱉어내며 말한 후 침을 들어 환자의 혈을 향해 꽂았다.

*　　　*　　　*

"크아아악!"

"…조금만 참으세요. 고통을 없애 드리겠습니다."

화상 환자의 고통스러운 비명에 두삼은 얼른 손을 뻗다가 주춤했다. 어디 한 곳 성한 곳이 없었다. 어쩔 수 없이 가장 가까운 목에 손을 댔다. 침을 쓸 수도, 다른 의사들의 시선을 의식해서 혈 자리를 누르기에도 화상이 심했다.

얼른 감각신경을 마비시켰다.

"…후우~"

고통이 사라지자 그는 일순 어리둥절했다. 그러다 살 만한지 한숨을 뱉으며 베개에 머리를 댔다.

'나에게 이런 일이 일어나다니'라는 표정이 아닌 '올 것이 왔구나' 하는 착잡한 표정. 그러다 무슨 생각을 했는지 탁한 목소리로 물었다.

"…소년은요?"

"소방관님이 방화복으로 감싸서 연기를 마신 것 빼곤 괜찮습니다."

"…다행이네요."

"좀 쉬세요."

두삼은 그을린 그의 머리에 손을 올렸다. 심신이 지친 상태였는지 금세 잠들었다. 그가 잠든 걸 보고 뒤에 대기 중인 의료진에게 말했다.

"됐습니다."

"수고했습니다. 시작하자."

의료진은 가위로 눌이붙은 옷을 잘라내기 시작했고 두삼은 뒤로 물러나 돌발 상황에 대비했다.

화상으로 일어나는 몸의 열기와 고통이 마취시켜 둔 감각신경에 어떻게 영향을 미칠지는 아직 미지수였다.

턱! 묵직한 손이 수고했다는 듯 등을 쳤다.

돌아보지 않아도 누군지 알 수 있었다.

"바쁜데 불러서 미안해. 화상 환자들이 버티기 힘든 게 타는 듯한 고통이거든."

노상철이 환자를 씁쓸하게 보며 말했다.

"제 도움이 필요하면 언제든 부르세요. 근데 화상이 심한 것 같은데 어떻게 될 것 같아요?"

"글쎄다. 체액량 소실로 인한 합병증이 생기느냐 마느냐가 관건이지. 너무 걱정 마라. 우리 병원 성형외과랑 피부과 실력 좋으니까. 그리고 저런 소방관은 살아야 되지 않겠냐."

"그러게요… 그럼 전 이만 가볼게요. 예약 환자가 기다리고 있어서."

두삼은 돌아섰다. 그러다 무슨 생각을 했는지 다시 돌아서서는 환자에게 다가가 손을 올렸다.

그의 손이 태양처럼 밝게 빛났다. 그리고 그 기운은 환자의 몸에 스며들어 기능 저하가 일어나고 있는 내부 장기 곳곳에 스며들었다. 5분의 1만 남겨두고 기운을 환자에게 쏟아준 후에야 두삼은 응급실에서 벗어나 안마과로 왔다.

천 간호사가 물었다.

"임동환 선생님 수술 보고 오셨죠?"

"아! 그게 오늘인가요?"

몰랐다. 알았다고 해도 달라질 건 없지만.

"아니에요? 갑자기 나가시기에 다 그런 줄 알았는데."

"그럴 여유라도 있으면 좋겠네요. 환자는요?"

"오래 걸릴지도 모른다고 하셔서 엘튼 선생님께 맡겼어요. 다음에 두 번 보래요."

"그래야겠네. 다음 환자 들여보내요."

"다음 환자는 펑크예요. 선생님 오시길 기다리는 부인과 환자 기다리는데 들여보낼까요?"

"그래요."

오전 이른 시간엔 유독 약속을 펑크 내는 이들이 많았다. 천 간호사가 밖으로 나간 틈에 컴퓨터로 이번 환자의 기록을 확인했다.

"신진대사 안마네."

현재 안마실 상황을 살폈다.

현재 모두 일하고 있었다. 가장 빨리 끝나는 곳이 15분 뒤, 두 자리가 나고 대기 인원이 2명이니 올려도 될 것 같았다. 한데 환자 이름을 적고 클릭하려는 순간 대기 인원이 두 명 늘었다.

'빠르기도 하셔라.'

들어오는 환자를 향해 말했다.

"여기서 받으셔야 할 것 같으니 옷 갈아입으세요."

진료실 옆에 있는 주사실 겸 의약품실의 일부가 탈의실로 이용되고 있었다.

'근데 저 환자는 다이어트가 필요 없는 것 같은데.'

몸매를 볼 땐 20대 같고 피부나 전반적인 분위기는 30대 후반으로 보이는 환자는 상당히 운동을 많이 한 몸매였다. 잘록한 허리, 업이 제대로 된 힙. 치마 밑으로 드러난 다리는 근육이 붙어 매끈하면서도 탄탄함이 느껴졌다.

환자는 찜질방 옷처럼 편안한 면 티와 반바지를 입고 나왔다.

“서문희 선생님이 신진대사 안마를 신청하셨는데, 잠시 진맥을 해볼게요.”

“그러세요.”

여자는 생긋 웃으며 팔을 내밀었다. 두삼은 그녀의 팔의 잡았다. 탄력 좋은 고무를 만지는 느낌이다.

“운동을 많이 하시는군요.”

“호호! 중독 수준이죠.”

“신화린 씨 건강하시네요. 체지방도 적당하고, 이상적인 몸 상태세요. 복부를 살짝 볼 수 있을까요?”

그녀는 옷을 살짝 올렸는데 11자 복근이 아주 예쁘게 나 있었다.

“음, 혹시 뱃살 때문에 오셨나 했는데 그것도 아니고. 솔직히 진료가 필요 없을 정도네요.”

“서 선생님도 그렇게 말하더군요. 한데 이 몸매를 유지하려다 보니 스트레스가 심해요. 먹는 것도 제대로 먹지 못하고요. 그래서 다만 얼마 동안만이라도 운동량을 줄이고 마음껏 먹고 싶어서요.”

“그렇군요. 이해했습니다. 침대에 누우세요.”

손님이 그러겠다는데 뭐라 할까.

“안마와 병행하다 보니 불편한 부분이 있을 수 있습니다. 그땐 바로 말씀해 주세요.”

“그럴게요. 한데 간호사분은 옆에 계시나요?”

“그렇습니다. 안마라는 것이 자칫 잘못하면 성추행이 될 수도 있어서요. 안마 치료 동의서가 있긴 하지만 그래도 조심하는 게 좋으니까요. 시작할게요."

목에 양손을 올리고 주무르며 경락을 자극했다. 그녀는 시원한지 신음 소리를 가볍게 흘렸다. 특별한 일 없이 어깨를 끝내고 허리로 내려왔을 때였다. 갑자기 그녀가 몸을 일으키며 말했다.

"잠깐만요, 선생님."

"불편한 거라도 있으세요?"

"아뇨. 잠시 둘만 얘기할 수 있을까 해서요."

"…개인적인 얘기가 아니라면 말해도 괜찮습니다."

"개인적인 얘기네요. 아! 얘기할 동안엔 안마는 하지 않으셔도 돼요."

두삼은 어떻게 해야 하나 생각하다가 천 간호사를 향해 말했다.

"나가 있어요. 문은 살짝 열어두고요."

"예, 선생님."

두삼은 천 간호사가 나가는 걸 보고 몇 걸음 물러나며 말했다.

"말씀하세요."

"불편하게 했다면 사과드릴게요. 정식으로 소개하죠. 헤드서치에서 나온 신화린이에요."

"헤드서치? 혹시 며칠 전에 연락하시고 찾아왔던……."

"그날 저희 팀원이 실례 많았죠?"

실례랄 것도 없었다. 전화를 했기에 싫다고 말했고, 지하 주차장에서 기다리고 있기에 떠날 생각이 없다고 말한 것뿐이다.

"딱히요. 전 아직 이곳을 떠날 생각은 없습니다."

"연봉은 지금 받는 것의 3배. 아파트, 차."

"관심 없습니다."

"4배. 거기에 아파트는 한 단계 더 업그레이드시켜 드릴게요."

두삼은 머리를 긁적거리며 말했다.

"제가 이곳에서 얼마나 벌었는지 알면 헤드헌팅하러 오지 않았을 겁니다."

"얼마나 벌었는데요?"

"엄청~ 많이요. 아무튼 어떤 제안을 하든지 떠날 생각이 없으니 그만 포기하세요."

"거절하는 척하며 값어치를 올리려는 거라면……."

"절대! 아닙니다."

그녀는 두삼의 눈을 뚫어지게 봤다. 두삼의 생각이 제대로 전달됐는지 그녀는 가볍게 입맛을 다셨다.

"흠! 역시 한강대학병원 의사 선생님들이 딴 주머니를 차고 있다는 소문이 사실인가 보네요. 왜 다들 이 건을 맡기 싫어했는지 이제 알겠네요."

"포기하셨으면 계속할까요? 아님 그냥 가실 건가요?"

"당연히 받고 가야죠. 돈이 얼만데. 그리고 진료도 계속할 생각이에요. 아까 한 말 사실이거든요."

"그럼 엎드리세요."

신화린은 스카우트해야 한다는 부담감이 없어져서인지 조금 전보다 더 편안한 표정으로 두삼의 마사지를 받았다.

* * *

TV 출연 이후 갑자기 스카우트 바람이 불었는지 신화린의 제안 후 2번이나 더 스카우트 제의를 받았다. 물론 그때마다 단호하게 거절을 해서인지 같은 곳에서 다시 제안을 하는 경우는 없었다.

부들부들! 떨리는 이마를 느끼며 새로 나온 고구마 초코케이크를 입안에 넣었다. 그리고 천천히 곱씹으며 몸 내부를 관조했다.

'맛있다! 적당량의 초콜릿 성분과 고구마의 단맛이 어울려서 기분이 좋아.'

호르몬들이 분비되며 기분이 좋은 건지, 기분이 좋아지니 호르몬이 분비되는 건지 아직 명확하게 모르겠지만 아무튼 분비된 호르몬들이 스트레스를 없앴다. 기분 좋게 케이크를 다 먹고 슬슬 일어날까 하는데 40대 중반의 여성이 자신을 보며 다가왔다.

깔끔한 정장 차림, 세련된 안경, 단정한 헤어스타일. 느낌이 헤드헌터다. 아니나 다를까, 자신의 앞으로 와서 물었다.

"한두삼 선생님?"

"네, 맞긴 한데 어떤 조건을 건다고 해도 다른 병원으로 갈 생각 없습니다."

"…우리 병원 입장에선 다행이네요. 사업지원부에서 나온 구본미예요."

사업지원부는 병원 직원들의 연구의 타당성을 검토하고 연구 결과물의 사업화를 담당하는 곳이다.

"아! 죄송합니다. 요 며칠 스카우트 얘기를 많이 들어서 오해를 했습니다."

"TV에 출연한 스타 한의사이니 그럴 수도 있죠. 잠깐 앉아도 될까요?"

"스타는 무슨, 앉으세요. 뭐라도 드시겠어요?"

"제가 살게요. 한데… 좀 전에 먹은 케이크가 뭐예요? 참 맛있게 먹던데……."

"하하! 잠깐 기다리세요. 가당치도 않은 스타라는 말을 들었는데 제가 사야죠."

두삼은 얼른 케이크 두 개와 생과일 주스를 사왔다.

"드세요. 한데 사업지원부에서 오셨다면 혹시 제 연구 계획서 때문인가요?"

"네, 맞아요."

"연구실에서 연락이 올 줄 알았는데요?"

"이미 만들어서 사용하고 있다면서요."

"네. 병원에 들어오기 전에 하던 마사지 숍에서 손님들에게 사용했었죠."

"그래서 제가 온 거예요. 연구보단 지원 쪽에 더 가까워서요. 근데 효과는 계획서에 적은 대로인가요?"

"일단은요. 하지만 정확한 테스트를 해보셔야 할 겁니다. 저 역시 크게 기대했던 건 아니거든요."

"음, 물론 결정되면 그럴 거예요. 현재 병원에서 가장 많은 이들이 연구하고 있고, 또 하려는 분야가 화장품이에요. 솔직히 가장 손쉽게 접근할 수 있는 분야니까요. 한데 접근이 쉬운 만큼 경쟁이 심할 거라곤 생각하지 못하죠. 실제로 제가 온 후 제품화된 것이 두어 개 있었어요. 하지만 둘 다 실패했어요."

"그런가요? 저도 경쟁이 심하다는 건 알고 있어요. 그래서 낼까 말까 망설였거든요. 그냥 폐기시켜도 괜찮습니다."

매년 수백억씩 연구비로 투자하는 대기업들이 즐비한 시장이다. 큰 기대는 없었다.

"일단 다 만들어졌고 테스트도 어느 정도 되어 있다는 것에 조금 욕심이 나네요. 특히 사상 체질과 피부 타입에 따라 나눴다는 점도 특이해서 좋고요. 혹시 제품을 받아볼 수 있을까요?"

"만들고 숙성하면 5일 정도 걸린다는 건 아실 테고. 어느 정도요?"

"스무 명 정도 테스트할 분량이면 괜찮겠네요."

"넉넉하게 30인분 정도 만들어서 갖다드릴게요."

"감사해요. 재료 비용은 청구하시면 돼요. 그리고 혹시 체질이 다른 사람이 쓰면 어떻게 되나요?"

"그 부분은 많은 테스트를 한 건 아니라서 확실하게 말할 순 없어요. 그러나 크게 문제는 없을 거예요. 성능보단 후유증이 없는 것 위주로 만들었거든요. 다만 효과는 기대하기 힘들 겁니다."

"알겠어요. 참조할게요. 그리고 더 필요하게 되면 연락드릴게요. 시간 내주셔서 고마워요."

"별말씀을요. 별것 아닌 걸로 귀찮게 해드린 건 아닌지 모르겠네요."

"제 일인데요. 참! 혹시 제품화되면 순수익의 20퍼센트 정도가 한 선생님의 몫일 거예요. 짠 거 같지만 실제 투자 대비 효율이 좋은 편이 아니라서."

"하하! 실패 사례로 들어가지 않길 바랄 뿐입니다."

"그리고 한의사에게 이런 말씀드리긴 그렇지만 이마가 계속 떨리는데 검사를 받아보세요."

"아! 멈추게 한다는 걸 잠깐 잊고 있었네요. 그럼 전 이만 가볼게요."

얘기하느라 멈춘다는 걸 깜빡했다.

구본미와 헤어져 푸드코트에서 나왔다. 그리고 한방센터로 가는데 낯익은 두 명이 같이 걸어가고 있었다.

노상철과 이상윤. 결코 알은척하고 싶지 않은 이상윤이 있었기에 그냥 지나가려는데 안테나가 달린 건지 휙 돌아본다.

"여어~ 한가한 의사 한두삼 아냐."

"…뭐라는 거야? 검사 결과는 좋았던 것 같은데, 왜 저래!"

"아무 이상 없다고 한 건 너거든!"

"그런 줄 알았는데 다시 해봐야 하는 건 아닌지 모르겠다. 그리고 그 가발… 됐다. 제멋에 사는 거지."

이상윤은 가발을 쓰고 있었는데 한껏 멋을 부린 채였다. 얘기해 봐야 피곤할 것 같아서 무시하고 노상철에게 인사했다.

"안녕하세요, 노 선생님."

"응. 두 사람 친한가 봐?"

"친하긴요. 제 환자였습니다. 근데 무슨 일로 같이 다닌 거예요?"

"우리 과에 배속됐거든."

"예? 응급센터에요?"

"원장님이 많은 걸 경험하게 하고 싶으신가 봐. 이 선생 생각도 그렇다고 하고. 나야 일 잘하는 의사 한 명이 더 생기는 거니 싫을 이유가 없지. 특히 주말에 더욱더."

확실히 특이한 놈이긴 하다. 다들 회피한다는 응급센터를 제

발로 들어가다니 말이다.

두삼은 이상윤의 어깨에 팔을 두르며 말했다.

"존경한다, 이상윤."

"…넌 존경을 이따위로 하냐? 대결할 준비나 하고 있어, 마스크맨."

"…그, 그걸 어떻게?!"

"바보냐? 너한테 치료받은 사람치고 마스크맨의 정체에 대해 모르는 사람이 있을 거 같아? 흣! 유치하게 마스크맨이 뭐냐?"

"내가 만든 게……."

자신이 만든 별명이 아니라고 말하고 싶었다. 하지만 이상윤은 이미 저만치 가고 있었다.

"…아니라고, 이 자식아……."

목소리에 힘이 없었다. 스스로도 알고 있다. 마스크 뒤에서 안도하고 있음을. 사실 이상윤과의 대결을 마땅치 않게 생각하는 이유 역시 정당하지 않다고 생각하기 때문이다.

두삼은 자신의 양손을 쳐다봤다. 그리고 말했다.

"내가 너의 능력을 뛰어넘으면 해결되겠지? 근데 가능할지 모르겠네. 아무튼 그동안은 잘 부탁하고 이해해라. 이젠 좀 뻔뻔해져야겠다."

마스크맨이라는 별명은 더 이상 듣고 싶지 않았다.

토요일, 뜸 수업을 위해 강의실로 쓰고 있는 물리치료실을 찾았다.

"어째 막내 녀석이 항상 늦어."

빨리 와서 준비를 하지 않는 류현수를 씹곤 교육을 받을 수 있게 침대의 위치를 조정하고 창문을 열었다.

"이제 슬슬 더워지네."

5월에 접어들자 낮에 그늘을 찾을 만큼 더웠다.

"그나저나 내일은 날씨가 좋았으면 좋겠다."

하란과 소풍을 겸해서 병원 소유의 충남 별장에 놀러 가기로 했는데, 이진철이 어떻게 알았는지 같이 가자고 조르는 통에 가게 식구들과 함께하기로 했다. 창밖의 하늘을 보고 있을 때 류현수가 들어왔다. 늦은 게 미안한 건지 그는 들어오자마자 투덜댔다.

"아~ 진짜 짜증 나. 수련의 때 뒤치다꺼리하는 것도 모자라 여기서도 뒤치다꺼리라니."

"미안해서 하는 소리라면 안 해도 된다."

"진짜예요. 조금 전까지 환자 보다가 왔어요. 점심도 못 먹었다니까요. 아우~ 시침 시범 한 번 했다고 슈퍼스타라도 된 듯 바쁜 척이라니까요."

"뉴스에도 나오고 신문에도 났으니 우쭐할 만하지."

"우쭐만 했으면 뭐라 안 하죠. 방송 덕분에 환자가 확 늘었는데 환자는 제대로 안 보고 얼굴마담 짓만 하고 다닌다니까요."

"한의학계 밥그릇을 키우는 중이라 생각해. 지금이 아니면 언제 주목을 받겠냐."

시침을 통한 마취는 한강대학병원에서 작정을 하고 밀어주는 건지 예상보다 훨씬 주목을 받고 있었다. 특히 중국의 마취 방법과 다르다는 점 덕분에 한의학협회에서도 상당히 고무적으로 받아들이며 홍보에 앞장서는 모양새다.

"형은 억울하지도 않으세요? 그 자식… 아니, 임 선배가 받고 있는 관심은 사실 형이 받아야 하잖아요. 마취 침술을 만든 것도 형인데요."

"…뭔 소리야?"

"모른 척 말아요. 형이 마스크맨이라는 거 이미 알고 있거든요."

"…넌 또 어떻게 알았냐?"

"아니. 저보다 먼저 안 사람이 있는 겁니까? 크으~ 경해대의 명탐정보다 먼저 안 사람이 있다니."

저놈의 헛소린.

"마취 시범이 끝나고 병원 밖이나 한방센터에선 호들갑을 떠는데 본관은 이상하게 침착하더라고. 그래서 이미 본관 사람들은 마취 침술에 대해 알고 있는 건 아닐까 생각했죠. 그래서 알아보니 역시 마스크맨이 이곳저곳에서 활약을 하고 있더군요. 근데 목격자들에게 마스크맨에 대해서 이런저런 얘기를 듣다 보니 형이 떠올랐어요. 그리고 그때 짠! 하고 모든 조각들이 하나로 맞춰지더라고요. 근데 왜 감춘 거예요? 나 같으면 동네방네 떠들고 다녔을 텐데."

"처음엔 한의사가 수술에 참여한다는 게 들킬까 봐 마스크를 했는데 그게 지금까지 온 거야."

"음~ 한의학의 한계. 이해가 되네요. 근데 시범까지 임 선배에게 양보할 필요는 없었잖아요?"

"내가 했으면 임 선배처럼 한의학협회까지 긍정적인 반응을 보였을까?"

"그야 당연히… 아! 예전 그 일 때문에?"

"맞아. 껄끄러운 상대가 갑자기 스포트라이트를 받으면 어떨

것 같아? 아마 무시하거나 최악의 경우는 위험한 시술 방법이라고 묻어버리려고 했을지도 몰라."

"너무 비약하는 거 아니에요?"

"글쎄 그럴 수도 있겠지. 하지만 결코 지금처럼 되진 않았을 거야. 아무튼 임 선배가 나서준 덕분에 이제부터는 내가 나서도 깎아내릴지언정 무시할 수는 없게 된 거야."

"의도했다는 얘기군요? 이야~ 형이 이렇게 머리 쓰는 사람이었어요?"

머리는 민규식이 썼다. 대화는 장인규가 들어서면서 끊겼다. 그는 두 명의 노인분과 들어왔다.

"무슨 얘기들을 그렇게 재미있게 하고 있어?"

"오셨어요, 선생님?"

"그래. 오늘은 류마티스 관절염으로 고생하는 환자 두 분을 모셔왔다. 각각 뜸을 뜰 준비를 해라."

최근 수업은 환자에게 직접 뜸을 뜨는 것으로 교육을 하고 있었다.

"할머니, 편히 누워서 팔을 내미세요."

"이렇게?"

"네. 뜨거우면 뜨겁다고 말씀하세요."

"늙어서 뜨거운 것도 잘 못 느껴."

준비를 마치고 나자 그는 뜸을 놓을 혈 자리를 쭉 불러줬다. 한데 거기에 이상한 혈이 몇 곳이 있었다.

'응? 수태음폐경의 소상혈?'

할머니의 팔을 잡고 수태음폐경을 눌러봤다. 한데 수태음폐경보단 수양명대장경 문제다.

질문을 할까 하다가 환자 앞이라 일단은 그냥 자신의 생각대로 뜸을 떴다. 다행히 장인규는 별다른 말을 하지 않았다.

작은 쑥뜸을 이용하다 보니 손에 눈을 가까이 하고 뜸을 떠야 했다. 그러다 보니 쑥 타는 연기가 눈에 들어가서 눈물이 찔끔 나왔다.

하지만 환자의 피부가 상하기 전에 갈아줘야 했기에 어정쩡하게 뜬 눈으로 얼른 갈아줬다. 마지막 뜸의 열기가 손가락 사이에 전해지자 막혀 있는 경락의 노폐물이 열어지며 기 순환이 이루어졌다. 두삼은 뜸을 치우고 환자의 손을 잡았다. 그리고 가볍게 주무르며 기운을 보내 노폐물을 제거하는 데 힘을 보탰다.

물론 약간의 기운을 더한다고 해서 수십 년을 살면서 쌓여 있던 노폐물이 사라지진 않았다. 그저 눈이 온 거리에 걸어 다닐 수 있을 정도의 길을 청소한 것뿐이다. 다시 시간이 흐르면 또 눈이 올 테고 다시 막히게 될 것이다.

하지만 여기까지다.

"할머니, 다 됐어요."

"아이쿠! 젊은 선생, 고생 많았어."

"고생은요. 손은 좀 어떠세요?"

"한결 좋아진 것 같아. 장 선생님 말대로 실력이 아주 좋아."

"장 선생님의 지도 덕분인데요, 뭘. 관절염약 먹으면 한동안은 고통이 덜할 거예요."

"그럴게. 주말인데 늙은이 고치느라 퇴근도 못 하고, 이거 가지고 저녁에 맛있는 거라도 먹어."

"아, 아닙니다!"

"왜? 부족해서 그래? 더 주고 싶어도 가진 게 지금 이것밖에 없어."

"그게 아니라… 감사합니다."

더 말하면 더 곤란할 것 같아 받는 걸로 마무리를 했다. 할머니가 떠나고 나자 장인규가 물었다.

"왜? 내가 정해준 수태음폐경의 소상혈에 뜸을 놓지 않았나?"

"그건 수태음폐경에서 시작된 세맥들이 막힌 것이 아니라 수양명대장경의 이간혈과 상간혈에서 시작된 세맥들이 막힌 거라 판단했기 때문입니다."

"어떻게 그런 판단을 한 거지?"

"경맥의 반응을 보고 알았습니다. 수양명대장경의 반응이 수태음폐경보다 더 나빴거든요."

"그런가? 잘했어!"

그가 놓으라는 혈 자리가 아닌 혈 자리에 놓았는데, 장인규는 만족스럽게 웃었다.

"혹시 실험하신 겁니까?"

"그런 거 같나?"

"예, 뜸자리에 대해선 실수를 하지 않던 선생님이 오늘 이상하셔서요."

"그런데 왜 내 말대로 하지 않았나?"

"그건… 방금……."

돌림노래를 하자는 건가?

"후후! 됐네. 그게 뭐가 중요한가. 한 선생은 앞으로 수업에 들어오지 않아도 되네."

"네? 전 아직 뜸에 대해서 잘……."

"나도 잘 모르네. 다만 내가 알고 있는 건 한 선생에게 더 이상 가르칠 게 없다는 거야. 하산하게. 물론 저 녀석은 한참 더 산에 머물러야겠지만."

그는 땀을 뻘뻘 흘리며 뜸을 뜨고 있는 류현수를 보고 말을 이었다.

"한의학이 침과 뜸, 자네가 하고 있는 마사지, 약재학 등으로 여러 분야로 세분화되어 있지만 결국 한곳에서 출발했네. 그 말인즉 모두가 연계되어 있다는 말이지. 자네가 빨리 배웠다는 건 그만큼 한의학에 대한 이해가 깊다는 뜻이고."

"과찬이십니다. 선생님이 잘 가르쳐 주신 건데요. 감사합니다, 선생님."

"자부심을 가져도 좋네. 하지만 선배로서 한마디 하자면… 멈추지 말고 끊임없이 증진하게. 그리고 내게 고맙다면 얻은 것을 다른 후배들에게 알려주게. 배운 지식을 다른 환자에게 베풀게."

"…그러도록 노력하겠습니다."

진심이 담겨 있는 말이라서 그럴까, 마음을 울리기에 충분했다.

진중한 분위기는 금방 털어내고 말했다.

"오늘 끝나고 식사라도 함께하는 게 어떠세요? 제가 맛있는 거 대접하겠습니다."

"됐네. 오늘은 처랑 오붓하게 외식하기로 했어."

"그럼 제가 괜찮은 식당 아는데 그곳에서 하십시오. 이경도라고 유명한 셰프가 운영하는 레스토랑인데 예약 전화 해놓겠습니다."

"거 참, 괜찮다는데도……. 집사람이 이경도 셰프 팬이니 좋아하겠군."

"그럼 오늘은 예약해 드리는 걸로 하고. 며칠 뒤 자리를 마련하겠습니다."

아는 만큼 보인다고 짧은 시간 함께했지만 그에게 많은 것을 배웠다. 그에 두삼은 진심으로 고개를 숙이며 감사했다.

*　　　*　　　*

"꺅! 언니, 정말 예뻐요."

"…으, 응. 너도 참 예뻐, 려령아."

장려령은 고양이처럼 하란의 품에 안겨서 연신 예쁘다는 소리를 했다.

두삼은 백미러로 그 모습을 보며 조용히 한숨을 내쉬었다. 차로 오갈 때만이라도 오붓하게 보내려고 했는데 어젯밤 갑자기 연락이 온 장려령 때문에 망쳤다. 막무가내로 맛있는 걸 사달라고 해서 하란의 동의하에 어쩔 수 없이 여행을 같이 가자고 했는데, 아침에 하란을 보자마자 꽂혀서는 떨어질 줄 몰랐다.

'미안!'

백미러로 하란과 눈이 마주치자 두삼은 입을 벙긋거려 사과를 했다. 괜찮다는 듯 방긋 웃는 모습에 더 미안해졌다. 그리고 괜한 심술이 생겨 장려령에게 물었다.

"넌 처음 보는 하란이가 왜 좋은 건데?"

"예쁘잖아."

"…단지 그 이유야?"

"…엄마도 닮고."

차 안임에도 겨우 들릴 정도로 낮은 목소리였다.

"하란이가 네 엄마를 닮았다고? 음……."

백미러에 나란히 보이는 두 사람의 얼굴을 비교해 봤다. 둘 다 미인임은 틀림없다. 언뜻 닮은 것 같긴 하지만 하란은 웃지 않으면 차갑다 느낄 정도로 도도한 얼굴이고 장려령은 큰 눈에 또렷한 이목구비에 살짝 내려온 눈썹에 가련한 여주인공 같다.

백미러로 눈을 좁히며 살펴본 것을 눈치챘는지 장려령은 발끈해서 외쳤다.

"닮았거든!"

"누가 뭐래? 네 얼굴을 보고 추측을 해본 것뿐이야."

"이익! 자, 봐봐! 닮았나, 안 닮았나."

장려령은 지갑 속에 보관하고 있는 코팅된 사진 한 장을 꺼냈다. 꽤 오래된 사진인지 빛이 바래 있었다.

깔끔한 중국 전통의 치파오를 입고 있는 여자는 상당한 미인이었다. 그리고 사진상으로는 하란과 무척 닮은 느낌이다.

"헐! 진짜네. 하란이랑 자매라고 해도 믿겠다. 하란아, 봐봐."

"내가 닮았다고 했잖아!"

"그런가? 닮은 것 같기도 하고……. 그래서 려령이가 날 마음에 들어한 거구나?"

하란이 싱긋 웃으며 그녀의 머리를 쓰다듬자 식식대면서 닮았다고 소리치던 장려령이 금세 얌전해졌다. 두삼 역시 그녀의 행동이 이해가 되었기에 더 이상 투덜대지 않고 운전에 집중했다.

세 대의 차량이 줄줄이 향하고 있는 곳은 논산 부적면에 있는 탑정호 근처의 별장이었다. 1년 내내 직원들을 위해 개방되어 있는 곳이라 두삼 역시 신청을 해서 하루 놀기로 했다.

"이야~ 호수 예쁘다."

"어디 어디? 에이~ 우리나라 호수에 비하면 작아요. 중국 호수는 얼마나 넓은데요."

"호호! 땅이 넓은 만큼 넓은 호수가 많겠지. 그래도 탑정호만의 매력이 있지 않아?"

"음, 언니 말이 맞는 것 같아요. 예뻐요."

두 사람이 예쁘다고 말하는 탑정호를 우측에 두고 좁은 시골길을 달리길 20분. 넓고 잘 가꿔진 여러 채로 이루어진 별장이 보였다.

차에서 내려 어떤 건물이 예약된 곳인지 살폈다.

"우리가 쓸 건물은 개나리니까. …저기다!"

우측에 위치한, 다른 건물에 비해 다소 아담한 건물로 옛 기와집처럼 지어진 건물이었다.

문은 열려 있었다.

"다들 옷 갈아입고 편히 쉬고 있어요. 전 관리인 만나고 올게요."

어디가 관리실인지 두리번거리는데 좌측 건물 옆에서 반백의 중년인이 하품을 하며 나왔다.

"안녕하세요, 혹시… 관리인이세요?"

봄볕에 탄 얼굴, 복장은 농사를 지으며 별장을 관리해 주는 사람처럼 보였는데 전체적인 분위기는 은퇴한 학자가 시골 생활을 하는 듯했다.

"오늘은 내가 관리인 맞아요. 서울 병원에서 온 한두삼 선생?"

"예, 그렇습니다."

"건물은 제대로 찾은 거 같고. 꽤 일찍 오셨군요?"

"하루 꽉 채워서 놀다 가려고요."

도로에서 시간을 다 보낼까 봐 아예 일찍 출발했더니 이제 8시가 갓 넘었다.

"쉴 땐 확실히 쉬어야죠. 필요한 건 찾아보면 부엌에 다 있을 겁니다. 없는 건 나한테 말하면 되고요. 참! 고기 구워 먹으려면 저쪽 창고에 가스버너, 장작이며 숯이며 다 있으니까 구워 드시고. 오늘은 한두삼 선생 가족밖에 없으니 떠들썩하게 놀다 가시구려."

"알겠습니다. 감사합니다."

관리인을 만났으니 이제 아침을 준비해야 할 시간.

김밥을 사올까 했지만 세 끼 먹는데 제대로 먹자는 생각에 준비해서 왔다.

"형, 아침 준비하죠."

야외에 나가면 남자가 해야 한다는 것이 언제부터 생긴 말인지 모르지만 두삼도 그렇게 알고 있었다. 이진철에게 말했는데, 황강이 한국말을 알아들은 듯 벌떡 일어났다.

"형님, 한국말 알아들으세요?"

"조금. 려령이가 한국어 공부할 때 상대를 해줘야 했거든. 물론 요리도 잘한다."

"그럼 같이해요. 점심 땐 식당에서, 저녁은 고기를 먹을 거니까. 아침은 간단한 것 위주로 하죠."

"그럼 난 볶음밥이라 채소 몇 가지 볶을게."

"전 에그베네딕트라 샐러드, 스프 만들게요."

"난?"

이진철이 물었다.

"형은……."

황강 옆에서 도와주라고 말하려다 보니 그는 중국어를 못했다.

"혜선이랑 놀아주세요."

혜선인 신혜경의 딸로 남편과 사별 후 친정 부모에게 맡겨놓고 있었다. 신혜경이 마사지를 배우고 가게를 내려 했던 이유는 딸과 함께 살기 위한 준비였다.

최근 생각보다 벌이가 좋아지자 데려올까 고민하고 있는 것 같았다. 또 하나의 고민은 최근 이진철과 신혜경이 급속도로 가까워진 것.

그 때문에 오늘 데리고 온 것 같은데 혜선의 표정은 그가 마음에 들지 않은 모양이다.

"…그냥 밥하는 거 도우면 안 될까? 네가 봐도 그편이 낫지 않냐?"

"혜선일 포기하면 혜경 누나도 포기한다는 건데. 알아서 하세요."

"…혹시 좋은 방법 없냐?"

"제가 애를 가져봤어야죠. 근데 열심히 노력하다 보면 결국 마음을 바꾸지 않겠어요?"

"그러길 바라는 수밖에 없겠지? 그래… 수고해라."

고개를 숙이고 터덜터덜 걷던 그는 혜선이와 가까워질수록 어깨를 펴더니 호들갑을 떨며 초등학생인 혜선이에게 아양을 떨었다.

"힘내세요."

그를 향해 중얼거린 후 창고로 가서 가스버너 세 개를 꺼내와 아침을 준비했다.

채소를 정리하고 빵을 버터를 바른 후, 살짝 데우는데 하란이 나왔다. 물론 장려령은 옵션처럼 달라붙어 있었다.

"도와줄까?"

"아니. 별로 할 것도 없는데, 뭐. 그나저나 괜찮아?"

"괜찮고말고. 여동생이 생긴 것 같아."

하란은 려령의 머리를 쓰다듬었고, 려령은 마음에 드는지 하란에게 더 바싹 붙으며 말했다.

"언니, 내 거야. 얼싼 오빠는 얼씬도 마!"

"…내 애인을 누구 마음대로?"

"흥! 아니거든. 내 언니거든!"

"아니거든. 내 애인이거든!"

"아니거든! 아니거든! 나랑 같이 있기로 했거든."

발끈하며 고집을 피우는 걸 보니 영락없이 애다. 더 약 올려 볼까 하다가 뭐 하는 짓인가 싶어 그만뒀다. 어차피 오늘 밤이면 다시 갈 애 아닌가.

"데리고 잠깐 산책하고 있어. 아침 준비되면 부를게."

"알았어. 그럼 수고해, 오빠. 려령아, 우리 산책할까?"

"응! 언니."

두 사람이 가고 나자 미령이 왔다.

"쉬고 있지 왜 왔어?"

"심심해서요. 도와줄게요."

"혼자서도 충분해. 심심하면 너도 산책하고 와."

"별로요. 보육원이 있던 곳이 이런 한적한 곳이라 솔직히 전 북적북적한 도시가 더 좋아요. 나중엔 어떨지 모르지만요."

"하긴 나도 산골 출신이라 그 마음 알지. 앉아. 햄 타지 않게 구워줘."

휴가 삼아 하루 이틀 지내는 거라면 모를까, 두삼 역시 아직까진 도시가 더 좋았다.

한미령은 약불에 햄을 구우며 우물쭈물하다가 말을 꺼냈다.

"…근데 오빠 그거 알아요?"

"뭘?"

"제가 오빠 좋아한 거요?"

"…응, 눈치채고 있었어. 말할 때마다 볼이 빨개지는데 그걸 모를까."

"와~ 충격! 알고 있었으면서 왜 모른 척했어요?"

"눈치챘다고 '너 나 좋아하지? 미안하지만 좋아하는 사람 있으니까 마음 접어' 이렇게 말해야 네 속이 시원했을까?"

"…아뇨. 지금 들어도 기분이 비참해지는 기분이네요. 근데 왜 지금은 말하는 건데요?"

"일단 네가 말을 꺼냈고, 마음 역시 정리를 한 것 같아서. 얼굴도 안 붉히고."

"이야~ 이제 보니 오빠 엄청 선수였네요? 전 엄청 순진하고 우직하다고 생각했는데. 하란 언니도 오빠가 이런 사람이라는 거 알아요?"

"당연히 모르지. 연인 사이엔 과거는 모를수록 좋아. 그리고 내가 선수가 아니라 네가 순진한 거야."

"…그런가? 헤헤! 아무튼 오빠한테 말해주고 싶었어요. 그래야 완전히 정리가 될 것 같아서요."

"잘했어. 너무 서두르지 말고 천천히 많은 사람들을 만나봐. 그럼 분명 좋은 사람 만날 거야."

"…큼! 나머진 오빠가 해야겠어요. 잠깐 잊고 있었던 게 있어서……."

"응, 들어가 봐."

후다닥 들어가는 한미령.

두삼은 아까부터 타고 있는 햄을 뒤집었다. 새까맣게 돼서 먹을 수 없는 지경이다.

"햄은 반씩 먹어야겠네."

다가올 때부터 한미령의 얼굴이 상기되어 있었다. 뭘 바라고 고백하는 식으로 말했는지 모르지만, 마음을 잘 정리하길 바랐다.

아침은 금방 준비됐다.

눈이 살짝 붉었지만 한미령도 함께 식사를 했다. 맛있게 식사를 마친 두삼은 일행에게 말했다.

"멀지 않은 곳에 수변생태공원 있으니 거기 갈 사람 같이 가요."

강제할 생각은 없었는데 주변에 딱히 할 일이 없어서인지 모두 수변생태공원으로 이동했다.

점심을 위해 11시 30분에 만나기로 하고 일행은 자연스럽게 두 팀으로 나뉘었다.

수변생태공원은 산책하기 정말 좋은 곳이었다. 길 자체도 좋았지만 곳곳에 위치한 조형물은 주변의 나무와 어울려 편안한 느낌을 줬고 잔잔한 호수 위를 걷는 듯한 느낌을 주는 수변 길은 명소라 불릴 만했다.

게다가 장려령은 야외에 나온 것이 좋은지 하란의 옆에서 벗어나 신이 나 뛰어다녔다. 덕분에 두삼은 하란의 손을 잡고 수변생태공원을 산책할 수 있었다.

하란이 놀고 있는 장려령을 보며 안쓰럽다는 듯 말했다.

"참 예쁜 앤데……."

"그러게. 하지만 예전보다 나아졌어."

"낫고 있는 거야?"

"그건 아니고 교육을 시키는 것 같아."

"뇌는 멈춰 있고 지식만 늘어간다는 거네? 발달 장애의 경우는 고칠 수 없는 건가?"

"약물 치료와 종류에 맞는 맞춤 치료를 꾸준히 해야 하는데 쉽지 않지. 완치하는 경우도 있다지만 흔한 경우는 아니고."

"오빤?"

"내 실력을 너무 과대평가하는 거 아냐? 난 자폐증에 대해서 아는 게 전무하다시피 해. 그저 기본적인 지식밖에 없어. 그리고 자폐증의 90퍼센트 이상이 돌연변이 유전자 때문인데 마사지로 어떻게 고쳐."

"그런가? 왠지 오빠라면 무슨 방법을 찾지 않을까 싶었는데."

"그렇게 봐주는 건 고마운데 자폐증 치료는 후대에게 맡기고 우린 여기 예쁜 데서 사진 찍자."

마지막 힘을 다해 꽃을 피우고 있는 조팝나무가 예뻤다. 황강에게 사진을 부탁한 후 조팝꽃을 배경으로 둘이 다정하게 섰다.

한데 방해꾼이 있었다.

"내 언니야! 얼싼 오빠는 저리로 떨어져!"

"사진 한 장만 찍고."

"나랑 찍을 거야."

결국 셋이서 찍어야 했다. 방해꾼은 사진을 찍고 꽃을 보며 물었다.

"근데 언니, 이 꽃 참 예쁜데 이름이 뭐예요?"

"글쎄, 오빤 알아?"

"조팝꽃."

여행을 준비하면서 검색을 했고, 그때 안 이름이다. 한데 장려령에겐 다르게 들린 모양이다.

"…저질! 언니 오빠가 좆밥이라고 욕했어요."

"…조! 팝! 이라고."

"또, 또! 내가 욕을 모를 줄 알아? 이런 개좆밥이!"

"……."

"영화에서 이런 말을 했거든!"

"그런 말은 제발 뜸을 들이지 말고 그냥 말해줄래? 순간 나한테 욕하는 줄 알고 놀랐다."

"흥! 오빠가 먼저 얘기했잖아."

"꽃 이름이 조… 휴우~ 됐다. 그냥 예쁜 꽃으로 마무리를 하자."

조밥을 닮았다고 해서 붙여진 조팝꽃. 이름이 참 찰지긴 하다.

그때였다. 한미령이 숨을 헐떡이며 뛰어왔다.

"오빠! 두삼 오빠! 혜선이가 물에 빠졌어요!"

"어쩌다가! 어딘데?"

"저쪽이요! 쭉 가면 돼요."

"나 먼저 갈게!"

온 힘을 다해 뛰었다.

2분 정도 뛰었을까 몇몇 사람들이 서 있는 게 보였다. 안절부절못하고 서 있는 신혜선과 물가에 흠뻑 젖은 이진철이 앉아 있는 것이 보였다.

그리고 그의 품에 안겨 울고 있는 혜선도.

"으앙아아아앙! 흑흑! 아앙!"

안도의 한숨을 쉬고 다가갔다.

많이 무서웠는지 혜선은 울면서도 이진철의 옷을 찢어질 듯 꽉 잡은 채 떨고 있었다. 그리고 그런 혜선을 이진철은 등짝 스매싱을 날리던 두툼한 손으로 토닥이고 있었다.

"괜찮은지 볼게."

두삼은 젖은 그녀의 머리를 가볍게 쓰다듬으면서 내부를 살폈다.

물을 많이 마신 걸 제외하곤 별다른 문제가 없었다.

"괜찮아, 진정하렴. 진철 아저씨랑 엄마가 옆에 있잖아. 한데 지금 더러운 물을 많이 마셔서 토해야 할 것 같은데. 아님 '아야!' 할 수가 있어서 말이야."

"흑흑! …시, 싫어요. 으앙!"

기운을 불어넣어서 조금 진정이 된 모양이다.

"아프지 않게 해줄게. 만일 널 아프게 하면 진철이 형이 날 가만둘 것 같아? 아마 아저씨 엄청 혼날걸."

혜선은 엄마의 얼굴과 이진철의 얼굴을 번갈아 보더니 작게 고개를 끄덕였다.

두삼은 싱긋 웃으며 그녀의 등을 가볍게 쓰다듬었다.

"우욱! 웩! 웩!"

작은 몸에서 많이도 토했다. 이제 혹시 모를 일을 대비해 약을 먹이면 될 것 같았다.

한데 다 토한 혜선이 울먹이며 이진철에게 이르듯이 말했다.

"…흑! 모, 목이 아파요."

"아! 그건 제 잘못이… 악!"

짜악!

도망가기도 전에 이진철의 손바닥이 등을 후려쳤다. 젖은 손이라 더 아팠다.

때려놓고 윙크를 하는 이진철. 뱉은 말도 있어서 살짝 노려보는 것으로 참아야 했다.

물에 빠지는 소동 때문에 오전은 어수선한 분위기에서 지나갔다. 하지만 점심 식사 후엔 다시 원래대로 돌아와서 편안한 일요일을 보냈다. 특히 이진철은 많은 점수를 땄는지 싱글벙글이었다.

즐거운 시간은 빨리 흐른다고 어느새 떠날 시간.

저녁 먹은 자리를 치운 후 관리인에게 간다는 말을 하려는데 아무도 없었다.

"왜? 안 계서?"

찾기 위해 여기저기 돌아보는데 하란이 물었다.

"응, 어디 가셨나 봐."

"그래? 나도 찾아볼게."

신혜경이 지나가다가 대화를 들었는지 말했다.

"관리인 아저씨, 우리 정리할 때 급한 일이 있는지 부리나케 차 타고 나가던데."

"그럼 어쩔 수 없죠. 출발하죠."

다들 차에 올라 출발하려 할 때 전화벨이 울렸다.

"원장님이 이 시간에 웬일이지? 여보세요?"

—한 선생, 지금 어디야?

꽤나 급한 목소리. 뭔 일이 터졌나 보다 생각했지만 현재 있는 곳이 논산이다 보니 방도가 없었다.

"죄송합니다만 아직 논산 별장입니다. 이제 출발하려고 하고 있습니다."

—휴우~ 다행이군. 혹시 지금 바로 충남 병원으로 가줄 수 있겠나?

"예? 충남 한강대학병원에요?"

—응! 지금 당장! 부탁하네.

아무래도 난 일을 몰고 다니는 팔자인가 보다.

40. Vital sign을 지켜라

호남고속도로. 천안 JC(분기점)를 조금 아래에서 겨우내 문제가 파인 도로 보수공사가 한창이다.

찰칵! 찰칵!

“후우~ 야! 얼른얼른 마무리하자. 그래야 빨리 퇴근할 거 아니냐.”

담배를 문 공사 현장 담당자인 이익수는 늦어진 작업에 짜증이 났는지 목소리를 높였다.

사실 진즉에 끝났어야 하는데 기계가 말썽을 부려 두 시간이나 늦어진 것이다.

“서둘러라! 이럴 때 제일 위험한 거 알고 있지?”

해가 막 서산 너머로 들어간 상태. 고속도로를 쌩쌩 달리는 차량들도 이때가 제일 시야 확보가 어려웠다.

다행히 숙련자들답게 정리는 빨랐다. 자재들을 차에 다 실었을 때쯤 이익수는 1톤 트럭에 일꾼 두 명을 싣고 후진시켜 공사 현장 팻말과 분리대를 제거했다.

무사히 제거하고 500미터 앞에 있는 차량들을 향해 출발하라고 경적을 울리려던 찰나 거대한 20톤 가까운 트럭이 아슬아슬하게 스치듯 지났다.

"미친 새끼! 저러다 사고 나면… 아, 안 돼!"

철렁 내려앉는 기분에 욕을 하고 있는데 거대한 트럭은 그대로 대각선 방향으로 동료들이 있는 곳으로 향했다.

꽝! 콰앙!

폭탄이 터지는 소리가 이럴까, 눈 깜짝할 사이에 20톤 트럭은 동료들이 탄 트럭들과 부딪혔다.

그뿐만이 아니었다. 20톤 트럭이 옆으로 쓰러지면서 트럭에 실려 있던 철골이 고속도로에 깔렸다.

끼이이익! 쾅! 끼이익! 쾅!

연쇄 충돌사고가 여기저기서 발생했다. 이익수가 타고 있던 트럭도 예외는 아니었다.

사고 현장을 보고 멈추려던 차량들이 연쇄적으로 박았고 그 충격에 이익수는 정신을 잃었다.

* * *

충남 소방본부 상황실.

커다란 벽에 설치된 멀티비전이 충남의 주요 장소를 비추고 있다. 그 앞쪽으로 여러 대의 모니터가 놓여 있는 책상이 도열하듯 있었는데, 퇴근 시간이 넘어서인지 드문드문 대원들이 앉아 있었다.

"으꺄갸갸갸~ 지긋지긋한 주말도 끝나가는구나."

주재일은 기지개를 펴며 말했다.

금요일 밤부터 각종 사건 사고가 평소에 비해 2, 3배 많아지다 보니 주말이 싫은 그였다.

한데 그의 옆에 있던 친한 상관 문 소방교가 눈을 살짝 흘기며 말했다.

"재수 없는 소리 하지 마. 그런 말 하면 꼭 큰 사고가 나는 거 몰라?"

"문 방교님도 참, 전 그런 미신은 안 믿습니다. 데이터를 믿죠. 제가 이곳에 부임한 이후 데이터를 통계를 내봤는데 일요일 퇴근 시간 이후에 큰 사건이 일어날 가능성은 2퍼센트도 되지 않았습니다."

"…지랄하네. 전화나 받아!"

"네네."

주재일은 자세를 바로 하고 전화를 받았다.

"예, 충남 소방본부입니다."

—여보세요! 여, 여기 큰 사고가 났습니다.

"차분히 자세히 말씀해 주시겠어요?"

—…여기 논산 고속도로 논산 분기점 조금 아래인데 엄청 큰 추돌 사고가 일어났어요! 다, 당장 와야 합니다. 저, 저런 위험……!

폭파 소리가 남자의 목소리를 묻을 만큼 컸다.

위기 상황임을 깨달은 그가 소리쳤다.

"선생님, 사건 현장 가까이 가지 마시고요. 현재 그곳 상황을 자세히……!"

누군가가 이미 사고 현장에 대한 전화를 받았는지 멀티비전 전체에 사고 현장 동영상이 떠올랐다.

"…저, 저게……!"

이미 어두워진 상황이라 CCTV가 보내주는 영상은 흑백이었고 선명하지 않았다. 하지만 선명하지 않음에도 수십 대가 넘는 차량이 뒤엉켜 있는 아비규환 같은 상황임이 생생히 보였다.

잠시 말을 잃고 영상을 보던 그는 퍼뜩 정신을 차리고 말했다.

"접수했습니다, 선생님. 즉각 출동시키겠습니다."

—빨리 좀 오세요! 사, 사람들이 죽어가고 있어요!

알겠다고 전화를 끊은 그는 충남에 존재하는 모든 소방서 출동 현황을 보여주는 모니터를 봤다.

이미 출동 명령을 내렸는지 여유 인력이 있는 소방서들이 빠르게 사라지고 있었다.

"뭐 해? 멍때리고 있을 시간이 어디 있어. 네 담당이 병원 체크 아냐? 당장 사고 현장 근처 병원에 연락해서 환자를 받을 수 있는지 체크해."

"…아, 네. 근데 절반, 아니, 3분의 1이라도 감당할 수 있을까 걱정이네요."

지방 병원과 소통을 하는 그는 지방 병원의 현실을 너무 잘 알고 있다.

근처 병원들 중 응급 환자를 처리할 만한 병원은 충남 한강대학병원과 전주에 위치한 종합병원 정도다.

문제는 지금이 일요일이라는 것.

현재 병원에 전문의가 몇 명이나 있을까. 1명? 2명? 어쩌면 레지던트가 당직을 보고 있을지도 모른다. 물론 전문의가 있든, 레지던트가 있든 상관없다. 당직의의 전문 분야가 아닌 환자가 발생하는 것이 더 문제다.

그땐 아예 병원에서 받지를 않는다.

구급차 안에서 돌고 돌다가 죽는 경우가 허다한 이유다.

그렇다고 병원들을 욕할 수도 없는 게 인구수가 적어 언제 환자가 발생할지 모르는 상황에서 각 과의 의사들을 당직시킬 수도 없고 그럴 만큼 의사가 넘치는 것도 아니었다.

“한강대학병원 응급센터 지정 병원으로 선정되지 않았어? 가급적 거기로 보내면 되잖아.”

“서울은 편재가 됐는데, 이쪽은 아직 안 됐어요. 내년까지라고 하더라고요.”

“미친! 그런 건 당연히 지방부터 해야 하는 거 아냐? 하여간 지방 의료에 대해 사람 죽을 때만 떠들지. 최대한 넓혀서 알아봐. 젠장! 하필 일요일 날! 도대체 비상 연락망은 어디 있는 거야!”

문 소방교라고 현실을 모를까. 잔뜩 곤두선 목소리로 외친 후 비상 연락망을 찾아 전화를 걸었다. 그뿐만이 아니었다. 조용하던 상황실은 어느새 전쟁터처럼 바뀌었다.

주재일은 불안한 마음을 지우고 환자를 받을 만한 병원들로 연락을 했다.

빨리 연락을 해야 병원으로 오는 의사가 한 명이라도 더 있을 것 아닌가.

* * *

호남고속도로에서 사고가 일어난 지 20분이 조금 넘었을 때 민규식은 집에서 사고 소식을 접하고 있었다.

"두 선배님께서 이 시간에 웬일이십니까? 별장에서 지내는 것도 지겨워졌습니까?"

두원신 원장은 충남 한강대학병원의 책임자인데, 민규식 원장의 3년 선배였다. 한데 농담 섞인 인사말에 다급한 대답이 돌아왔다.

—민 원장! 논산 분기점 부근에서 대규모의 교통사고가 발생했어! 나도 방금 전화를 받아서 자세한 건 알지 못하는데 적어도 수십 대가 넘나 봐.

"허어~ 비상 연락망은요?"

—병원에서 하고 있는데 몇 명이나 있을지 모르겠어. 자네도 알다시피 주말부부들이 제법 많잖아. 지금 다들 멀리 있을 거야. 게다가 현재 상태에선 두세 명만 동시에 들이닥쳐도 응급실은 마비야!

"…사람이 없으니 당연하죠."

—방금 전에 충남 소방본부장에게 연락이 왔는데 제발 어떻게 해달라고 난리야. 무슨 방법이 없겠나?

"저라고 무슨… 아!"

말을 하다가 문득 떠오르는 것이 있었다.

"선배님, 오늘 한두삼 선생이라고 그쪽 별장으로 가지 않았어요?"

—응, 왔었어.

"혹시 떠났습니까?"

—아니. 나 나올 때 저녁 먹고 정리하고 있었다. 지금쯤 출발했을지도 모르겠네.

"다행이군요. 선배님 제가 금방 다시 전화할게요."

—이봐, 민 원장 설명을…….

민규식은 전화를 끊고 바로 두삼에게 연락했다. 그리고 충남한강대학병원으로 가라고 말한 후 다시 두원신에게 연락했다.

"한두삼 선생 그쪽으로 갈 겁니다, 선배님."

—응급의학과인가? 아님 외과?

"한의삽니다."

—아니! 한의사가 지금 상태에서 무슨 소용이 있다고? 죽어가는 환자에게 침이라도 놓으려고?

"선배님, 잘 들으세요. 그 친구는 흔히 생각하는 한의사가 아닙니다. 믿지 않으실지 모르지만 기를 이용해 어떤 의료 기기보다 빠르게 환자의 상태를 파악하고 기본적인 조치를 취할 겁니다. 그러니 응급실은 그 친구에게 맡기고 최대한 수술할 의사를 확보하십시오."

—…그런 한의사가 있다는 걸 나보고 믿으라고 하는 말인가?

"믿으세요! 제가 언제 헛소리한 적 있습니까? 그리고 저도 응급실과 수술을 담당할 선생들을 최대한 빨리 보낼 방도를 찾겠습니다."

—다른 방도가 없으니 자넬 믿겠지만… 나중에 문제가 생길 수 있어.

"문제는 무슨 문제가 생깁니까. 어차피 그쪽에서 처리 못 하면 환자들은 구급차에서 죽게 될 텐데요."

—알았네. 일단 지켜보지. 아니다 싶으면 내 직권으로 막을 걸세. 병원에서 감당 못 할 환자를 받아봐야 구급차 안이냐, 응급실이냐 차이밖에 없으니까. 최대한 서둘러 줘. 부탁함세.

"그렇게 하십시오. 그럼."

전화를 끊고 나자 언제 왔는지 소파 맞은편에 민청하가 앉아 있었다.

"사고가 났나 봐요?"

"응. 충남에서 대규모 연쇄 추돌 사고가 났다는구나."

"저런! 한데 충남이면 어떻게 할 수가 없잖아요?"

"노력은 해봐야지. 넌 내일 수술 있니?"

"네. 흉부외과야 항상 그렇잖아요. 달려가고 싶어도 그럴 수가 없네요. 과연 그 시간 동안 환자들이 기다려 줄지도 의문이지만요."

민청하는 민규식이 노력한다고 해도 한계가 있을 거라 생각했다. 교통사고 환자의 경우 시간이 관건인데 그 시간을 벌어줄 의사가 없다면 소용없었다.

"시간 벌어줄 사람은 있다."

"누구요? 충남 응급센터에 보충 인원이 있었어요?"

"아니. 한 선생이 마침 그쪽에 놀러 가 있어서 병원으로 가달라고 부탁했다."

"…두삼 오빠가요? 왜 거기에……."

"예전 가게 사람들이랑 놀러간 모양이더라. 근데 왜? 한 선생 말에 그런 표정을 짓냐? 임동환 선생이랑 사귀는 거 아니었어?"

"아니에요! 임 선생님이랑은 그냥 동료예요. 아빤 제가 임 선생이랑 사귀었으면 좋겠어요?"

"난 네가 좋아하는 사람이면 환영이다. 네가 행복하면 그걸로 충분하거든."

"피이~ 제가 이상한 사람 사귀면요."

"연결됐다. 얘긴 좀 이따 하자."

민규식은 서울 소방재난본부에 전화를 걸었다.

*　　　*　　　*

두삼은 혼자 차를 타고 병원으로 향하고 있었다. 처음 전화를 받았을 땐 조금 당황했지만 부지런히 움직여야 한다는 사실은 명확했다.

"루시, 원장님이 말한 사고에 대한 정보 있어?"

—지금 방송 중이네요.

"자동 운행으로 바꿔주고 틀어줄래?"

앞쪽에 붙여둔 모니터에 뉴스가 켜졌다.

—…사고 현장입니다. 수십 대의 차량이 뒤엉켜 있고 불이 난 차량도 곳곳에 보입니다. 소방대원들과 구급차들이 도착해 환자들을 싣기 시작하면서 사고 현장은 서서히 정리되어 가고 있습니다만…….

"저곳에서 충남 병원까지 몇 분 정도 걸릴까?"

—가장 빨리 도착해도 15분은 걸릴 거예요.

"첫 환자가 도착하기 전에 도착할 수 있겠네?"

—예상대로라면 말이죠. 7분 먼저 도착할 겁니다.

"고마워. 나 잠깐 호흡 좀 하고 있을 테니까 도착 1분 전에 말해줘."

내부를 관조했다.

기운은 꽉 차 있었고 힘차게 돌고 있었다.

'지난번처럼 그런 일은 없어야 해. 특히 오늘은 바로바로 수술을 할 의사도 없을 테니 일단 최대한 유지시키는 쪽으로 가야 하나? 일단 이 문제는 병원에 가서 상황을 파악을 한 후 결정하자.'

어떻게 할지 정리를 마쳤을 때쯤 병원에 도착했다.

충남 병원은 서울 병원의 10분의 1 정도밖에 되지 않는 규모로 응급실은 주차장 입구에 들어가서 건물을 돌면 바로 있었다.

응급실로 들어가자 낯익은 얼굴이 보였다.

"어? 관리인… 아니, 이곳 의사셨습니까?"

별장 관리인이라고 생각했는데 가운을 입고 있었다.

"다시 인사하죠. 충남 병원장 두원신이에요."

"원장님이셨군요. 말씀 편하게 하십시오. 혹시… 민규식 원장님께 제가 온다는 말씀을 들으셨습니까?"

"들었네. 민 원장이 한 선생 실력에 대해서도 간단히 말해주더군."

"민 원장님이 어떻게 말했는지 모르지만 도움이 되었으면 합니다."

"그래주길 바라네. 급하니 옷부터 갈아입지. 이쪽으로 따라오게."

그를 따라 탈의실로 들어갔다. 그가 건네는 옷으로 갈아입으면서 물었다.

"두 원장님, 현재 응급실 인원은 몇 명인지 물어도 되겠습니까?"

"일반외과 레지던트 3년 차, 1년 차, 인턴 둘, 간호사 10명. 그게 다네."

"…수술이 가능하신 선생님들은?"

"몇몇은 복귀 중인데 현재는 간담도, 대장항문, 흉부, 정형까진 가능하네. 다만 어려운 수술은 힘들 걸세."

병원에 있는 이들이 수련의라는 얘기였다.

'일요일이라 그런 건지, 아님 원래 열악한 걸까?'

건물 크기를 생각하면 전자지만 모를 일이다.

"원장님께선?"

"난 내과네."

외과였으면 좋았을 텐데. 내색하지 않았다.

"그렇군요. 현재 병원으로 오는 인원은 몇 명입니까."

"다섯. 그것도 당장 손을 쓰지 않으면 위험한 환자들일세. 구급차에서 죽일 순 없지 않은가?"

"…그야 그렇죠."

그는 병원에서 환자가 죽는 것이 두렵지 않은 모양이다.

옷을 다 갈아입은 두삼은 약해지려는 마음을 잡으려는 듯 양손으로 자신의 볼을 짝! 소리가 나게 쳤다.

"도와줄 의사들이 올 때까지 버텨보죠."

누군가가 눈앞에서 죽는 건 여전히 두려운 일이다. 그러나 이젠 두려움 때문에 환자를 회피할 마음은 없었다.

* * *

탈의실에서 나간 두삼은 원장에게 응급실 사람을 소개해 달라고 부탁했다.

"인사들 하지. 이쪽은 서울 병원에서 온 한두삼 선생. 한의사인데… 환자의 상태를 파악하고 응급조치를 잘한다더군."

"…안녕하세요, 3년 차 김영훈입니다."

한의사라는 말에 실망하는 표정이 살짝 보였지만 모른 척하고 인사했다.

"한두삼입니다. 환자가 들어오면 제가 가장 먼저 살펴보고 이상 부위를 말해 드릴 겁니다. 그럼 그에 맞춰서 평소와 마찬가지로 최대한 빨리 바이탈을 잡아주시고 검사를 해주시면 됩니다."

"그건……."

"원장님 괜찮겠죠?"

다른 말이 나오기 전에 원장에게 물었다.

루시의 계산대로라면 벌써 환자가 도착해야 할 시간. 아직 오지 않았다는 건 언제든 도착할 수 있다는 거다. 좋은 말로 양해를 구할 시간이 아니었다.

자신의 실력을 말해줘도 지금은 어차피 믿지 않을 것이다. 그럴 바엔 다소 강압적이라 해도 할 일을 나눈 후 실력을 보여주면 됐다.

"책임은 내가 질 테니… 한 선생 말에 따르도록."

"하지만 원장님, 한의사라는데 어떻게……?"

"김영훈 선생, 자네가 지금 오는 사람들을 다 감당할 수 있겠나? 있다면 자네에게 맡기지."

"그건… 아닙니다."

정리가 되었을 때 데스크에 있던 간호사가 외쳤다.

"첫 번째 환자, 요 앞 사거리랍니다!"

"거기 남자 간호사 두 분. 저 따라 밖으로 나가죠. 나머지 선생님들은 바로 자리 마련하고 대기하세요."

침상을 끌고 밖으로 나가자마자 구급차가 응급실 앞에 섰다. 문이 열리자 피를 옷에 잔뜩 묻힌 구급대원이 외쳤다.

"40대 초반의 남자로 10분 전 출혈성 쇼크로 인해 어레스트(심정지)가 왔었습니다! 심폐소생술로 겨우 숨은 돌아왔는데 현재 모든 수치가……."

구급대원이 설명을 하는 동안 병원 침상으로 옮겨졌다. 응급실로 들어가며 두삼은 환자의 팔을 잡고 내부로 기를 보냈다.

"간 손상! 비장, 대장 파열! 우측 다리 골절! 인투베이션하고 혈액 공급하세요. 전 출혈 부위를 막습니다!"

살리기 불가능할 것처럼 망가진 비장부터 막았고 간의 터진 부위 역시 막았다.

"BP가 안정을 찾고 있어요!"

"굵직한 출혈은 잡았으나 가능한 빨리 검사를 하고 수술실로 보내야 합니다. 두 분은 다시 저랑 가시죠."

마냥 붙잡고 있을 수 없었다.

자신이 할 수 있는 것까지만 하고 나머지는 넘기는 것이 효율적이었다.

밖으로 나가자 이미 새로운 환자가 내려오고 있었다.

"가슴과 머리를 심하게 다쳤습니다! 숨소리가 점점 약해지고 의식이 없는 것이 아무래도 뇌에 출혈이 있는 것 같습니다."

"알겠습니다. 수고하셨습니다."

두삼의 빛나는 손은 어느새 환자를 잡고 있었다.

머릿속에 빠르게 그려지는 인체.

'폐와 뇌!'

"좌측 외상성 기흉! 급성 경막하 출혈! 뇌의 압박이 심합니다. 당장 피를 빼야 합니다. 그렇지 않으면……."

뒷말은 삼켰다. 아무리 전공이 아니라고 해도 모르는 사람이 없을 것이다. 게다가 아까 두원신의 말에 의하면 신경외과 사람이 현재 병원에 없었다.

어떻게 해야 할지 고민을 하는데 간호사 한 명이 외쳤다.

"선생님! 경련성 발작입니다!"

뇌압이 높아지면서 발생하는 증상.

"일단 마취를 시키겠습니다. 여러분들은 기흉부터 잡으세요."

침을 사용하지 않고 손가락을 이용해 혈을 짚어 마취를 시켰다. 순간 경련이 멈추자 응급실 사람들은 괴물이라도 되는 듯 두삼을 바라봤다. 두삼은 시선을 무시하고 말했다.

"원장님, 뇌수술을 당장 할 만한 곳이 있습니까? 현재 큰 출혈은 막았지만 작은 출혈까지 모두 막을 순 없습니다. 이대로 압력이 지속되면 위험합니다. 정 안 되면 기흉을 잡은 후 바로 이송을 해야 합니다."

"전주로 가야 있을 텐데… 일단 알아보지."

"세 번째 환자 도착했습니다!"

그렇게 해달라고 한 후 세 번째 환자를 향해 뛰어갔다. 세 번째 환자는 머리 한쪽이 뜯겨 나간 듯 손상되어 있었고 한쪽 팔과 한쪽 다리가 묘하게 꺾여 있었다.

"안전벨트를 매지 않아 차에서 튕겨져 나온 환자입니다. 의식은 있는 것 같은데 말을 하지 못하고 통증이 느껴지지 않는다고 합니다."

"…쿨럭! 꾸룩!"

환자가 낮게 기침을 했고 붉은 피가 주룩 옆으로 흘렀다.

두삼은 조심스럽게 손을 올렸다.

'…젠장!'

살아서 이곳까지 온 것이 기적이다.

뇌의 한쪽은 두부를 땅에 떨어뜨린 것처럼 으깨져 있었고 목뼈가 부러지면서 척추신경 역시 가닥가닥 끊겼다. 게다가 부러진 늑골들이 내장 이곳저곳을 찔러 회생 불가능한 수준이었다.

그의 생명력이 빠르게 사라지는 것을 느낀 두삼은 내부에서 출혈을 막던 일을 멈췄다. 그리고 환자를 향해 말했다.

"…응급실에 무사히 도착했습니다. 잠깐 쉬세요."

"…크륵!"

무슨 말을 하려고 했을까. 응급실에 도착해서 다행이다? 아님 유언?

입을 열려고 하던 그는 약간은 안도한 표정으로 숨을 멈췄다.

"…환자 이름이?"

"…아, 네. 여기."

구급대원은 피 묻은 지갑을 건넸고 두삼은 지갑에서 신분증을 꺼냈다.

"…사망 선고합니다. 하종욱 님, 현재시간… 7시 15분 사망하셨습니다. 간호사님은 뒤처리해 주세요. 수고하셨습니다."

"…선생님, 원인은?"

"두부외상으로 인한 사망입니다. …다음 차가 오네요. 서둘러 주세요."

곧바로 도착한 네 번째 환자는 양다리가 부러지고 낚싯대의 일부가 배를 관통한 환자였다.

출혈을 잡고 깔끔하게 부러진 왼쪽 다리는 접골을 한 후에 마취를 시켜둔 채 응급실 한쪽에 놔둬야 했다.

다섯 번째 환자는 첫 번째 환자와 비슷했는데 대장 대신 위와 소장의 연결 부위가 다치면서 위액이 흘러내려 다른 장기를 상하게 하고 있었다.

"당장 배를 열어 위액을 닦아내야 합니다. 이대로 시간을 지체하면 더 위험합니다."

"그건 아는데 첫 번째 환자 수술 준비 중이라서……."

"레지던트 선생님은요?"

"2년 차 선생님이 한 명 있긴 한데 같이 들어간 걸로 알고 있습니다. 저흰 여길 지켜야 하고요."

"지금 그럴 때가 아닙니다. 동시 수술을 하든지, 아님 따로 수술을 하든 해야 합니다. 아님, 김 선생님이라도 들어가서 흘러나온 위액이라도 제거해야 합니다."

"…말씀드려 보겠습니다. 너흰 환자 검사실로 보내. 한 선생님이 말한 부분 제대로 전하고."

첫 번째 환자의 검사를 확인한 김영훈은 두삼의 실력을 인정할 수밖에 없었다.

어떻게 사람이 그렇게 짧은 시간 동안 빨리 환자의 상태를 정확하게 파악하는지 놀라웠다. 무엇보다도 순식간에 환자를 안정화시키고 마취하는 모습은 그야말로 마법처럼 느껴졌다.

처음엔 놀랐다. 곧이어 그런 재주가 부러워졌고, 이젠 그의 빠른 처치와 행동에 절로 고개가 숙여졌다.

"부탁합니다. 그나저나 원장님은… 저기 오시는군."

두삼은 두원신을 향해 빠르게 움직였다. 한데 물어보기도 전에 그는 고개를 절레절레 흔들었다.

"한 곳에 신경외과 선생이 있긴 한데 수술 대기 중이라는군. 우리 병원 의사는 이제 출발한다고 하고. 다른 방법은 없나?"

"…없습니다. 최소한 두개골이라도 뚫고 피를 조금이라도 빼야 하는데……."

두개골을 뚫을 능력만 있었다면 진즉에 했을 것이다.

그때 문득 떠오르는 생각.

혹시 누군가 들을까 두원신만 들릴 정도로 낮은 목소리로 물었다.

"혹시 간호사 중에 두개골을 뚫을 수 있는 사람이 있습니까?"

"…자네 미쳤나? 설령 그런 간호사가 있어서 무사히 뚫는다고 해도 환자가 후유증이 발생하면 가만히 있으리라고 보나?"

"간호사에게 시키겠다는 뜻이 아닙니다."

"그럼?"

"방법을 알면 제가 하겠다는 뜻입니다."

"자네가?"

"위급한 상황인데 어쩔 수 없지 않습니까? 저대로 두면 죽을 가능성 50퍼센트, 살아도 식물인간 혹은 정상적인 생활을 하기 힘들게 될 가능성 49퍼센트인데요."

"…1퍼센트는?"

"기적을 바라는 마음이 아직까진 남아 있네요. 10분 후 어떻게 될지 모르지만요."

"…됐네. 정형외과 선생에게 말해보겠네."

"서둘러 주십시오. 안 된다고 하면 제가 하겠습니다."

두삼은 두 번째 환자가 있는 방으로 갔다.

일단 기흉에 대한 응급조치만 해둔 상태로 머리가 해결되지 않은 상태에서 함부로 수술을 할 수가 없었다. 모니터를 살피고 있는 간호사에게 말했다.

"간호사님, 언제든 조치를 취할 수 있게 환자의 이쪽 머리를 밀어주십시오."

"어느 정도나 밀까요?"

"손바닥 정도면 되겠네요."

"예, 선생님. 그리고… 말씀 편하게 하셔도 돼요."

"친해지면 그럴게요. 부탁드릴게요."

두삼은 부탁을 한 후 바로 밖으로 나갔다. 일단 다섯 명, 아니, 네 명에 대한 조치가 어느 정도 된 상태라 의료진들의 걸음이 바쁘긴 했지만 분위기는 차분했다.

하지만 응급실 전화를 받는 간호사의 목소리가 다시 울려 퍼졌다.

"현재 일가족 세 명이 병원 쪽으로 오고 있어요."

"아니, 저희 인력으로 처리도 할 수 없는데 계속 보내면 어떻게 한대요? 다른 병원으로 보내라고 해야 하지 않아요?"

간호사의 말에 레지던트 1년 차가 걱정스레 말했다.

"다른 곳으로 갈 수 있는 상황이 아니래요. 그리고 현재 다른 병원에서도 못 받겠다고 한다네요."

"그럼 우리한테 보내면 뾰족한 수가 있답니까? 전화 주세요. 제가 말을… 아! 한 선생님……."

전화기를 향해 손을 뻗는 레지던트의 팔을 잡았다.

"구급차에서 죽게 할 순 없습니다. 적어도 할 수 있을 때까진 해봐야 하지 않겠습니까?"

"…선생님 응급실에서 죽으면……."

"압니다. 병원에 좋지 않다는 거. 하지만 평판이나 발생할 문제는 원장님들께 맡기고 우리는 우리 할 일을 하죠. 간호사님, 오라고 해주세요."

"네, 알겠습니다."

레지던트는 뭔가 말하려다가 가볍게 한숨을 뱉곤 자신의 자리로 돌아갔다.

그가 무슨 말을 하려는지 알 것 같았다.

당장 수술할 사람도 없는데 환자를 받는 건 사실 무모한 짓이었다. 그러나 두삼은 믿는 구석이 있었다.

'민 원장님, 설마 절 여기로 보내놓고 끝은 아니죠?'

그라면 분명 뭔가를 하고 있을 것이다.

전화를 해서 사람을 몇 명이나 보냈으며 언제 도착할 건지 물어보면 간단한 일이다. 그러나 그러지 않은 건 그 소식에 좌우될까 두려웠기 때문이다.

모르면 버틸 수 있는 일을 알면 지레 포기를 할 것 같아 무서웠다.

지금 같은 경우도 만약 2시간 뒤에 의사들이 도착한다는 얘기를 민규식에게 들었다면 받지 않았을 것이다. 자신이라고 두려움이 없는 건 아니다. 그리고 마냥 자신의 실력을 과신하지도 않았다.

'도착하기 전에 뇌출혈 환자부터 처리해야겠어.'

두리번거리면서 두원신을 찾는데 그는 한쪽 복도에서 한 명의 의사와 티격태격하고 있었다.

"어차피 뼈잖아. 뇌수술 하라는 것도 아니고 그냥 두개골만 뚫어달라는 거야."

"아, 글쎄 왜 자꾸 같은 말을 반복하게 하세요. 아무리 정형외과가 목공소라고 불리지만 두개골을 뚫어본 적이 없는데 어떻게 해요. 아차, 잘못해서 뇌라도 다쳐봐요. 제 인생 끝장이라고요."

"어차피 기구 쓰는 건데 왜 못 해. 설마 한의사가 머리를 뚫길 바라는 거냐?"

"제 인생 끝장나길 바라시는 거예요?"

두 사람의 말다툼이 쉽게 끝날 것 같지 않았기에 두삼이 나섰다.

"안녕하세요. 말씀 중 죄송합니다만 기구 쓰는 것만 가르쳐 주시면 제가 뚫겠습니다. 그건 해주실 수 있으신가요."

"…자네가 그 한의사인가?"

"예, 선생님. 근데 사용법을 가르쳐 주실 수 있는지 먼저 대답해 주시면 안 되겠습니까. 환자 세 명이 도착하기 전에 얼른 해야 합니다."

"…그야 어렵지 않아. 그냥 벽 뚫는 드릴과 비슷하다고 보면 돼."

"그렇습니까? 원장님 기기는 어디에 있습니까?"

원장은 포기했는지 들고 있던 가방을 건넸다.

열어보니 구멍 크기에 따라 바꿀 수 있는, 앞의 비트만 조금 다를 뿐 그냥 전동드릴이었다.

"…자신 있나?"

정형외과 선생이 걱정스레 물었다.

"물론입니다. 어느 정도 뚫으면 뇌막 직전인지 알 수 있는 방법이 있거든요."

두삼은 드릴을 들고 바로 환자가 있는 곳으로 갔다. 간호사는 머리카락을 제거해 놓고 대기 중이었다.

"두개골을 뚫을 겁니다. 준비해 주세요."

"…여기서요?"

"수술할 건 아니니까요. 소독약 주세요."

두삼은 거침이 없었다. 바로 머리에 소독약을 바르고 머리의 혈관 중 굵은 곳을 막았다. 그리고 메스로 단번에 두피를 갈랐다.

두피를 벌려서 고정을 한 후 지름 5㎝ 정도를 뚫을 수 있는 비트를 장착했다.

정형외과 의사는 두삼의 주저함 없는 행동에 질린다는 표정으로 말했다.

"…외과의사라고 해도 될 만큼 손에 주저함이 없군. 진짜 할 건가?"

"말씀드렸잖습니까. 주저할 시간 없다고요. 바로 시작합니다."

위이잉~ 위이잉~

왼손은 머리에 대고 오른손으로 드릴을 들었다. 방아쇠를 살짝살짝 눌러서 기계가 어느 정도의 무게감이 드는지 확인을 한 후 두개골에 장치를 댔다.

"불안하게 한 손으로 할 건가?"

"어느 정도 뚫었는지 알려면 어쩔 수 없습니다. 걱정 마세요. 팔 힘이 좋습니다."

"후우~ 됐네. 내가 하지. 자네는 멈춰야 할 때를 말해주게."

두삼은 정형외과 선생을 흘낏 보곤 그에게 드릴을 넘기며 말했다.

"부탁드립니다. 바로 시작하시죠."

"…성격도 급하군."

위이잉~ 가가가가가가각!

톱니가 달린 비트가 두개골을 파고들어 가기 시작하자 두삼은 정신을 집중하고 톱니가 내려가는 걸 살폈다. 그리고 어느 정도 내려갔을 때 외쳤다.

"멈추세요!"

"왜? 조금 더 남은 거 같은데."

"어떻게 아셨어요?"

"느낌이 그래. 뼈가 어느 정도 남았는지 손의 감각으로 느껴지거든. 두개골도 크게 다른 거 없네."

앓는 소리를 하더니 확실히 정형외과 전문의는 전문의인가 보다. 그는 기기를 몇 바퀴 더 돌리더니 완벽하게 떼어냈다.

"수고하셨습니다."

두삼은 곧바로 메스를 들고 칼날이 뇌에 닿지 않게 조심스레 뇌막을 2㎝ 정도 찢었다.

퓨슉! 압력이 풀리며 피가 튀었다. 그리고 몽글몽글 빠져나오기 시작했다.

"감염만 조심하고 피가 빠지게 두세요."

한숨 돌리게 되었으니 이제 오고 있다는 가족을 보러 갈 차례였다.

세 명이라고 해서 침상 세 개를 준비하고 기다리고 있는데 구급차 두 대가 들어왔다.

"아!"

구급차 문이 열리고 안에 있는 환자가 보이자 간호사 중 한 명이 안타까움이 가득한 탄성을 터뜨렸다.

두 명의 아이들이 마치 넋이 나간 듯 앉아 있었는데 그들의 몸에 철근이 두세 개씩 박혀 있었다.

특히 초등학교 저학년으로 보이는 아이는 목에 철근이 박혀 있어 더욱 아슬아슬해 보였다.

다들 멍하니 보고 있자 구급대원이 내리면서 말했다.

"…철근이 실린 트럭을 박았습니다."

"그렇군요. 한데 나머지 한 명은?"

"뒤차에 있습니다."

"알겠습니다. 얘들아, 이쪽으로 올 수 있겠어?"

"……."

큰애는 멍했고 작은애는 돌아보며 두려움이 가득한 얼굴로 쳐다만 볼 뿐이다.

"움직이면 많이 아픈가 보구나. 아저씨가 안 아프게 해줄게."

구급차에 올라 먼저 작은아이의 팔을 잡았다. 움찔했지만 거부하진 않았다.

기를 이용해 감각신경을 마비시키며 내부를 살폈다.

'운이 좋았네. 경동맥이 다쳤으면 죽었을 텐데.'

목에 박힌 철근이 경동맥을 아슬아슬하게 지나갔다. 어깨에 꽂혀 있는 건 뼈가 다친 것 같지만 생명엔 이상이 없었다.

심한 건 큰아이였다. 하나가 심장을 아슬아슬하게 비켜서 꽂혀 있었고, 두 개는 배에 꽂혀 있었다.

조심스럽게 내려주고 안으로 들여보낸 후 뒤에 있는 응급차로 갔다. 애들 엄마와 아빠가 타고 있었는데, 아빠는 철근을 온몸으로 받았는지 이미 죽어 있었고 엄마는 다섯 개의 철근을 몸에 꽂은 채 의식이 없었다.

"…아버지가 그대로 추돌하면 위험하겠다 싶었는지 차를 우측으로 돌린 것 같습니다."

"…그렇군요. 일단 환자만 내릴게요. 조심해 주세요."

피로 흠뻑 젖은 담요를 덮고 있는 애들 아빠를 일견하곤 마음을 다잡았다.

그의 죽음을 안타까워하는 것보다 그가 살리려고 했던 엄마와 애들을 살리는 것이 진정 그를 위한 길이 아닐까 싶었다.

두삼은 아이들 엄마를 응급실로 데리고 들어가면서 내부를 살폈다.

* * *

충남 소방본부 상황실.

상황실이 한눈에 보이는 곳에 선 금오준 본부장은 담배가 태우고 싶은지 연신 라이터를 만지작거렸다.

그때 상황판을 담당하는 대원이 앞으로 나가는 걸 보고 인상을 구기며 욕을 뱉었다.

"씨발! 몇 명이나 죽는 거야."

사망자 6이라는 글자가 지워지고 8로 바뀌었다.

갑자기 숫자가 +2가 되자 짜증도 두 배로 났다. 하지만 안 그래도 정신없는 대원들에게 짜증을 낼 순 없었기에 담담하게 물었다.

"이번엔 원인이 뭐야?"

"아, 예! 사고 현장에 사망자가 나왔고, 전주 병원 응급실에서 치료를 받다가 숨졌답니다."

"…진짜 치료받다가 죽은 거 맞아?"

"그건 저도……."

"됐다. 일 봐라. 닥터 헬기는 어떻게 됐어?"

"이제 병원에 도착해서 환자 내려놓고 다시 오고 있는 중이랍니다."

"빨리 오라고 해. 환자 다 죽고 난 다음에 올 거야! 현재 몇 명 더 구조 작업을 했지?"

위급한 환자를 위해 의사가 부족한 도서 및 지방에 마련된 100억 상당의 닥터 헬기는 인명을 구하는 데 탁월했다. 하지만 대규모 사고엔 더디기만 하다.

"셋입니다. 한데 위급한 상태라 보낼 곳이 없다고……."

"무조건 받아서 살리라고 해. 참! 조금 전에 구했다는 모자 세 가족은 어떻게 됐어?"

"한강대학병원으로 보냈습니다. 좀 전에 도착했다는 연락을 받았습니다."

"어떻게 됐는지 연락해 봐. 만일 한 명이라도 어설프게 대해 봐. 응급센터 지정 병원? 내가 기필코 막는다."

병원 상황을 정확히 알기 위해 한 명씩 병원에 남아 있으라고 명했다.

"연결됐습니다. 스피커로 연결할까요?"

"그래. 여보세요? 나 본부장이다."

—충성! 안부경 소방관입니다.

"수고한다. 방금 세 모자가 그쪽으로 갔지?"

—그렇습니다. 제가 데리고 왔습니다.

"상황이 어떤가? 그대로 방치하고 있는 건 아니지?"

—아닙니다. 둘째의 철근은 이미 뽑았습니다. 아! 지금 막 첫째의 철근도 하나를 빼곤 모두 뽑았습니다.

"뽑으면 출혈이 심할 텐데, 다행히 전문의가 도착을 했나 보군."

—아뇨, 출혈은 거의 없습니다. 그리고 물어보니 한의사라고 합니다.

"한의사? 한의사가 왜 응급실에 있는 건데? 그리고 한의사가 무슨 재주로?"

—그건 저도 잘… 아! 처치를 다른 사람에게 맡기고 애들 엄마에게 갑니다.

구급대원들은 기본적인 의술에 대해서 배운다. 몸을 관통하면 의사가 아닌 이상 절대 건드리지 않는 게 철칙이다. 그리고 의사라고 해도 제거를 하려면 상당한 시간이 걸리는 걸로 알고 있는데 어떻게 순식간에 해내는지 상상이 되지 않았다.

게다가 한의사라니.

"…환자의 상태는?"

—엄마의 경우 들어오자마자 가장 먼저 안정을 찾았습니다. 어? 뽑습니다! …세 개를 뽑았습니다.

무슨 도깨비놀음인지.

금오준의 생각만 그런 건 아닌지 시끄러웠던 상황실이 일순 조용해졌다.

금오준은 얼른 정신을 차렸다.

"…흠! 그전에 갔던 환자들은?"

—두 명은 수술실로 들어갔고, 두 명은 아직 응급실에 있습니다. 간호사 말로는 아직까진 안정적이라는군요.

"자네가 보기엔 더 받을 수 있을 거 같나?"

사실 제일 중요한 질문이었다.

—글쎄요, 다들 바쁘게 움직이고 있긴 한데 묘하게 여유롭긴 합니다.

"알았다. 지금 그쪽으로 위급한 환자를 보낼 테니 어떻게 처리

되는지 보고 연락을 주게."

—알겠습니다.

연락을 끊은 그는 다른 두 곳에도 전화를 걸었다.

—본부장님! 안 그래도 연락을 드리려 했는데 여긴 더 이상 환자를 받을 수 없습니다. 방금 도착한 환자도 다른 곳으로 이동시켜야 할 것 같습니다. 이대로 두면 위험합니다.

"미친! 당장 담당자 바꿔."

—없습니다. 방금 수술 들어갔습니다. 그리고 다른 의사는 현재 환자가 어레스트가 와서 조치 중입니다. 어떻게 해야 합니까?

"…가장 가까운 병원이 어디지?"

—성일대병원입니다. 하지만… 거기도 담당 의사가 없다고 거부했습니다.

"그 다음은?"

—한강대학병원입니다.

"그럼 한강으로 보내."

—알겠습니다. 지금 바로 출발시키겠습니다.

전화를 끊고 나자 병원 긴급 연락망 대원인 주재일이 다가오며 말했다.

"본부장님, 한강대학병원에 현재 의사들은 다 수술실에 들어갔습니다. 더 보낸다고 해도 뾰족한 수가 없는데 괜찮겠습니까?"

그의 말이 옳았다. 한 병원에 몰아넣는 건 나중에 문제가 될 가능성이 높았다. 그러나 다른 방법이 없는 걸 어쩌겠는가.

"다른 방법이 있다면 말해보게. 그럼 그 말에 따르도록 하지."

"…없습니다. 심려를 끼쳐 드려 죄송합니다."

"됐네. 책임질 일 있으면 내가 질 테니 별다른 명령이 있을 때까진 한강대학병원으로 보내게. 난 담배나 피우고 와야겠군."

금오준은 상황실에서 나왔다. 한데 안면이 있는 기자가 바로 붙었다.

흔히 사건을 기사화하는 게 아니라 기사로 사건을 만드는 전형적인 기레기로 기자가 아니었다면 말도 섞기 싫은 인물이었다.

"본부장님, 아까 통화 내용을 얼핏 들었는데 한강대학병원 응급실에서 한의사가 진료를 하고 있는 게 사실입니까?"

"…김 기자, 상황실을 엿보는 짓은 불법이라고 말을 했을 텐데."

"에이~ 엿보다니요. 우연찮게 들은 겁니다. 스피커폰으로 말하는데 안 들리는 것이 이상하지 않습니까."

말해봐야 입만 아팠다.

"여기보다 현장에 가야 건지는 게 더 있을 텐데?"

"하하! 현장이야 이미 다른 기자들이 가 있죠. 제 담당은 이곳 아닙니까. 근데 한의사가 응급실에 있는 건 불법 아닙니까?"

"…의사가 환자 고치는 게 언제부터 불법이 됐나?"

"하하! 그렇군요. 한데 사람들이 이해를 할까요?"

"지방 병원 사정에 대해 기사화했던 자네가 그런 소리를 하다니 우습군. 지금은 개미 손이라도 빌리고 싶은 심정이야."

"개미가 의사 자격증이 있다면 상관없죠. 그리고 지방 병원도 다른 대도시 병원처럼 되길 위해 쓴 글이지 지방 병원을 잡기 위해 쓴 글이 아닙니다."

"…그런가?"

찰칵!

옥상으로 나온 금오준은 담뱃불을 붙였다. 평소라면 무시했을 텐데 사망자 수 때문일까 그는 한마디 했다.

"후우~ 자네에게 충고 한마디 해도 될까?"

"하하! 얼마든지 하십시오. 이왕이면 기사화할 수 있는 거면 더 좋고요."

"언론이라는 권력에 너무 취하진 말게. 자네가 뱉었던 독설들이 언젠가 자네에게 그대로 돌아갈 테니까."

"하하하! 전 언론을 권력이라고 생각하지 않습니다. 그저 국민의 알 권리를 위해 애쓰고 있다고 생각합니다만. 뭐, 그렇게 생각하는 사람들도 있겠군요. 하지만 떳떳하다면 결국 밝혀지지 않겠습니까."

"……."

역시 말해봐야 소용없는 인간이었다.

'피해가 가지 않았으면 좋겠는데……'

지방 신문이니 큰일이야 있을까마는 그래도 열심히 환자를 위해 노력한 이가 다치질 않길 바랐다.

*　　　　*　　　　*

"환자가 들어온답니다!"

막 도착한 세 명 중 급한 순서대로 조치를 취하고 있는데 다시 환자가 들어온다는 소리가 들렸다.

"…선생님."

혈액 팩을 달던 간호사가 뜨악한 표정으로 말했다.

그럴 만한 것이 현재 두삼의 옆에 붙어 있는 이는 그 간호사밖에 없었다.

환자를 내버려 둘 수 없어 한 명씩 맡기다 보니 이젠 치료를 하는 레지던트와 인턴 간호사 두 명 한 조를 제외하곤 남은 사람이 없다.

"집중하세요. 일단은 눈앞에 있는 환자가 우선입니다. 끝내고 원장님께 말할게요. 됐습니다! 옆으로 옮기죠."

세 모자들이 왔을 때만 하더라도 어느 정도 여유가 있어 바이탈 사인을 잡고 약간의 치료까지 해둘 수 있었지만 이젠 아니었다.

그저 모니터의 바이탈 사인만 안정화되면 자리를 옮겨야 했다. 세 번째, 정확하게는 열한 번째 환자에 대한 체크까지 마친 후 말했다.

"간호사님은 이 두 분 지켜보고 있다가 검사받게 해주세요. 어디가 다쳤는지는 기록해 뒀죠?"

"예, 선생님. 한데 검사도 지금 밀려 있는 상태인데… 아닙니다. 알겠습니다, 그러겠습니다."

두삼은 얼른 밖으로 향하면서 원장을 찾았다. 그는 전화를 받고 있었는데 막 신경질적으로 전화를 끊었다.

"갑자기 환자들이 밀려오는 건 왜 그런 겁니까?"

"…다른 병원은 꽉 찼대."

"그렇군요. 병실에 있는 여유 인력 내려오라고 하셔야 할 것 같습니다."

"말했네. 일곱 명쯤 더 내려올 걸세. 한데 괜찮나?"

"뭐가 말입니까?"

"계속 환자를 받는 것 말일세."

"글쎄요. 어디든 받아야 할 환자들이잖습니까. 지금은 수술할 선생님들이 올 때까지 버티는 방법 말고 다른 방법이 없잖습니까."

"그야 그렇지. 그렇게 생각한다니 조금만 더 힘내주게. 민 원장이 의사들을 보냈다니 말일세."

"알겠습니다. 아! 오는군요. 원장님 좀 도와주셔야겠습니다."

"…도움이 될까 걱정이군. 진료에서 손을 뗀 지도 오래전이라."

"옛 기억을 떠올려 보십시오."

환자에게 다가가자 구급대원이 다급하게 외쳤다.

"도착 직전 차에서 어레스트가 일어났습니다! 복장뼈가 함몰된 상태라 심폐소생술을 하지 못하고 기관 삽관을 해뒀습니다.

두삼은 얼른 가슴 쪽으로 손을 댔다.

'심폐소생술을 하지 않은 게 천운이군. 했으면 뼛조각이 심장을 찔렀을 거야. 그나저나 출혈은 많지 않은데 내부에 피가 많이 고였어.'

이런 경우는 한 가지밖에 생각할 수가 없다.

"다른 병원에 갔다가 온 환잡니까?"

"…예. 전주에 갔다가……."

"내부 출혈이 계속되어 나타난 출혈성 쇼크입니다. 원장님, 제세동기 부탁드립니다. 가슴을 강하게 누르진 마십시오. 뼛조각이 심장 앞에 있습니다."

"알았네. Epinephrine 2cc!"

"…아무도 없습니다."

"아! 항상 시켰던 일이라. 잠시만."

한동안 실무를 하지 않았다고 해서 그가 가진 지식과 수십 년 동안의 경험이 사라지는 건 아니었다. 그는 능숙하게 주사를 놓은 후 제세동기를 사용했다.

"200J! 슛!"

"300J! 슛!"

두 번째 제세동기를 사용하자 숨이 다시 돌아왔다.

"혈액 팩을 달아주십시오. 그동안 전 고인 피를 빼야겠습니다."

"아, 알았네. 이거야 원. 간호사들은 빨리빨리 내려오지 않고 뭐 하는 거야."

그가 투덜대면서 혈액 팩을 달 동안 두삼은 옆구리 쪽 갈비뼈 사이에 굵은 주사 바늘을 꽂아 피를 뺐다.

"환자는 어떻습니까? 후우!"

둘이서 응급조치를 끝마쳤을 때 김영훈이 이끄는 응급조치 팀이 왔다.

그는 꽤 지친 표정이 역력했다. 두삼도 정신없이 바빴지만 못지않게 바쁜 이가 그였다.

두삼이 상태를 파악하고 맡기고 나면 뒤처리는 온전히 그들의 몫이니 당연했다.

"기본적인 조치는 해뒀습니다. 골절된 복장뼈가 간과 동맥의 일부에 박혀 있습니다. 피를 많이 흘렸으니 세 팩 정도까진 들어가도록 놔둬야 하고, 검사는 해야 할 겁니다."

"후우~ 알겠습니다."

그의 한숨 내뱉는 소리에 숨을 돌렸다고 생각했을까 데스크 간호사가 외쳤다. 한데 그녀도 질리는지 아까완 달리 목소리가 그리 크지 않았다.

“환자 들어옵니다.”

“네! 갑니다.”

아직까진 여유가 있다는 듯 두삼의 목소리는 여전히 씩씩했다. 그러나 그런 여유는 오래가지 못했다.

환자들이 밀려오는 통에 처음과 달리 바이탈 사인만 잡고 방치해 둬야 했다. 그리고 그런 환자들이 하나씩 쌓이자 문제가 발생하기 시작했다.

“한 선생님! 환자의 BP가 떨어집니다.”

“환자의 상태가 급작스럽게 나빠지기 시작했어요, 이쪽으로 와보셔야겠어요, 선생님!”

“선생님 경련입니다!”

들어오는 환자를 보기도 바쁜데 어설프게 문제만 막아둔 환자들의 상태가 나빠졌다. 게다가 겨우 다시 막고 나면 막 들어온 환자에게 문제가 일어났다.

“선생님! 어레스트입니다.”

정신없이 여기저기 뛰어다니던 두삼은 현재 상태가 자신과 이 병원의 한계치임을 깨달았다.

‘빌어먹을! 조금만 더 버티면 될 것 같은데.’

폭풍처럼 밀려오던 환자가 드문드문 오고 있었다. 만일 여기까지만 제대로 처리할 수 있으면 여유가 생길 것 같았다.

하지만 바람일 뿐이었다.

사람들의 부름은 점점 잦아졌고 당장 수술실로 들어가야 할 환자는 많아졌다.

바이탈 사인을 유지하기에 급급해진 상황.

"…환자 두 명 이쪽으로 오고 있답니다. 마지막 구조 인원이라 많이 위험하답니다."

'안 돼!'라고 비명을 지르고 싶은 심정이다. 만일 여기서 두 명이 더 온다면 오는 환자든, 이미 와 있는 환자든 죽어도 손을 쓸 수 없을 것 같았다.

'원장님! 더 이상 버틸 수가 없습니다.'

양도 예전에 비해 많이 늘었고 내부를 살피고 일부 남은 기운의 경우 회수를 했기에 기운은 아직 절반 이상 남아 있었다.

하지만 몸이 하나였다. 그리고 다른 이들 역시 한계에 이르긴 마찬가지였다.

"원장님……."

버틸 만큼 버텼다. 이젠 희망이 필요했다. 그래서 두원신에게 서울에서 도와줄 사람들이 언제 오냐고 물으려 할 때였다.

두두두두두두!

은은하게 들리는 헬기 소리.

두원신이 환하게 웃으며 외쳤다.

"왔다! 서울에서 의사들이 도착했어!"

"…헬기로 오는 거였습니까?"

"응! 민 원장이 재난본부에 연락해서 헬기 한번 쓰자고 했대. 다행히 상황을 듣고 허락해 줬고."

점점 가까워지던 헬기 소리는 금세 사라졌다. 그리고 얼마 지나지 않아 엘리베이터에서 의사와 간호사들이 우르르 나왔다.

"노상철 선생님!"

"여어~ 빨리 온다고 했는데, 늦진 않았지?"

"전철희 선생님!"

"이 자식이랑 술 먹으려고 대기하다가 헬기까지 타보네. 혈관 수술 필요한 사람 있겠지?"

"당연히 많습니다!"

"일단 우리부터 온 거야. 두세 시간 지나면 2진도 오게 될 테니까. 걱정 마라."

의사, 수련의, 간호사해서 모두 열두 명.

정말이지 눈물이 날 만큼 그들이 반가웠다.

"요오~ 한가한 한의사 한 선생. 오늘은 조금 바쁜 모양이야?"

"이상윤 선생……."

그의 얼굴을 보고 오늘만큼 기쁠 날이 있을까. 아마 없지 않을까 싶다.

"훗! 기쁜가 보네. 하긴 나 같은 의사가 와줄 거라곤 생각도 못 했겠지."

확실히 없을 것이다.

노상철 역시 이상윤에게 적응이 안 되는지 고개를 절레절레 흔들며 말했다.

"자자! 얘기는 나중에 하고 지금은 환자에 집중하자. 한 선생, 급한 환자부터 수술 시작하지."

"예! 선생님."

두삼은 가장 급한 환자들부터 수술실로 보냈다.

12명의 의료진이 합류했지만 그렇다고 당장 편해지진 않았다. 그저 약간의 여유와 환자들을 조금 더 꼼꼼하게 볼 수 있다는 정도.

더 이상 환자가 오지 않고 첫 번째 수술 팀이 새로운 환자를 맡고, 충남 병원 선생들이 하나둘씩 들어오고, 결정적으로 버스로 추가 의료진이 도착하면서 쉴 여유가 생겼다.

"……."

12시 10분 전, 두삼은 응급실이 한눈에 보이는 곳에 멍하니 앉아 있었다.

긴장감이 비로소 풀렸을까 꽤 힘이 들었다.

"…선생님, 이거 좀 드세요."

뇌출혈 환자를 보고 있었던 간호사가 빵과 우유를 내밀었다.

"아, 감사합니다. 간호사님도 드셨나요?"

"이제 저도 먹으려고요."

그녀는 수줍게 자신의 빵과 우유를 보여줬다.

"앉아요. 같이 먹죠."

살짝 떨어져서 앉은 그녀는 두삼과 마찬가지로 꽤 피곤한 얼굴로 응급실을 보곤 빵과 우유를 먹었다.

"수고했어요. 오늘 참 힘든 하루죠?"

"저희야 환자만 봤는데요. 선생님이 고생하셨죠."

"그렇게 따지면 저도 환자만 봤는데요. 저보다 더 바쁘게 뛰어다녔다는 거 알아요."

두삼은 혼자 힘으로 환자들을 봤다고 생각하지 않았다. 사실 그 자신이야 환자가 어떤 상처를 입었는지 말하고 바이탈 사인을 잡았을 뿐이지만, 환자에게 수혈과 주사, 검사 등 나머지 일은 응급실 의료진의 몫이었다.

일의 강도를 봤을 때 결코 두삼이 그들보다 강했다고 할 수 없었다.

"선생님이 환자를 안정화시켜 주셨기에 가능했죠."

"후후! 계속 얘기해도 결론이 안 나겠네요. 그럼 그냥 우리 모두가 잘한 걸로 하죠."

두삼은 그녀를 향해 주먹을 내밀었다.

간호사는 잠깐 얼떨떨해하다가 주먹에 주먹을 갖다가 댔다.

"이야~ 좀 바쁜 척하다가 한가해지니까 그새 간호사에게 작업 걸고 있냐?"

땀에 젖은 옷을 입은 이상윤이었다.

"…내가 너냐? 수술은 벌써 끝났어?"

"당연하지."

"대충한 거 아니지?"

"누군가가 어설프게 조치를 해서 시간이 더 걸리긴 했지만 완벽하게 했어. 아까처럼 직접 확인해 보던가."

'잠시라도 자랑을 하지 않으면 입에 가시라도 돋는 걸까?'

두삼은 고개를 절레절레 흔들었지만 그의 실력을 알고 있기에 별다른 말을 할 수가 없었다.

그는 진짜 천재가 확실했다. 지금까지 철근이 박힌 세 모자의 수술을 끝냈다.

물론 수술을 빨리하는 것만이 중요한 게 아니다. 하지만 완벽하다면 가능한 빨리하는 것이 환자에게 훨씬 부담이 없다는 건 사실이었다.

처음 엄마를 수술했을 때 하도 빨리 나오기에 환자가 죽은 줄 알았을 정도였다.

“됐다. 잘못되면 책임이야 집도의가 지겠지. 다음 환자 설명해 줄게.”

“잠깐 숨 좀 돌리고. 난 괜찮은데 레지던트랑 간호사가 따라오질 못하네.”

“…그러든가.”

제 역할을 충분히 하는 이에게 뭐라고 하는 것도 우습다. 근데 그는 쉰다면서 앞에서 꼼짝도 안 했다.

“쉰다면서 날 왜 쳐다보는데? 설마, 내가 너의 청량제나 활력소라는 헛소리를 하는 건 아니지?”

“풉!”

간호사가 웃음을 터뜨렸다.

“…돌았냐?”

“그럼?”

“힘들게 수술한 의사가 쉰다면 한가한 한의사는 당연히 따라와서 옆에서 아양을 떨어줘야 하는 거 아닌가?”

“진짜 지랄을 한다. 내가 화장실도 못 가고 환자 상태 보고 있는 거 안 보이냐?”

“내가 보기엔 노닥거리는 걸로밖에 안 보이던데?”

한 대 쥐어박아 줄까 하는데 간호사가 반갑지 않은 말을 했다.

“제가 보고 있을 테니 잠깐 다녀오세요.”

“…….”

“됐네. 가자.”

징그러운 놈.

밖으로 향하기에 같이 따라 나갔다. 무슨 할 말이 있나 싶었는데, 그는 나가자마자 전자 담배를 꺼내더니 입에 물었다.

"쓰으으읍! 후우~~"

어마어마한 수증기를 뿜는 이상윤.

"용가리냐? 담배 언제부터 피웠냐?"

"액상형 전자 담배거든! 섹스를 대신할 것을 찾다 보니 이게 딱 맞더라."

"적당히 해라. 어차피 몸에 해롭기는 마찬가지잖아."

"담배랑 비교가 안 되거든."

"네네~ 의사 선생님."

츠으으으~ 액상이 수증기로 바뀌는 소리와 후우~ 뱉는 소리만 들리는 어색한 침묵이 이어졌다.

두삼은 그저 멍하니 있고 싶었고 이상윤은 말하기를 망설이고 있는 느낌이랄까.

침묵을 깬 건 적당히 피웠는지 전자 담배를 호주머니에 넣은 이상윤이었다.

"네 실력 잘 봤다."

"갑자기 뭔 소리야?"

"네가 임시로 치료한 환자들. 솔직히 대단했어. 과연 나라면 너처럼 할 수 있었을까 생각해 봤는데, 아무리 상상을 해도 불가능하더군."

갑자기 진지하게 말하니 당황스럽다. 전자 담배에 진지하게 만드는 성분이라도 있는 건가?

아무튼 진지하니 진지하게 받아주는 게 예의겠지? 금방 후회할 걸 알면서도 일단은 진지하게 말했다.

"난 또 뭐라고… 수없이 말했지만 분야가 다르잖아. 난 네가 수술한 걸 보니 부럽더라. 결국 난 시간을 끈 것밖에 없었으니까."

"그건 그래. 그리고 부러워한다고 다 할 수 있는 건 아냐."

"……."

"그러나 너의 능력 역시 마찬가지잖아. 수술을 할 수 있게 많은 환자들의 생명을 붙잡아둔 건 너야. 아무도 부인하지 못할 사실이지. 그러니 오늘은 무승부야."

"…오늘 승부거리가 있었냐?"

"물론."

"대결 내용이 뭔데?"

"상대의 실력에 대한 진정한 인정. 네 말대로 분야가 다르니 이게 제일 낫지 않겠어?"

실력에 대한 인정이라. 나쁘지 않은 대결 방법인 것 같다. 물론 정확하게 따지자면 몇 가지 문제점이 보였지만 말이다.

가령.

"상대가 인정을 안 하면?"

"네가 패배를 인정할 수밖에 없을걸. 아니라면 인정할 때까지 싸우는 수밖에."

과연 대결이 끝나는 날이 있을까?

"좋아, 그렇게 하자. 오늘은 무승부고."

"아니. 어제가 무승부였지. 오늘은 다시 대결이다. 수술할 사람 말해줘. 네가 인정하게 만들어줄게."

철저하기도 하셔라. 시간을 확인하니 12시가 넘었다. 두삼은 피식 웃곤 그와 함께 응급실로 들어갔다.

*　　　*　　　*

〈최악의 교통사고! 사망자 12명. 지방 병원 이대로 괜찮은가?〉

지난 밤, 호남고속도로 하행선에서 발생한 교통사고로 마흔다섯 명이 넘는 사상자가 발생했다. 이번 사고 원인은 트럭 운전사 A씨의 졸음운전으로 추측되고 있는 가운데 …(중략)… 사망자가 발생한 원인 중 하나는 역시 열악한 지방 의료 때문이다. 치료조차 받지 못한 채 구급차에서 죽음을 맞이한 이들이 4명이고 응급실에 도착했지만 제대로 치료를 받지 못해 죽은 이들도 2명이다. 언제까지 아까운 목숨이 구급차에서, 제대로 된 치료를 받지 못한 채 사라질지. 정부는 이렇게 허무한 죽음에 대해 보다 근본적인 해결책을…….

탁!

민규식은 보고 있던 신문을 던져 버렸다.

"잘한 것에 대해서는 한마디도 없군. 그저 물어뜯기에 급급한 자들!"

그의 목소리는 평소와 달리 잔뜩 화가 나 있었는데 이른 시간에 온 보건복지부 장관의 전화 때문이었다.

과정과 결과 모두 좋았다.

응급실로 들어온 이들 중 죽은 자는 한 명도 없었고, 다른 병원과 달리 환자의 절반 이상을 치료했다. 사망자를 제외하면 3분의 2 가까운 숫자를 오롯이 충남 병원에서 감당했다.

한데 사고에 대해 제대로 알아보기는 했는지 지방 병원도 한시라도 빨리 응급센터를 구축하라는 말뿐이었다.

하여간 자그마한 기사에 벌벌 떨면서 정작 일할 생각이 없는 그들을 보니 기가 막힐 따름이었다.

"원장님, 이 기사도 보셔야 할 것 같습니다."

비서실장이 태블릿 PC를 내밀었다.

내용은 제대로 보이지 않고 덕지덕지 광고로 가득한 신문 기사.

"뭔가?"

"충남의 작은 신문사에서 낸 신문 기사입니다."

민규식은 눈을 좁히며 기사를 읽었다.

〈응급센터 지정병원인 H병원 응급실에 한의사가 근무를 섰다?〉

어젯밤 일어난 끔찍한 교통사고에 많은 도민들이 슬퍼하고 있다. 한편으론 많은 사상자를 낸 이번 사건으로 지방 병원에 대한 불만을 토로하고 있다. 그런 와중에 응급센터 지정 병원으로 선정되면서 한 해 수백억의 혈세를 받고 있는 H병원에 사건 당일 한의사가 근무했다는 사실이 드러났다. …(중략)… 일촉즉발의 상황에서 한의사라니? 서울에 위치한 본원에 전화를 걸어 확인을 하니 3교대로 응급센터를 운영한다는데 왜? 충남 H병원에 어째서 한의사가 있었는지 본 기자는 의문이다. 이에 많은 도민들 역시…….

"…하아~ 꼴뚜기가 뛰니 망둥이가 뛴다더니."

"쉽게 볼 문제는 아닌 것 같습니다."

"지방 신문이 문제가 되겠는가?"

"기삿거리를 찾는 기자들이 이 기사를 옮기고 있는 모양입니다."

"사실조차 확인하지 않고 글부터 싸지르는 게 무슨 기자라고!"

사실을 밝히면 되는 간단한 일이다. 그러나 지금 상태에서 사실을 말해봐야 기사화가 될 리가 없었다.

그저 안타까운 사건에 욕을 하고 글을 토해낼 대상이 필요할 뿐이었다. 어차피 일주일이면 다른 사건에 묻혀 신문, 방송 매체에서 사라질 게 빤했다.

누가 피해자인지 가해자인지 중요하지 않았다.

비가 올 땐 잠깐 피하는 게 상책이었다.

"알아보니 지역에서 기레기로 유명한 작자였습니다. 검증되지 않은 기사로 여럿 피해를 입었다더군요."

"작가가 되어야 할 자가 기자를 하고 있는 모양이군. 조용해지면 이자에 대해 자세히 알아봐. 남 괴롭히는 걸 좋아하면 자신 역시 당할 수 있다는 걸 뼈저리게 느끼게 해줘야지."

정당한 비판은 언제든 받아들일 수 있었다. 하지만 무분별한 비난엔 대가를 치르게 해줘야 했다.

"알겠습니다. 그리고 센터장들이 다 왔다고 합니다."

"가지."

보조금을 받는 이상 까라면 까는 시늉이라도 해야 했다. 센터장과 의논을 해봐야겠지만 지원자가 없다면 강제로라도 보낼 수밖에 없었다.
막 일어서는데 의사 협회장에게 연락이 왔다.
"금세 조용해지진 않을 모양이군."
민규식은 인상을 찌푸리며 전화를 받았다.

*　　　*　　　*

마지막 환자가 새벽 네 시에 수술실로 들어갔고 그제야 두삼은 충남 병원 사람들에게 작별을 고하고 차에 올랐다.
당장 일이 있는 전철희와 따로 일이 있다는 이상윤을 데리고 서울에 도착하니 일곱 시.
샤워를 겸해 수영을 하고 하란과 아침을 먹었다.
"안 힘들어?"
"아까 차로 오면서 루시에게 운전을 맡기고 잤어."
"사람들이랑 같이 왔다며?"
"두 사람 다 차에 타자마자 코 골면서 자더라. 그래서 나도 잤어."
"그걸로 돼?"
"그럼. 좀 늦는다고 뭐라고 안 할 것 같은데……."
두삼은 음흉하게 웃으며 침실 쪽을 바라봤다. 그러자 하란이 어깨를 찰싹 때렸다.
"미쳤어! 오늘 새로 오는 전문 경영인 회사 소개시켜 주기로 했어."
"아쉽네."

"쓸데없는 소리 말고 식사나 하세요. 참! 근데 거기서 안 좋은 일 있었어? 대부분 어제 사건에 대해 부정적인 기사를 쏟아내던데."

"14명이나 죽었는데 훈훈한 기사를 내긴 힘들겠지. 우리 병원엔 문제없었어."

"그래? 오빠 얘기도 있던데."

"내 얘기?"

"응. 여기 봐봐."

하란이 스마트폰으로 기사를 보여줬다.

무작정 기사화시키기 위해 쓴 글. 마치 공중보건의로 지내던 적의 기사를 보는 듯했다.

피식 웃음이 나오는 기사에 불과했다.

"신경 쓰지 마. 이런 기사 한두 번 본 것도 아니고 시간이 지나면 어차피 잊힐 거야."

"나야 오빠가 걱정돼서 그렇지."

"걱정 마. 어느 때보다 강하니까."

의사로서 두려운 것은 하나밖에 없었다.

눈앞의 환자를 살리지 못할 때의 두려움.

아침을 먹고 병원으로 갔다. 한데 도착하고 얼마 지나지 않아 민규식이 불렀다.

"고맙네. 고생이 많았다지?"

"마음고생이 심하긴 했죠."

"빨리 보낸다고 했는데도 그 정도가 한계더군. 미안하네."

"아닙니다. 시기적절할 때 와서 얼마나 감사했는지 모릅니다."

"허허! 그 전엔 욕했다는 소리처럼 들리는군?"

"사실 조금 했습니다."

"허허허! 어째 자네는 갈수록 능글맞아지는군."

"갈수록 원장님이 편해져서 그렇죠. 근데 고맙다는 말을 하려고 부른 건 아닌 것 같은데요?"

"앉게. 어제 일 때문에 오늘 센터장 회의를 했다네."

센터장 회의가 자신과 무슨 상관이 있을까. 두삼은 앉아 그의 다음 말을 기다렸다.

"혹시 신문 기사는 봤나?"

"얼핏 봤습니다. 좋은 내용은 없더군요."

"살린 사람의 수는 생각하지 않고 죽은 사람의 수로 노력을 평가절하하지. 너무 개의치 말게."

"안 합니다. 칭찬받기 위해 한 일도 아닌데요."

"좋은 자세야. 한데 여론에 민감한 정부는 무시할 수 없는 모양이더군."

"지방 병원에 응급센터를 빨리 만들라고 했겠군요."

"이제 안목도 제법이네. 허허허!"

"누구나 추측할 수 있죠."

"그에 회의를 했네. 그에 인원이 충원될 때까진 서울 병원에서 파견 근무를 하는 것으로 결론을 지었네."

"그렇군요. 혹시 내려가는 인원 중에 저도 포함되어 있는 겁니까?"

그렇지 않다면 민규식이 이 얘기를 꺼낼 이유가 없었다.

"강제가 아니라 권유일세. 자네 나름대로 사정이 있을 텐데 내가 강요할 순 없지."

"만일 제가 내려간다면 뇌전증 환자들은 어떻게 되는 겁니까?"

"충남에서 하면 되네. 어차피 전국에서 올라오는 이들이 충남이라고 가지 않을까."

"기간은요?"

"넉 달쯤. 어쩌면 좀 늘어날 수도 있겠지."

"음, 그렇다면 생각 좀 해봐도 되겠습니까?"

딱히 충남 병원으로 간다고 해서 안 될 건 없었다. 다만 제일 걸리는 게 하란이었다.

이제 막 사귀기 시작했는데 원거리 연애라니. 차라리 병원을 포기하는 게 나았다.

"그러게. 일주일 내로 결정하면 되니 천천히 생각하게. 말했지만 싫다고 말해도 상관없네."

"고민해 보겠습니다."

민규식이 뜬금없이 충남 병원으로 가라는 데에는 이유가 있을 것이다. 그리고 차선책도 준비 중인 것 같았기에 편하게 고민하기로 했다.

41. 충남으로

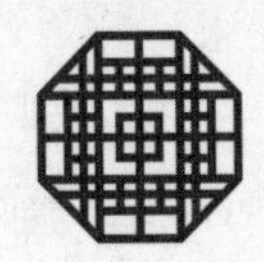

뜨거운 열기가 가라앉은 침대 위 두삼은 품에 안긴 하란의 등을 가볍게 쓰다듬으며 말을 꺼냈다.

“하란아, 병원에서 한동안 충남으로 내려가 있으면 어떠냐고 묻더라.”

“얼마나?”

“넉 달쯤. 좀 더 길어질 수도 있다고 하는데 정확한 건 모르겠어.”

“편하게 다녀와.”

“…진짜?”

쿨한 허락인데 마음은 기쁘기보단 살짝 서운하다.

두삼의 기분을 눈치챘는지 하란은 긴 손으로 두삼의 가슴을 살짝 때리며 말했다.

“겨우 전문 경영인까지 앉혀서 여유가 생겼는데, 애인이 지방으로 간다는데 나라고 기분이 좋겠어? 하지만 오빠가 내가 일하는 걸 존중해 주듯이 나 역시 오빠가 하는 일을 존중해."

"고마워, 그렇게 말해줘서."

"해외도 아닌데, 뭐. 자주 내려갈게."

"사실 아직 결정된 건 아냐. 원장님이 꼭 가지 않아도 된다고 했어."

"그래? …그럼 내려가는 게 좋을 것 같아."

하란은 뭔가를 잠깐 생각하다가 말했다.

"왜?"

"내가 만일 오빠네 병원장이라면 오빤 무조건 서울에 두고 보호할 거야. 오빠가 지금까지 치료한 사람들을 생각해 보면 그럴 수밖에 없어. 한데 그럼에도 불구하고 내려보낸다는 건 그곳이 더 안전할 거라고 생각했기 때문이 아니겠어?"

"역시 그 기사 때문인가?"

"아마도. 그 기사 때문에 이리저리 검색하다 보니 의사협회와 한의사협회 간에 사이가 꽤 안 좋던데?"

"좋을 리가 없지. 같은 의사라도 의료 시장을 놓고 싸우는 경쟁 관계잖아. 한의사들이 의료 기기를 사용하는 것을 반대하는 것만 봐도 알잖아."

"어딜 가나 밥그릇 싸움. 아무튼 난 오빠가 괜한 분란에 휩쓸리기 바라지 않아. 그러니 내려가서 환자들 치료하는 데 집중해."

"이런 예쁜 애인을 놔두고 가는 게 불안해서."

"치이! 난 오빠가 더 불안하거든. 여기저기 오빠 좋아하는 사람들이 너무 많아."

"에이~ 그건 오버다. 누가 날 좋아해?"

"미령이, 려령이."

"……."

"빤히 보이는데 모를 거라 생각했어? 오빠가 관심이 없어 보여서 말 안 한 것뿐이야."

"흠! 미령이야 그렇다 치고 려령인 아냐. 걘 중국 학교에서 잠깐 본 애야. 그리고 며칠 전 너한테만 딱 붙어 있는 거 보면 몰라?"

"아니거든. 돌아올 때 차에서 오빠를 얼마나 찾았는지 알아. 아직 애라서 어떻게 바뀔지 모르지만 아무튼 내려가서 조심해. 양다리 걸치는 순간 끝이야."

어디 한 곳 부족함이 없는 하란이 질투를 한다고 생각하니 피식 웃음이 나왔다. 그녀의 이마에 뽀뽀를 하며 말했다.

"이렇게 예쁜 애인을 두고 그럴 리가 없잖아. 절대 그런 일 없을 거라고 약속해."

"음, 조금 약한데."

"훗! 이렇게 하면?"

이번엔 긴 입맞춤을 했다.

"…음, 조금 느껴지는 거 같기도 하고."

"확실하게 느껴지게 해줄게. 호호호!"

침실의 온도는 다시 올라가기 시작했다.

*　　*　　*

다리가 절단된 군인의 의족이 완성됐다.

얼핏 보면 진짜 다리 같지 않고 약간의 싸구려 티가 났다. 그러나 값싸게 만든 것치곤 상당한 품질이었다. 나서기 싫어하는 하란을 대신해 두삼이 병원으로 가져와 설명을 해야 했다.

의족을 들고 안으로 들어가자 의족의 주인이 될 군인과 민규식, 그리고 사업지원부의 구본미가 자리하고 있었다.

"자네가 내려가기 전까지의 일이네."

"그러게요. 마무리하고 내려가라는 뜻인가 봅니다."

"그럴 수도 있겠군. 이리 오게. 우리끼리 있는데 굳이 프레젠테이션처럼 할 필요는 없겠지."

생각해 보니 그랬다. 그래서 그들에게 가서 가방을 열었다.

"이게 의족입니다."

"음, 로봇 발이 나올 줄 알았는데 아니군."

"금속으로도 가능하지만 3D 프린터로 대량생산 하는 건 무리가 있습니다. 표면이 거칠게 나오는 것도 문제가 있고요. 대신 로봇 다리가 가진 기능 역시 어느 정도 포함되어 있습니다. 최대한 단순화시킨 거랄까요. 일단 장착을 해보죠."

두삼은 군인에게 다가가 군인의 새로운 의족을 장착하면서 설명했다.

"여기 닿는 부분이 센스입니다. 허벅지 근육의 움직임을 감지해서 발목을 원하는 대로 움직일 수 있습니다. 붕대를 대도 충분히 감지가 되니 불편을 최소화했습니다. 발목 관절과 최대한 비슷하게 만들어 굉장히 자연스럽습니다. 벗겨지지 않아야 하기에 깊게 넣어야 한다는 단점은 있지만 그만큼 안정감이 있습니다. 왼발과 같이 움직여 보세요."

군인은 양발을 앞으로 뻗어 발목을 열심히 이리저리 움직였다. 한데 실제 발과 달리 의족은 쉽게 움직여지지 않았다.

"…생각대로 잘 안 움직이네요."

"지금처럼 자연스럽게 계속해 보세요."

1분 정도 지나자 의족의 발목도 실제 발과 비슷하게 움직이기 시작했다.

"원하는 대로 움직입니다!"

"센스가 발목의 움직임을 정확하게 파악하는 단계죠. 이 안에 담긴 작은 칩이 그걸 기억해서 최적의 상황으로 유지하게 해줄 거예요. 이제 걸어보시겠어요? 불편함이 있다면 말해주시고요."

오랫동안 불편한 의족을 차고 걷다 보니 그의 걷는 자세는 어정쩡했다. 거기에 의족이 버틸 수 있을까, 하는 두려움 때문인지 조심스러웠다.

그러나 다리를 다치기 전까지 수십 년을 걷던 본능이 사라질 리가 없었다. 그는 점차 안정적으로 걷기 시작했다. 두삼이 보기에도 밑으로만 시선을 돌리지 않는다면 확실히 자연스러웠다.

"계속 착용을 하고 다녀봐야겠지만 진짜 발과 비슷하게 자연스럽고 편해요!"

"불편하거나 망가지는 곳이 있으면 찾아오셔서 피드백을 해주시면 됩니다. 그럼 무료로 수리를 해드릴 테니 막 사용하십시오."

"…하하! 이제 제 발인데 함부로 쓸 수가 있나요. 이젠 저 의족을 못 쓰겠네요."

군인은 낡은 의족을 가리키며 무척 기뻐했다.

단점을 찾으려는 건지 구본미가 물었다.

"접촉 부위가 아프진 않나요?"

"아뇨, 고무처럼 부드러우면서도 탄탄한 것이 잡아줘서 괜찮습니다. 다만 발가락이 제 의지대로 움직이지 않아서 약간 어색한 정도?"

"점프도 가능한가요?"

"해보겠습니다."

군인은 신이 나서 구본미의 질문과 요구에 따랐다. 그 와중에 몇 가지 불편한 것이 발견됐지만 가격을 생각하면 흠이랄 것도 아니었다. 어느 정도 질문이 끝나자 두삼은 그에게 가방을 챙겨주며 작별 인사를 건넸다.

"수고하셨어요. 여분의 부품과 교체 설명서도 넣어뒀습니다."

"감사합니다, 선생님!"

"실험에 응해주셔서 저 역시 감사합니다. 한동안 피드백 때문에 전화가 갈지도 모르겠네요."

"얼마든지요. 그럼, 전 이만 가보겠습니다."

군인이 가고 본격적인 돈 얘기를 꺼냈다.

"먼저 만들 때 든 비용입니다. 재료비, 3D 프린터의 감가상각비와 겉을 부드럽게 한 비용까지 포함시켰다는군요. 다음은 3D 프린터 구입처와 가격. 환자의 몸 상태를 파악하는 3D 카메라, 그리고……."

태블릿 PC에 하란이 작성한 문서를 띄워서 두 사람에게 보여줬다. 어차피 다 넘기기로 해서인지 세세한 부분까지 깔끔하게 정리가 되어 있었다.

사업지원부라 그런지 구본미가 관심이 많았다.

"성능을 보고 가격을 보니 얼마나 대단한지 알겠네요. 어떻게 이런 가격이 나오는 거죠?"

"이걸 만들면서 알게 된 건데, 이 제품이 이상한 게 아니라 현재 의족과 의수 가격이 심각한 거더라고요. 세금으로 나오는 돈은 그냥 보너스로 챙기는 돈이라고 생각하는 것 같더군요."

"저에겐 시장성이 있다는 말처럼 들리네요. 솔직히 충분하다 못해 넘쳐요. 만들어지는 시간이 긴 건 3D 프린터 수를 늘리면 해결될 것 같고… 직원도 숫자가 늘어나기 전까진 많이 필요 없을 테고. 좋네요. 근데 의수나 허벅지까지 없는 이들은 어떻게 하죠?"

"무릎, 발꿈치까지의 3D 설계도는 이미 만들어져 있습니다. 그 이상의 경우는 지원자가 있을 경우 실험하기로 했고요."

"그래요? 원장님, 이 건의 경우는 당장 시작해도 되겠어요."

"구 부장이 그렇다면 그런 거겠지. 어차피 이익을 보려고 시작하는 건 아니었으니 시작하게."

"이익을 봐야죠. 그래야 무료로 혜택받는 사람들도 많아지지 않겠어요?"

"허허허! 그야 그렇지만 우리는 회사가 아니라 병원임을 잊지 말아주게."

"그야 당연하죠. 아무 문제없이 처리할게요. 참! 화장품은 테스트에 들어가기 시작했어요. 결과 나오면 연락드릴게요."

"네. 전 이만 일어나겠습니다. 막상 떠나려니 의외로 할 일이 많네요."

"그러게."

담당하던 환자들에게 사정을 설명하고 이방익과 엘튼에게 이관시키는 것도 만만치 않은 일이었다.

*　　*　　*

정신없이 정리를 하다 보니 떠날 때가 됐다.

하란과 헤어지기 싫어 아침 늦게까지 미적거리다가 가게 식구들과 함께 점심을 먹었다. 일요일인데 모두 나와주다니 고마웠다.

커피를 마시다가 집 열쇠를 이진철에게 건넸다.

"뭐냐?"

"혜선이 데려오기로 하셨다면서요. 위험하게 가게에서 놀게 하지 말고 위층에서 놀게 하라고요."

"됐다. 이 근처에 집 구하기로 했어."

"그럼 집 구할 때까지만 써요. 청소는 잊지 말고요."

"…청소하라고 주는 거 아니고?"

두삼은 어깨를 으쓱하곤 일어났다.

"벌써 가려고? 어차피 내일 출근이잖아?"

"가서 살 집 청소도 하고 동네랑 병원 분위기도 미리미리 알아두려고요."

정신없이 환자만 봤기에 사실 병원이 어떤지도 제대로 몰랐다.

"건강히 다녀와라."

"네. 결혼할 때 부르세요."

"미친놈, 무슨……."

욕을 하면서도 싫은 기색은 아니었다.

하란과는 이미 충분히 작별을 나눴기에 가볍게 안아주는 것으로 작별 인사를 마쳤다.

상행선은 슬슬 막히기 시작했지만 하행선은 뻥 뚫려 있었다. 루시에게 운전을 맡기고 짙어지는 녹음과 풍경을 보다 보니 어느새 목적지였다. 소요 시간 2시간 30분, 가깝다면 가까운 거리인데, 새삼 지난주 일요일이 떠올랐다.

"꽤 좋네."

앞으로 지내게 될 곳은 병원에서 5분 거리에 있는 병원 소유의 빌라였는데 지은 지 얼마 되지 않았는지 깨끗하고 고급스러워 보였다.

배정된 곳은 B동 201호. 두 개의 동 중에 우측에 있는 B동으로 들어가 2층으로 올라갔다.

"비밀번호가……."

띠띠띠띠! 철컥!

문 열리는 소리와 함께 안으로 들어갔다. 한데 훅! 하고 풍겨오는 냄새에 코를 잡았다.

"윽! 냄새!"

발 냄새와 땀에 푹 절은 빨랫감들이 방치되면서 나는 익숙한 냄새다. 넓은 거실에 각각의 방이 있는 셰어하우스 구조인데 거실에 빨래인지 걸레인지 모를 옷들이 널브러져 있다.

"하아~ 그냥 호텔을 잡을까."

아까 보니 병원 맞은편에 크진 않지만 호텔이 자리하고 있었다. 몇 달간 빌리는 걸로 하면 비싸진 않을 것이다.

"고시원에서 원룸으로만 갈 수 있어도 좋겠다고 생각을 하던 내가 호텔이라니, 많이 여유로워진 모양이네."

올챙이 때를 떠올리자 빌라 역시 괜찮다는 생각이 들었다.

일단 자신의 방인 3번 룸으로 들어가 짐을 놔둔 후, 창문을 열어 환기를 시켰다. 빨래는 한쪽에 위치한 세탁 룸 바구니에 담고 청소기를 돌렸다. 마지막으로 물걸레질까지 했다.

“40분이면 될걸. 누가 룸메이트인지 모르지만 꽤 피곤할지도 모르겠네.”

제발 자신보다 아랫사람이길 바랐다.

편안한 옷차림 그대로 병원으로 향했다. 일요일이라 사람은 없겠지만 그래도 미리 인사해 두는 게 나을 것 같았다.

정문 쪽 문은 열려 있었지만 몇몇의 환자들이 산책을 하거나 TV를 보고 있었기에 응급실로 갔다.

“어, 노상철 선생님. 간호사님.”

노상철이 데스크 앞에서 간호사와 얘기를 나누고 있었다. 간호사는 자신에게 빵과 우유를 줬던 이였다.

“여어~ 한 선생 왔어?”

“어서 오세요, 선생님. 선생님도 여기서 근무하시는 거예요?”

“네. 그렇게 됐습니다. 근데 선생님도 여기서 근무하세요?”

“응. 그렇게 됐다. 근데 빠져 가지고 결정됐으면 빨리빨리 내려와서 근무를 서야 할 거 아냐.”

“오늘 휴일인데요. 그리고 선생님이 계신데 저까지 할 필요가 있나요.”

“어쭈? 개기냐?”

같은 과도 아닌데 무서울 것 없었다.

“그런 걸로 하죠. 근데 선생님만 내려오신 거예요?”

“이 자식 말 돌리는 거 보소. 레지던트 둘 합류하기로 했다.

그리고 두 명 더 합류한다고 했는데 누군지… 호랑이도 제 말하면 온다더니. 저기 한 명 왔네."

노상철이 뒤를 보며 고개를 끄덕이기에 돌아보니 이상윤이었다.

"…네가 여긴 웬일이냐?"

"네가 여기로 도망갔다고 해서 자원해서 따라왔다."

"도망이라니, 단어 선택이 그 모양인 거 보니 아직 머리가 낫지 않았나 보네."

"다 나았거든!"

"그건 네 생각이지. 검사받아 봐라."

"스톱! 스톱! 휴우~ 앞으로 응급실에서 함께 일할 녀석들이 이 모양이라니 벌써부터 머리가 아프네."

"에? 무슨 말씀이세요? 응급실에서 일하다니요?"

두삼이 놀라 물었다.

"몰랐냐? 너 앞으로 응급센터 소속이야."

"저 한의사예요!"

"지난주에도 일했잖아. 무슨 새삼스러운 일이라고. 안 그래요, 손 간호사?"

"맞아요. 한 선생님은 응급실에 더 잘 어울리시는 거 같아요. 다른 간호사들이나 선생님들도 한 선생님에 대해 엄청 얘기했었어요."

"……"

"그렇다는데? 아무튼 이제부터 내가 너의 직속! 상사! 라는 거 이해하셨나? 그럼 좀 전의 얘기를 다시 해보자. 좀 전에 나한테 개긴 거냐?"

"쿨럭! 그, 그럴 리가요. 슬슬 저녁때가 되어가는데 식사라도 해야 하지 않을까요? 오늘 저녁은 제가 쏘겠습니다."

"그래? 음, 난 돼지는 안 먹는데. 요 앞 한우집이 아까 괜찮다고 하지 않았어요, 손 간호사?"

"아주 가끔 먹는데 진짜 맛있어요."

"하하……. 추, 충남하면 한우죠. 손 간호사님도 함께 먹어요."

"오케이! 그럼 안 개긴 걸로."

왠지 충남에서의 생활은 시작부터 어두웠다.

*　　　*　　　*

웬만큼 늦게 자도 5시 30분이면 눈이 떠진다.

앉은 자세로 30분 동안 기운을 돌리고 일어나 수영을 하러…….

"아! 충남이구나. 조깅을 할까? 수영이 좋긴 한데."

수영장을 찾아볼 겸 밖으로 나왔다. 어렴풋한 시간. 논산이라고 해도 사는 건 다를 바가 없는지 아침 일찍 움직이는 사람들이 제법 있었다. 빠른 걸음으로 길을 걸으며 어제 저녁을 사느라 하지 못한 동네 구경을 했다.

1시간 정도 걸었지만 수영장은 보이지 않았다. 잠깐 숨을 돌리며 수영장을 검색하자 병원에서 차로 15분 정도 떨어진 곳에 수영장이 있음을 알게 됐다.

"여기 있을 동안은 피트니스 센터나 다녀야겠네."

숙소에서 걸어서 5분 거리에 있는 피트니스 센터에 다니기로 마음을 먹고 숙소로 돌아왔다.

샤워를 한 후 북엇국, 나물 두어 개, 김치, 김, 마지막으로 작은 압력솥에 막 한 밥을 끝으로 아침 준비를 마쳤다.

똑똑똑!

"식사하세요, 노 선생님."

룸메이트는 노상철과 이상윤이었다.

아침을 절반쯤 먹고 있는데 부스스한 모습의 노상철이 안에서 나왔다.

"웬 아침이냐?"

"제가 했죠. 드세요."

"먹어도 되는 거냐? 혹시 어제 한우 산 것 때문에 독살하려는 거라면 사과하마. 너무 많이 먹었지?"

"…드시기 싫으면 관두세요."

"음, 속이 쓰려 먼저 죽겠다."

그는 자리에 앉더니 국을 먼저 들이켰다.

"…맛있어! 옛날 우리 어머니가 끓여주시던 북엇국이랑 비슷해."

"넉넉하게 끓였으니까 마음껏 퍼 드세요."

그는 국을 먼저 한 그릇 비운 후 밥을 먹기 시작했는데 걸신들린 사람처럼 먹었다. 그러고는 다 먹고 일어나려는 자신에게 헛소리를 했다.

"너, 나랑 결혼할래?"

"……."

"신혼 때 빼고 아침상 받아본 지가 언제인지 모르겠다. 게다가 맛도 좋고. 이혼할 테니 나랑 결혼하자."

"두 딸은 어쩌고요?"

"에? 내가 딸이 있다는 건 어떻게 알았냐?"

"어제 예쁘지 않느냐고 사진 보여준 거 기억 안 나세요?"

"쩝! 내가 그랬나? 당연히 네가 키워야지."

"내일은 꼭 독약을 넣어드릴게요."

"이 정도 맛이라면 독약을 넣는다고 해도 먹겠다. 근데 이 선생은 왜 안 나와?"

"상윤인 호텔에서 잔다고 했습니다. 앞으로도 그럴 모양이던데요."

"깔끔한 척은. 잘 먹었다. 설거지는 내가 하마."

"씻기나 하세요."

혼자 출근해 봐야 딱히 할 일도 없다. 커피를 내려놓고 설거지를 하고 나자 노상철이 나왔다.

텀블러에 담긴 커피를 건넸다.

"설탕 두 스푼 넣었어요."

"…왜 이렇게 서비스가 좋은 거냐? 좀 무섭다."

"헛소리 말고 가요."

사실 헛소리가 아니다. 편안한 병원 생활을 위한 일종의 아부라고나 할까. 자신이 먹을 아침에 숟가락 하나 더 놓으면 되는 일이니 어려울 것도 없다.

병원으로 가서 원장실로 향했다.

노상철과 두삼, 이상윤과 두 명의 레지던트, 그리고 처음 보는 한 명. 이렇게 6명이 충남 한강대학병원의 응급센터에 투입됐다.

두원식이 6명을 향해 입을 열었다.

"이제 같은 병원 식구가 됐으니 말 편하게 하지. 사실 응급센터라고 딱히 하는 일이 많은 건 아닐 거야. 지난주의 일은 십 년에 한 번씩 일어날까 말까 하는 일이랄까. 아무튼 노 선생이 팀장이니까 2교대든 3교대든 나눠서 응급실을 잘 운영할 수 있도록 하게."

"알겠습니다."

"참! 그리고 웬만한 수술은 응급실에서 처리하지 말고 외과로 넘겨주게. 지방에서 수련의 생활하는데 장점이라도 있어야 할 거 아닌가."

"저희 애들과 적당히 나눠서 하겠습니다. 다만……."

노상철이 이상윤을 흘낏 보며 말끝을 흐렸다. 아무래도 수술광인 이상윤이 걸리나 보다.

사람들의 시선이 향하자 이상윤이 입을 열었다.

"전 수술할 사람이 없을 때 하는 걸로 충분합니다. 다만 다른 과 선생님들 수술할 때 견학하고 싶습니다."

"민 원장도 그렇게 해달라고 부탁하던데 사전에 얘기가 있었나 보군. 알았네. 각 과에 말해둘 테니 수술 스케줄 확인하고 들어가고 싶은 수술엔 들어가게."

"감사합니다."

"나머진 팀끼리 얘기하게. 마지막으로 반강제적으로 내려온 곳이지만, 있는 동안은 열심히 해주게."

"알겠습니다."

"참! 한 선생은 잠깐 나 좀 보세."

노상철은 응급실 옆 휴게실로 오라는 얘기하고 다른 사람들과 함께 나갔다. 왜 혼자 남으라고 했는지 짐작 가는 것은 있었다. 아니나 다를까 뇌전증 환자에 대해 말했다.

"토요일부터 뇌전증 환자들을 입원시키고 있다네. 점심시간 이후엔 25명이 다 들어올 것 같아."

"네. 들었습니다."

"민 원장에게 자네가 뇌전증을 치료한다고 들었을 때 얼마나 놀랐던지. 아무튼 최대한 비밀로 해야 한다고 해서 7층에 마련해 뒀네."

"감사합니다."

"내가 오히려 감사하지. 자네 덕분에 처음으로 흑자 경영이라는 걸 할 수 있지 않을까 기대 중이라네."

충남 병원에서 치료하는 환자는 모두 충남 병원의 매출로 잡히는 모양이었다.

"그냥 제 일을 할 뿐인데요. 그리고 일단 응급실 상황을 봐야겠지만 여유 시간이 있다면 뇌전증 환자들의 치료 숫자를 늘리고 싶습니다."

"나야 좋지. 허허허! 하지만 너무 무리하진 말게. 만일 자네가 잘못되면 민 원장을 무슨 낯으로 볼까."

"무리가 될 정도로 하진 않을 겁니다."

"뇌전증 환자에 대해선 전적으로 자네가 알아서 하게. 위층에 서울에서 내려온 간호사들 있으니 만나서 의논하도록 하고."

"아! 간호사들이 내려왔습니까?"

"이곳에선 뇌전증 환자를 돌볼 인력이 없거든. 그리고 서울에선 자네가 이곳으로 내려오면서 인력이 남아버렸고. 다행히 지원자들이 제법 있었던 모양이야."

"다행이네요. 그럼 좀 이따가 올라가 보겠습니다."

먼저 향한 곳은 휴게실.

새로운 얼굴과 인사를 했는지 다들 대화 중이었다.

"한 선생, 인사해. 이쪽은 서훈 선생. 알고 봤더니 우리 학교 7년 후배네. 이번 일로 고용이 된 모양이야. 자네보단 네 살 많으니 깍듯이 대하고."

"안녕하세요, 한두삼입니다."

"반가워요. 서훈입니다."

"말씀 편하게 하세요."

"그래."

원래 성격이 그런지 표정이 꽤 무뚝뚝했다. 하지만 첫인상으로 사람을 판단하는 오류는 범하지 않았다.

"스케줄은 짰어요?"

"얘기 중이야. 내가 일주일간 여기 있어본 결과, 주간엔 꽤나 한가한 편이야. 각 과의 전문의들이 퇴근을 하고 나는 저녁이나 되어야 조금 바빠지는데 그마저도 그리 바쁘다곤 할 수 없거든. 즉, 지금 인원이면 차고 넘친달까."

차고 넘친다면 좋아할 일이다. 응급의학과나 외과는 항상 일할 사람이 부족해 허덕이는 곳이니 말이다.

"근데 이 선생은 수술실 들어가니까 빼야 하는 거 아닙니까?"

"아! 그것도 그렇군. 음 그럼 어쩐다?"

이런저런 얘기가 나온 후 월요일부터 금요일까지는 두 명 2교대로, 토요일과 일요일은 세 명 2교대로 하기로 하고 문제가 생길 때 쉬는 이들이 돕기로 했다.

일주일에 2명은 이틀을 쉴 수 있어서 개인적인 업무를 볼 수 있게 됐다. 물론 그렇다고 해서 함부로 서울로 갈 수는 없었다. 가려면 노상철의 허락을 받아야 했다.

아무튼 두삼의 처음 근무는 야간. 저녁 8시부터 다음 날 8시까지 근무였기에 여유롭게 7층으로 올라갔다.

"어서 오세요, 한 선생님!"

"어? 전 간호사님이 어떻게?"

"선생님이 오는데 제가 있어야지 않겠어요? 호호호!"

"저야 전 간호사님이 계시면 좋긴 한데 애들은 어쩌고요?"

"애들은 시어머니가 한동안 봐주기로 하셨어요. 솔직히 월급을 1.5배 준다는데 어떻게 마다하겠어요."

지방 병원에선 의사보다 간호사를 구하기가 더 힘들다. 더 많은 월급을 준다고 해도 쉽지 않다. 그러니 1.5배 때문에 온 것 같진 않았다.

"고맙습니다. 간호사님."

아무래도 손을 맞추던 사람과 함께하는 편이 여러모로 편했다. 두삼은 고개를 숙이며 감사했다.

"선생님도 참! 제가 좋아서 온 거라니까요. 넉 달 동안은 완전히 자유예요. 호호호!"

"하하! 그렇다고 하시죠. 환자들은 어때요?"

"세 명은 오후에 온다고 했어요. 나머진 다 왔고요."

"그래요? 그럼 온 사람들부터 치료를 할까요?"

"그럼 저희야 좋죠. 안 그래도 인원이 적어서 조금 버거웠거든요."

첫 치료를 하느냐, 하지 않느냐에 따라 간호사들의 일이 확연하게 차이가 났다.

"내려와서 좀 한가한가 봐요?"

"서울에 비하면 많이 한가하네요."

"다행이네요. 그동안 너무 바빠 보였거든요."

"그래서 치료 인원을 늘릴까 생각 중이에요."

"좋은 생각이긴 한데 한꺼번에 오면 저희가 케어를 할 수가 없어요. 내려온 인원이 저 포함해서 여섯에 불과해요."

듣고 보니 그랬다. 자신이야 시간을 내서 치료를 하면 끝이지만, 간호사들은 환자를 케어해야 했다.

두삼은 고민을 하다가 말했다.

"이렇게 하는 건 어떨까요? 5일간 치료한 후 추가 환자를 받는 거예요. 물론 들어오는 날 바로 첫 치료를 하고요."

첫 번째 치료를 하면 거의 70퍼센트 이상의 환자가 발작을 멈췄고 5일까지 치료하면 90퍼센트 이상 멈췄다.

"추가 인원을 몇 명 정도로?"

"치료 코스가 3주니까. 첫 주엔 10명, 두 번째 주에 10명, 세 번째부터 15명이요."

"3주 후부터 45명이 풀로 돌아가겠네요?"

"그렇죠. 대신 제가 원장님께 말해서 보너스 두둑하게 달라고 말해볼게요. 어차피 파견이니 이곳에서 돈을 받을 거 아니에요."

"주야간으로 나뉜다고 해도 3명이서 45명을 돌보는 건 무리예요. 차라리 병실을 관리할 수 있는 도우미 몇 명을 뽑아주세요."

"예. 그것도 말해볼게요."

"에휴~ 여기서는 좀 편할까 했더니. 하여간 선생님 못 말리겠어요."

"죄송합니다."

"아니에요. 그래도 서울보단 편하니까 그걸로 위안을 삼아야죠."

"대신 뒷돈 팍팍 받아서 회식비로 쓰세요."

"간호사들 불만 잠재우려면 아무래도 가끔 한 명씩은 해야겠네요. 참! 그리고 숫자 늘릴 때 가정 형편이 좋지 않은 아이들을 몇 명씩 넣으면 어때요?"

"그러지 않았어요?"

"아뇨. 처음엔 그랬는데 예약 손님들을 받으면서 못 하고 있었어요. 사실 3주 코스지만 돈이 상당히 많이 들어가는 편이잖아요. 그러다 보니 돈 없는 사람들은 아예 예약도 못 하거나 했다가도 돈을 구하지 못해 취소하는 경우가 있었거든요."

몰랐다. 바빴기에 어련히 병원에서 알아서 하겠지, 라는 생각이었다.

"그렇게 하세요. 명단 주시면 원장님께 보고할게요."

"고마워요."

"생각지도 못한 걸 일깨워 줘서 제가 고맙죠."

직업에 대한 사명감이라기보단 사람에 대한 애정을 가진 듯한 전경희 간호사의 모습에 절로 숙연해지는 기분이다.

물론 잠시뿐이었다. 스물두 명을 치료하려면 집중을 해야 했다. 치료를 마칠 때쯤 세 명이 도착해서 그들까지 치료를 마치고 병원에서 나왔다.

잠이 올지 모르겠지만 밤을 새기 위해선 잠을 자둬야 했다.

자신의 생각과 달리 잠이 부족했던 모양이다. 머리를 대자마자 잠들었고 알림을 듣고서야 잠에서 깼다.

얼른 저녁을 챙겨 먹고 서둘러 병원으로 갔다.

8시 교대지만 7시 40분까진 가야 했다. 같이 오늘 밤을 책임질 레지던트 연용섭이 인수인계를 받고 있었다.

"수고하셨습니다, 서 선생님. 이제 들어가 쉬세요."

"저녁은?"

"먹었습니다."

"혹시 근처에 괜찮은 식당 없나? 이 선생이랑 김 선생이랑 저녁 먹을 생각인데."

"저도 이곳은 잘 모릅니다. 어제 요 앞 한우 집에 갔었는데 괜찮더라고요."

"그래? 그럼 거기 가야겠네. 다음에 근무 설 때 같이 밥이나 먹자."

무뚝뚝한 첫인상과 달리 친해지려고 하는 모습이 꽤 괜찮아 보였다.

낮 근무자들이 떠나는 것을 보고 연용섭에게 물었다. 그완 응급실에서 몇 번 마주쳤기에 친한 정도는 아니지만 서먹서먹하진 않았다.

함께 일하게 될 간호사들과 인사했다. 이미 지난주에 안면이 있어서인지 반갑게 맞이해 준다.

"연 선생, 주의해야 할 환자는?"

"딱히 없습니다. 병실에 올라갈 환자들은 다 올라갔고 남은 환자들은 상황을 보다가 퇴원을 시키면 되는 이들입니다."

"그럼 한번 볼까?"

응급실에 대해선 거의 초짜이기에 배워야 할 것이 많았다. 그래서 서류 작성부터 배울까 하다가 환자를 본 후에 하기로 했다.

태블릿에 나와 있는 내용을 믿지 못하는 건 아니다. 다만 환자들이 누워 있는데 그들의 증상을 기록으로만 확인하려니 찝찝했다.

"한 선생님도 이 선생님이랑 비슷하시네요."

"상윤이도 그랬어?"

"네. 동료를 못 믿는 게 아니라 자신이 직접 확인해야 성이 풀린다고 하셨어요. 그래서 저희들도 그렇게 해볼까 했는데 할 일이 많다는 핑계로 잘 안 하게 되더라고요."

환자에 대해서만큼은 건방지지 않은 모양이다.

처음 본 환자는 학생이었다. 목과 어깨가 움직여지지 않아 병원을 찾았다. 다가가자 학생의 엄마가 벌떡 일어났다.

"앉아 계셔도 됩니다. 잠깐 보려고요."

태블릿에 있는 X-ray 사진을 봤는데 목뼈는 살짝 바로 서 있었다. 처치는 근육 주사의 일종을 투여해서 근육이 풀리기를 기다리는 중이었다. 근육 주사의 경우 몇 가지 주사액을 섞어서 쓰다 보니 의사마다 조금씩 달랐다.

두삼은 학생의 목과 어깨를 주물러 봤다. 학생은 인상을 쓰면서 아파했다.

"아아!"

"아직도 아파요?"

"…네."

"잠깐 엎드려 봐요."

근육이 긴장한 것이라면 웬만하면 근육 주사로 낫는다. 한데 주사를 맞은 지 1시간이 지났는데도 낫지 않는 거면 다른 이유다.

'목뼈가 일자가 되면서 신경이 살짝 눌렸네.'

"조금 아플 건데 그 아픔만 지나가면 괜찮을 거예요."

두삼은 그의 목과 어깨를 꾹꾹 주물렀다. 그리고 그의 손이 닿을 때마다 근육은 말랑말랑해졌다. 어느 정도 풀렸을 때 두삼은 왼손으로 학생의 이마를 잡고 오른손으로 목을 잡았다.

"긴장 풀고요."

두둑!

순간 목뼈가 소리를 내며 원래 자리를 찾았다. 두삼은 학생의 어깨를 다시 몇 번 주무른 후에 물었다.

"이제 어때요?"

"…어! 안 아파요."

"다음에 이러지 않으려면 스마트폰 적당히 하고 하려면 바른 자세로 해요. 그게 아니라면 이렇게 가끔 목운동을 해주고요."

"네."

대답을 했지만 이미 정신은 다 나았다는 것에 팔려 있는지 영혼이 없었다.

부모 말도 안 듣는 아이가 처음 보는 의사의 말이 귀에 들어올까 싶었다. 두삼은 약을 받고 퇴원하라는 말을 남기고 다음 환자에게 갔다.

대부분의 환자들은 아주 경미한 병들이었기에 그리 오랜 시간이 걸리지 않았다.

끝나고 데스크 쪽으로 향하는데 연용섭이 말했다.

"선생님이 진찰하는 건 언제 봐도 신기해요."

"왜 한의사가 되고 싶어?"

"그건 아니고요. 다시 본과와 인턴을? 으~ 두 번 다시 하고 싶지 않아요."

"하하! 원한다면 가르쳐 줄 수도 있는데. 솔직히 병에 대해서 알아내는 건 양의학 쪽이 앞서 있어. 괜히 한의사들이 의료 기기를 사용하려고 하겠어? 그러니 각자의 영역에서 열심히 하자."

"그래도 조금이라도 알고 싶긴 해요."

"그래? 그럼 가르쳐 줄게. 대신 너도 나한테 응급실의 일 좀 가르쳐 줘."

"자잘한 일은 제가 할 텐데 선생님이 왜 그걸?"

"너 쉴 땐?"

"아! 노 선생님이랑 한 팀이구나. 알겠습니다. 그럼 서로 가르쳐 주는 걸로 하죠."

노상철, 두삼, 연용섭이 한 팀이었다.

현재 노상철은 대형 교통사고 이후 일주일간 충남 병원에 머무른 것 때문에 나흘간 휴일을 얻었다.

"그래. 그럼 먼저……."

환자에 대한 기록 방법을 배우려고 하는데 데스크의 간호사가 외쳤다.

"충수염 의심 환자가 지금 병원으로 오고 있답니다."

"일단 환자부터 보자."

응급실 생활은 충수염과 함께 시작됐다.

42. 응급실엔 환자가 아닌
개도 온다

두삼은 연용섭과 함께 데스크 한쪽에 있는 모니터를 보고 있다.

연용섭이 모니터를 손가락으로 짚으며 설명했다.

"환자가 검사하러 가거나 바이탈이 잡혔다고 생각하면 재빨리 이곳에 와서 서류를 작성합니다. 가장 기본이 되는 일임과 동시에 가장 빨리 해야 하는 일이죠. 이름과 소속이 될 과, 병명, 특이사항을 기록합니다. 가령 조금 전의 환자의 경우 Peritonitis니까 일반외과를 선택하고……."

"다행히 복막염이라고 나오네."

"전에는 다 영어로 되어 있었어요. 물론 이것 말고 수술 기록지의 경우는 여전히 영어로 기재하지만요."

"나도 책을 본다고 봤지만 아는 것보다 모르는 것이 훨씬 많아서. 수술은 안 하니 다행이네."

"수술지도 원래 인턴이나 레지던트들이 기록합니다."

"그것까지 바라면 응급실 그만둘 거야."

"하하… 노 선생님도 이해하실 겁니다. 아무튼 여기서 확인을 눌러주면 기록이 자동으로 서버에 올라갑니다. 그다음엔 태블릿으로 언제든 확인할 수 있죠."

"한방센터랑 크게 다를 건 없네. 근데 의식이 있는 경우는 환자의 이름을 안다지만, 의식이 없는 경우는 어떻게 해?"

"구급대원이요. 아님 직접 지갑을 확인합니다."

"급한 수술일 땐?"

"가급적 동의를 받아야 합니다. 급할 땐 전화 확인을 받고 도착하면 동의서를 다시 받습니다. 그마저도 연락이 안 될 때 어쩔 수 없이 하긴 하지만, 곤란해지는 경우가 많죠."

한의사가 수술을 할 일은 없으니 진행 과정을 어렴풋이밖에 모르고 있었다. 그러나 이젠 응급실에서 일하니 확실하게 알아야 했다.

"그다음엔?"

"급한 환자의 경우는 도착하자마자, 시간적 여유가 있는 환자는 해당 과 당직실에 연락을 합니다. 하지만 이곳 충남 병원엔 과 당직은 없이 통합 당직실밖에 없습니다. 그래서 해당 과 레지던트가 없으면 아예 환자를 받질 않죠."

"그건 지난주에 뼈저리게 느꼈어."

"연락해 보시죠."

"내가?"

"직접 해보는 게 낫지 않겠습니까? 일반외과 레지던트들의 경우 거의 있으니 빤뻬라고 하면 금방 내려올 겁니다."

빤뻬는 범복막염의 은어다.

전화를 했다.

"응급실 한두삼입니다. 감염성 복막염 환자 왔습니다. 지금 검사실로 갔으니 빨리 내려와 주세요."

—알겠습니다, 선생님!

"편하게 말하셔도 됩니다. 당직자들 대부분이 저보다 밑이거나 동기입니다."

전화를 끊고 나자 연용섭이 말했다.

"친해지면. 참! 나 수술 구경해도 될까? 급한 환자 있으면 부르고."

"마음대로 하셔도 됩니다. 근데 대장 천공으로 인한 빤뻬의 경우는 안 하시는 게 좋을 텐데요."

"왜?"

"냄새가 장난 아니거든요."

"괜찮아. 후각을 마비시키면 돼."

"그런 것도 할 수 있으십니까?"

"나 TV에 나오는 거 못 봤어? 거기 나오는데."

"TV 볼 시간이 없어서……."

"나중에 보여줄게. 아! 내려왔네."

3명이 내려왔다. 두삼은 그들에게 가서 수술을 구경해도 되냐고 물었다.

"편하신 대로 하세요. 선생님."

연용섭의 동기는 흔쾌히 대답했고 그들과 함께 검사를 마치고 나오는 환자와 함께 수술실로 들어갔다.

수술은 1년 차 레지던트가, 3년 차가 퍼스트, 인턴이 세컨, 스크럽 간호사와 소독 간호사, 그리고 마취과 의사까지 총 여섯 명이 한 팀이었다.

두삼은 수술에 방해가 되지 않게 환자의 어깨에 손을 올렸다. 민규식이 수술할 때를 제외하곤 본 적이 없었기에 천천히 살펴보고 싶었다.

이럴 때가 아니면 언제 볼 수 있을까.

환자를 마취시키고 수술 준비를 마치자 수술의인 레지던트는 긴장한 표정으로 살짝 고개를 숙이며 말했다.

"기회를 주셔서 감사합니다. 시작하겠습니다."

첫 수술은 아닌 듯한데 배를 여는 그의 손은 살짝 떨리고 있었다.

민규식의 수술에 비하면 상당히 더디고 거친 수술이었다. 특히 대장에 난 천공을 막고 배를 세척할 때 나는 냄새는 수술을 하는 레지던트도, 돕는 의료진도 곤욕스럽게 만들었다.

'수술을 잘하는 사람과 못 하는 사람의 차이가 확실하게 나는구나.'

피부를 절개하고 봉합하는 단순한 과정에도 실력 차는 존재했다. 한의학적으로 보자면 후자가 기운을 훨씬 많이 소모한다고나 할까.

그러한 차이가 차후 회복 시간과 수술 후 부작용과 관련이 있지 않을까 생각했다.

물론 구경하는 입장에서 큰 실수가 없었기에 조용히 구경만 했다. 자신이 말을 하지 않아도 작은 실수에 대해선 옆에서 퍼스트를 보고 있는 3년 차가 열심히 태우고 있었기 때문이다.

"…수고하셨습니다."

수술을 마친 레지던트는 하얗게 재가 되어 인사를 했다. 두삼은 그의 어깨를 툭 치며 말했다.

"잘 봤어요. 혹시 좋아하는 거 있어요?"

"네?"

"좋은 구경했는데 그냥 있을 수 있나요. 야식은 내가 쏠게요. 피자? 치킨? 족발?"

"…아무거나 괜찮습니다."

"그럼 골고루 시켜서 올려 보낼게요."

두삼은 오염 물질이 잔뜩 묻은 레지던트의 신발을 흘깃 보곤 다시 한번 그의 어깨를 꾹 잡아준 후 밖으로 나왔다.

솔직히 이번 수술을 보며 조금 감명을 받았다.

대장에서 흘러나온 냄새나는 변과 오염물질을 제거하던 모습과 조금이라도 배 속에 이물질이 남아 있을까 세척을 반복하는 모습이 머릿속에서 떠나지 않았다.

소명 의식이 없다면 결코 하기 힘든 일들.

나중에 그가 어떤 의사가 되든지, 어떤 생각을 하든지, 현재의 그는 존중받아 마땅했다.

'내려오길 잘했어.'

첫날부터 느끼는 게 많았다.

*　　　*　　　*

두 명이 응급실을 맡아도 평일엔 문제없이 돌아갔다. 교통사고 환자가 왔지만 심하지 않았고 위급을 요하는 환자는 없었다.

한데 금요일 저녁 근무를 위해 응급실에 가자 꽤나 어수선했다. 청소라도 하는지 책상 위를 깔끔하게 치우고 기록 모니터 역시 데스크 외부가 아닌 내부로 돌려놓고 있었다.

오늘 야간 근무인 손 간호사에게 물었다.

"오늘 무슨 날이에요? 평소와 달리 어수선하네요?"

"금요일이잖아요."

"금요일에 누가 와요?"

"아! 선생님은 처음이라 모르시겠구나. 불금이라 사람들이 술을 마시잖아요. 그럼 당연히 사건 사고도 많아질 수밖에 없거든요."

"그렇다고 이렇게까지 할 필요가 있나요?"

두삼은 모니터를 가리키며 물었다.

"오늘 겪어보세요. 왜 그런지 알 수 있을 거예요."

"왠지 시작부터 걱정스럽네요."

"아주 가끔은 아무 일 없이 지날 때가 있으니 너무 걱정 마세요."

위로라고 하는 말인지.

손 간호사의 말처럼 금요일이라 그런지 연용섭도 약간 긴장한 표정이다.

"금요일이라 긴장하는 거냐?"

"아, 네."

"진짜? 서울도 금요일이면 술 먹은 사람들이 많이 오나 보지?"

"경호원들이 상시 대기할 만큼이요. 술 먹고 했다면 뭐든 용서하니. 쩝! 법을 고치지 못할 거면 술값을 열 배쯤 올렸으면 좋겠습니다."

"그 정도야?"

"술 먹고 떡이 되는 사람들은 괜찮습니다. 하지만 개가 되는 인간들이 문제죠. 아! 개한테도 실례가 되는 말이겠네요."

연용섭은 지긋지긋하다는 듯 말을 이었다.

"술 먹고 침대에 토하는 사람들이 부지기수고 심한 경우는 온갖 행패를 다 부리죠. 특히 자신이 누군지 아느냐고 고래고래 고함치는 인간들 있는데 막상 알고 보면 아무것도 없는 인간이죠. 그리고 제일 웃기는 건 개지랄 떨다가 덩치가 큰 경호원들이 나서면 얌전해진다는 겁니다. 만취 상태라면서도 덩치 큰 사람 무서운 건 아는 거죠."

"…비겁하네."

"그렇죠. 그래서 저도 한때는 근육을 키워볼까도 심각하게 고민했는데 손이 둔해질까 무서워서 포기했죠."

다소 마른 체형 때문에 만만하게 보인다고 생각하는지 그는 자신의 몸을 탓했다.

"힘내. 오늘 술 먹은 사람들은 내가 맡을게."

"에이~ 그럴 수 있나요? 어차피 평생 해야 할 일인데 피할 수 없으면 즐겨야죠."

"그렇긴 하지. 파이팅하자. 오늘 끝나고 내일 아침에 맛있는 거 살게."

"저야 좋지만 너무 쏘시는 거 아니세요? 야식도 매번 쏘시잖아요. 이 선생님처럼 부자라면 모를까."

"왜 이래? 상윤이가 얼마나 부자인지 모르지만, 나도 돈 많아."

"진짜요?"

"난 가난하게 보이냐?"

"아, 아닙니다! 아주 부자처럼 보이는데요. 헤헤헤! 비싼 걸로 사주실 거죠?"

"자식이 아부는… 그래 원하는 걸로 먹어라."

이리저리 많이 내고 있었지만 병원 사람들에게 사는 건 아깝지 않았다.

낮에 온 이들 중 응급실에 남아 있는 사람들을 살펴보고 있는데 연용섭이 다가와 말했다.

"술에 취해 길에 쓰러져 있는 사람 데리고 온대요. 본격적인 시작이네요."

첫 환자는 술을 얼마나 먹었는지 완전히 인사불성인 상태. 거기에 넘어지면서 앞으로 넘어졌는지 코에 피멍이 들어 있었다.

"코가 제대로 부러졌네요. 코로는 숨쉬기가 힘들어 보이는데 피를 빼야겠어요."

연용섭이 기구를 넣으려 할 때 두삼이 나섰다.

"내가 해볼게."

두삼은 멍든 코를 잡더니 이리저리 움직여 제자리에 맞췄다. 그러자 숨과 함께 콧속에 고여 있던 피가 주룩 흘렀다.

"이야~ 노 선생님도 이러시던데. 어떻게 그렇게 맞추시는 거예요?”

“복합 골절이라면 힘들지만, 깔끔하게 부러져서 가능했어. 코뼈 구조는 알지?”

“그럼요.”

“그럼 머릿속에 그리고 살살 만져봐. 그럼 뼈와 뼈가 붙는 느낌이 들 거야.”

연용섭은 만져봐도 되겠느냐는 표정으로 바라봤다.

환자에게 미안하지만 자신처럼 특별한 경우가 아니라면 의술은 결국 환자를 통해 배울 수밖에 없었다.

“내가 제대로 했나 확인해 봐.”

“예!”

말의 의미를 단번에 알아챈 그는 조심스레 코를 만지며 감각을 익혔다. 그러다 느낌이 왔는지 말했다.

“제대로 하신 것 같은데요.”

“오케이! 마무리해. 난 기록 작성할게.”

구급대원은 간호사에게 환자의 정보를 알려주고 떠난 후였다.

작성이 끝났을 때쯤 일가족으로 보이는 이들이 횡설수설하는 한 남자를 좌우에서 부축하며 들어왔다.

“어떻게 오셨습니까?”

두삼이 다가가 물었다. 그러자 부축하고 있는 이가 걱정 반, 짜증 반이 섞인 목소리로 말했다.

“술을 많이 먹고 정신없이 돌아다니다가 다쳤는지 팔에 상처가 났네요. 에잇! 형은 좀 가만히 있어!”

환자가 횡설수설하며 빠져나가려고 하자 보호자는 짜증을 버럭 냈다.

"이쪽으로 오시죠."

두삼은 자리를 안내한 후 환자를 침대에 눕혔다. 그리고 간호사들에게 남자를 좌우에서 잡게 했다.

버둥거리는 환자는 어디에 긁혔는지 팔에 상처가 꽤 심했다. 근데 아프지는 않은 건지 환자는 계속 횡설수설이다.

"…가야 해. 얼른 가야 하는데… 좀 놔봐!"

환자가 버둥거리는 힘이 강한지 남자 간호사는 힘을 잔뜩 주면서 말했다.

"선생님, 이대론 힘들 것 같은데 술이 깨게 위세척을 할까요?"

"음, 잠깐만요."

환자는 영락없이 술 취한 사람처럼 행동했다. 게다가 술 냄새가 풍기는 걸 보니 술을 먹은 건 확실했다. 한데 버둥거리는 그의 다리를 누르던 두삼은 그의 몸에서 묘한 열기를 느꼈다.

그래서 얼른 손을 뻗어 그의 이마를 짚었다.

상당히 높은 열이 나고 있었다. 두삼은 얼른 그의 목 부분을 꾹꾹 눌러 전신마취를 시켰다.

축 늘어지는 몸.

"체온 재고 전해질 수액 달아요. 항생제 투여하고 바로 피검사하시고요."

"네, 선생님."

조치를 취하게 한 후 보호자에게 물었다.

"환자가 언제부터 저렇게 횡설수설했습니까?"

"글쎄요. 옆집 아주머니에게 전화가 와서 밖에 나가보니 저러고 있었습니다. …술 취한 게 아닙니까?"

"네. 아닙니다. 현재… 40도에 가깝네요. 열로 인해 취한 것처럼 보이는 겁니다."

"그럼, 감기입니까?"

"일단을 몇 가지 검사를 해봐야 정확히 알 수 있을 것 같습니다. 일단 조금 기다려 주시죠."

고열의 경우 워낙 많은 경우가 있어 정확히 아는데 시간이 걸렸다. 물론 두삼은 내부를 살폈기에 의심이 되는 부분은 있었다.

세균성 뇌수막염.

치사율이 10퍼센트가 넘고 생존을 해도 다양한 후유증이 남을 수 있는 병으로 서울 병원 소아과에서 한 번 본 경험이 있었다.

90퍼센트 이상 확신을 하지만 의심만으로 말하기 극히 조심스러웠기에 일단 판정을 미뤘다.

"연 선생, 저 환자 팔 봉합한 후 혈액 검사 백혈구 수치 보고 뇌척수액 검사해 봐."

"Meningitis?"

"의심이 돼."

"헐! 저라면 보호자 말을 듣고 위세척부터 했을 텐데, 어떻게 아셨어요?"

"그냥 느낌. 횡설수설하는 게 마음에 걸려서."

감기, 독감, 각종 장기의 염증 등 사람의 몸에서 열이 나는 이유는 너무 많다. 한데 그걸 검사도 하지 않고 알 수 있는 방법은 없다.

즉, 구분법을 가르쳐 줄 수도 없다는 얘기다. 그래서 그냥 느낌이라고 말했다.

"쩝! 선생님의 능력만으로 구분이 가능한가 보네요."

알겠다는 듯 그는 더 묻지 않았다.

그가 봉합을 하는 동안 술에 취한 환자가 두 명이나 연거푸 들어왔다.

"씨발! 놔! 놔! 왜 날 병원으로 데리고 오고 지랄이야? 내가 술에 취했다고 바가지를 씌우려고?"

"선생님, 그게 아니라……."

"아니면 뭔데! 씨발! 내가 모를 줄 알고!"

어디에 머리를 박은 건지 피를 흘리는 이는 고래고래 고함을 지르고 난리를 피우는 반면 다른 한 명은 흔들흔들거리며 응급실을 훑어봤다.

막 다가가려는데 손 간호사가 말했다.

"저 진상 또 왔네요."

"유명한가 봐요?"

"네. 심심하면 오는 인간인데 저 인간 조심하세요. 걸핏하면 주먹을 날리거든요. 몇 명이나 당했어요."

"헐~ 그래요?"

"경찰에 신고해도 소용없어요. 그래 봐야 훈방 조치 하는데 그럼 또 신고했다고 깽판을 쳐요. 진상 중에 상 진상이에요."

"걱정 말아요. 제가 완전히 제압을 해서 치료를 한 후 내보낼 테니까요."

두삼은 개지랄을 떨고 있는 환자를 보고 있느라 손 간호사가 조심스럽게 가리키는 손가락을 보지 못하고 당연히 개지랄을 떠는 이가 진상이라고 생각했다.

한데 그 착각이 사달을 만들었다.

"얌전히 치료를 받든가, 아님 병원을 나가서 지금처럼 피 계속 흘리다가 쓰러지거나 뇌에 염증이 생겨서 다시 실려와 받든가 둘 중 하나를 선택하세요."

"이……!"

"행패 부리는 사람을 치료할 생각 없습니다. 그러니 얼른 결정하시죠."

두삼은 취객의 양팔을 잡으며 말했다. 힘을 쓰려던 그는 몇 번 꿈틀대려고 했지만 옴짝달싹도 할 수 없자 비로소 얌전해졌다.

그와 또 다른 취객을 두 곳의 침대에 나란히 배정한 후 머리가 깨진 환자부터 치료를 시작했다.

혹시나 딴마음을 먹을까 몸에 힘이 들어가지 않게 몇 곳의 혈을 막아둔 상태에서 상처를 소독했다. 그리고 뇌수막염 환자의 팔을 봉합하고 온 연용섭에게 다시 봉합을 맡겼다.

"네가 봉합해."

두삼 역시 봉합을 할 순 있었다. 하지만 연용섭에 비하면 실력이 많이 부족했다. 매일처럼 봉합을 하는 사람과 어떻게 비교를 할까.

이마의 상처인데 진상이라고 해도 이왕이면 실력자에게 맡기는 게 좋았다.

막 다음 말을 한 후 돌아서려 할 때였다.

"어! 선생님!"

연용섭의 다급한 목소리. 하지만 그의 외침이 끝나기도 전에 오른쪽 뺨에 묵직한 충격이 전해졌다.

퍼억!

순간 눈앞이 번쩍했다. 그러고는 몸이 자신의 의지완 상관없이 휘청했다.

내부에서 돌고 있던 기운들이 자리를 이탈해 일부는 다리로, 일부는 얼굴 쪽으로 향해 갔다. 한 방이 끝이 아니라는 걸 직감적으로 알았기 때문이다.

퍽!

다시 한번 주먹이 얼굴에 꽂혔다. 하지만 이번엔 인식을 하고 내부의 기운까지 얼굴에 잔뜩 몰려 있었기에 크게 아프지 않았다.

주먹에 맞고도 그저 움찔하기만 해서인지 이후로 또 다른 주먹은 날아오지 않았다. 물론 날아온다고 해도 이번엔 그냥 맞아주진 않았겠지만 말이다.

욱신거리는 오른 얼굴을 무시하고 돌아섰다.

두삼의 박력에 잠깐 움찔하던 남자는 금세 술에 취했다는 것을 무기로 적반하장 격으로 소리쳤다.

"빌어먹을 새끼들! 나는 무시하는 거냐? 왜 같이 왔는데 난 치료를 안 해줘!"

"…순서대로 하고 있습니다만."

두삼은 머리끝까지 솟는 화를 억누르고 말했다.

만일 자신에게 기운이 없었다면? 자신이 아니라 연용섭이 맞았다면? 아마 크게 다쳤을 것이다. 그리고 넘어졌을 때 가만히 내버려 뒀을까? 이 타, 삼 타가 연속적으로 들어왔을 것이다.

이건 술에 취해 돌발적으로 한 행동이 아니라 명백히 사람을 다치게 하겠다는 의도가 있었다.

"하아~ 이 새끼 봐라? 잘하면 환자 치겠다? 쳐봐. 쳐봐. 이 새끼야!"

대가리로 가슴팍을 툭툭 치면서 말한다. 그러고는 갑자기 옷을 벗었는데 조직폭력배라도 되는지 팔과 등에 문신이 새겨져 있었다.

그에 남자 간호사들과 연용섭이 말리려고 했다. 그러나 두삼은 손을 들어 말렸다.

"친 건 댁이 먼저 친 것 같은데?"

"댁? 하아~ 이 어린놈의 새끼 말하는 싸가지 봐라?"

"내가 댁 같은 양아치 새끼를 공경해야 할 이유가 없는 것 같은데?"

"뭐! 양아치? 이 개새끼가!"

그의 손이 빠르게 뺨으로 날아왔다. 하지만 더 이상 맞아줄 생각은 없었다.

척! 하고 그의 팔을 잡았다.

"어쭈? 좀 하나 본데 하지만 이것까지… 악!"

그가 박치기를 하려 했기에 손아귀에 살짝 힘을 줬다. 손목이 부서지는 듯한 고통이 느껴지자 그는 박치기는커녕 거의 주저앉듯이 몸을 움츠렸다.

두삼은 그가 들으라는 듯 큰 소리로 손 간호사에게 물었다.

"손 간호사님, 경찰 불렀죠?"

"네, 선생님! 금방 올 거예요."

"그렇다네. 그냥 이대로 떠날래? 아님 경찰서 갈래? 일단 경찰서에 가면 그땐 내가 가능한 비싼 변호사 사서 최대 형량 나오게 만들 거야."

"…씨발 새끼! 누가 그딴 거 무섭… 아아~ 팔, 팔!"

"객기도 부릴 사람한테 부려. 마지막 질문이야. 그냥 갈래? 말래?"

"…가, 갈게. 간다고! 씨발! 그러니 놔줘."

두삼은 그의 팔을 놔줬다.

그는 팔을 주무르면서 일어났다. 그리고 잠시 주위를 둘러보다가 바닥에 침을 퉤! 뱉었다.

"오늘은 이만 갈게. 하지만 그냥 넘어갈 거라곤 생각하지 마라. 나 알고 보면 독한 놈이다. 크크크! 씨발! 다음에 또 보자. 왁! …씨발, 쫄기는."

혼자 원맨쇼를 하는 건지 그는 덤벼드는 척을 하다가 두삼이 꿈쩍도 안 하자 헛소리를 하곤 건들건들 응급실 밖으로 나갔다.

그 모습을 보던 연용섭이 분한 목소리로 물었다.

"선생님, 저대로 보내시려고요? 경찰에 넘겨서 본때를 보여야 해요. 그래야 다시 안 하죠."

"저런 인간이 경찰을 무서워할 거라고 생각해? 아마 감옥에 다녀오면 더 지랄할걸."

"그냥 보낸다고 착해질 것 같지도 않은데요?"

"누가 그냥 보낸대? CCTV랑 환자들 시선이 많아서 없는 곳으로 보낸 것뿐이야. 환자 좀 보고 있어."

"…어쩌시려고요?"

"쌍방 폭행."

두삼은 가운을 벗으며 진상의 뒤를 쫓았다.

"어린놈의 새끼! 지금은 건방을 떨지만 언제까지 버티나 두고 보자!"

염동결은 젊었을 때 힘깨나 쓰던 양아치였다. 사람들에게 시비를 걸고 행패를 부리는 것이 그의 스트레스 푸는 방법이었고 살아가는 방식이었다.

오늘만 해도 그렇다.

술을 먹으니 몸이 예전 같지 않아서 119 구급대를 택시처럼 불러 병원의 공짜 영양 주사나 맞을까 해서 온 것이다.

한데 전에 있던 어리바리한 의사들은 어디 가고 새로운 의사가 있었다.

오늘 공짜 링거를 맞는 것은 글렀다는 생각에 기분이 나빠진 그는 예전처럼 버릇이나 들여놔야겠다고 생각하고 두삼을 때린 것이다.

대부분 이렇게 몇 번 하다 보면 알아서 원하는 것을 해주게 마련이었다. 그런데 이번 놈은 확실히 예전 놈들과 달랐다.

평생 주먹질을 하다 보니 일단 때려보면 대충 견적이 나오는데 예상치 못한 주먹을 갑자기 맞았음에도 쓰러지지 않는 것이 싸움은 물론 체력도 상당히 좋음에 틀림없었다.

"퉤! 하지만 아무리 그래 봐야 의사 놈이 독기라는 게 있을 리가 없지. 싸움은 실력도 중요하지만 독기가 제일 중요한 법이거든."

그는 두삼을 굴복시킬 자신이 있었다.

그때였다. 막 병원에서 벗어나려 할 때였다.

"댁의 독기가 어느 정도 되는지 궁금하네."

목소리와 함께 뒤에서 거친 손길이 그의 머리카락을 살짝 비틀 듯이 움켜잡았다.

이렇게 잡히면 머리카락과 두피를 포기하지 않는 이상 입을 놀리는 걸 제외하곤 어떻게 할 방법이 없다.

"이 새끼야! 의사 생활… 커어억!"

옆구리에서 느껴지는 어마어마한 고통. 입이 절로 쩍 벌어졌다. 한데 비명은 나오지 않았다.

옆구리에서 시작된 고통이 온몸으로 번지며 힘이 쭉 빠졌다. 머리카락이 뽑히든 두피가 뽑히든 절로 주저앉아야 했다.

"의사 생활을 왜 그만둬? 어차피 걸려봐야 쌍방 폭행인데. 공탁금을 걸 필요도 없을걸. 난 초범이고 넌 재범. 그리고 여기 CCTV도 없는데. 내가 때리지 않았다고 하면 누가 알겠어?"

구구절절 맞는 말이니 반론의 여지가 없다. 아니, 반론을 하려 해도 입이 열려야 말을 하지. 지금은 말할 기운도 없었다.

다만 절대 용서하지 않겠다고 마음을 먹었다.

'넌 내가 죽여 버린다!'

한데 언제 왔을까 머리카락을 잡고 있긴 하지만 어느새 두삼은 앞으로 와 있었다. 그러고는 그의 표정을 보곤 피식 웃으며 이죽거렸다.

"어라? 이야 독기가 살기로 변했네. 그럼 다음은 어떤 기운을 뿜는지 볼까?"

두삼은 이번에 명치를 쳤다.

염동결이 보기엔 그저 툭 치는 것처럼 보였다. 한데 명치부터 시작해서 온몸으로 고통이 퍼져 나갔다. 싸움에 이골이 나서 상당히 많이 맞아봤는데 이건 심해도 너무 심했다. 게다가 명치를 맞아서인지 숨까지 턱 하고 막혀 버렸다.

"……!"

"조금 아플 거야. 한데 난 두 대를 강하게 맞았는데 두 대만 때리면 내가 손해잖아. 그러니 일단 딱 스무 대만 더 맞자."

무슨 계산이 그따위냐고 소리치려 했지만 소리는 여전히 나오지 않았고 두삼은 복부, 가슴, 다리, 옆구리 얼굴 할 것 없이 툭툭툭 쳤다.

처음엔 죽이겠다는 생각이 한 대씩 맞을 때마다 변해갔다.

죽이겠다. 죽일 수 있을까. 불가능해. 이길 수 없는 상대야. 악마 같은 놈. 멈춰줘, 제발. 살려줘. 살려줘. 살려줘…….

고통에 익숙해질 만도 한데 어떻게 된 게 맞을 때마다 더 아팠다.

"스물!"

시간으로는 1분도 되지 않을 텐데 족히 1시간은 고통을 받은 것 같았다.

"뭐야, 아직도 살기등등하네? 그럼 스무 대만 더……."

"…머, 멈춰. 두, 두 번 다시 이곳에 오지 않을게!"

당연히 거짓말이었다. 고통을 겪을 땐 꼬리를 말았지만 고통이 사라지자 죽여 버리겠다는 생각이 슬며시 생기고 있었다.

한데 눈치가 얼마나 좋은지 단번에 알아봤다.

"내가 볼 땐 이곳만 벗어나자는 생각인 것 같은데? 좀 더 맞자."

"아, 안 돼! 커어어어어……!"

폭력은 계속됐다. 세상에 자신보다 더 독한 놈이 있다는 걸 인정하고 두 번 다시 보고 싶지 않다고 생각을 했을 때쯤 폭력이 멈췄다.

그것도 절대 보고 싶지 않은 경찰이 도착하면서 겨우 멈춘 것이다. 경찰을 반가워하게 되는 날이 올 줄은 정말 꿈에도 몰랐다.

"폭행 신고를 받고 왔습니다. 염 씨, 또 폭력이야? 이번에 잘못하면 1년 정도는 받을 거라고 했잖아?"

염동결이 막 입을 열려고 할 때 두삼이 먼저 입을 열었다.

"수고하십니다. 신고를 했는데 조금 전 서로 화해하기로 했습니다."

"…그래요? 폭행을 당했다는 의사 선생님?"

폭행 사건은 경찰도 귀찮은지 화해를 했다니 살짝 기뻐하는 모습이었다.

"네, 제가 한두삼입니다. 경찰서에 가기 전에 얼른 말을 하세요. 없는 일로 하기로 했잖아요. 안 그래요?"

"……"

염동결은 잠깐 생각에 빠졌다. 경찰이 있고 벗어날 가능성이 보이자 사라졌다고 생각했던 분노가 슬그머니 되살아났다.

'개새끼! 누가 손해인지 끝까지 가보자.'

결심을 한 그가 외쳤다.

"이 경장, 난 겨우 두 대 때렸지만 이 자식한테 난 죽도록 맞았어! 내게 괜히 무릎 꿇고 있었는지 알아?"

"…정말입니까, 한두삼 씨?"

경찰이 의심스러운 표정으로 봤다. 그들이 도착했을 때 두삼이 앞에 앉아 그를 보고 있었던 건 사실이다.

"하아~ 아픈 사람 봐줬더니 보따리 내놓으라는 격이네요. 맞아서 화가 나긴 했습니다. 그래서 나왔고요. 하지만 갑자기 주저앉아서 아파하기에 잠깐 봐준 것밖에 없었습니다."

"거짓말! 날 그렇게 때려놓고 시치미를 떼다니! 정말 악귀처럼 날 팼다니까. 내 머리채를 잡고 온몸을 20분 정도는 팼다니까."

"제가 그렇게 때렸다면 증거가 남아 있겠죠. 제가 두 대를 맞았는데 이렇게 입이 헐고 부었잖습니까."

"두 분 다 저기 형광등 밑에 서보세요."

서로 우기는 형상이니 경찰은 두 사람을 밝은 곳으로 이동시켰다.

한눈에 봐도 두삼의 얼굴은 부어 있었고 입술 역시 터져 있었다. 한데 염동결은 그야말로 깔끔했다.

"옷 벗어보세요."

"어? 그렇게 아팠으면 이럴 리가 없는데……."

그의 몸은 멍든 곳 하나 없이 멀쩡했다.

툭하면 사고 치고 경찰서에 와서도 행패 부리고, 툭하면 거짓말하고, 아무리 동네 사람이라고 하지만 경찰은 슬슬 화가 났다.

"이 사람이! 아무리 좋게, 좋게 넘어가려 해도 한계가 있는 법이야! 진짜 쌍방 폭행으로 경찰서에 가?"

"그게……."

"전 구설수에 휘말리기 싫어 가급적 조용히 넘어가고 싶습니다. 근데 일단 가게 되면 저 역시 결백함을 증명해야 하니 변호사 역시 고용할 생각입니다. 서울 로펌에 유명한 변호사님을 잘 알거든요. 물론 피해에 대한 보상도 끝까지 받아낼 거고요."

"아, 네. 당연히 그래야죠. 염 씨, 어쩔 거야? 경찰서 갈 거야? 내가 보기에 경찰서 가면 이번에 1년은 무조건 감방에서 썩어야 해, 알아?"

무슨 도깨비 노름인지 모르지만 몸에 상처 하나 없다면 무조건 질 수밖에 없다는 걸 염동결이 모를 리가 없었다.

사고를 많이 치는 만큼 폭력에 관한 법은 빠삭하게 알고 있었다.

흘낏 두삼을 봤다. 눈이 살짝 마주치자 살짝 미소 짓고 있는 모습에 좀 전의 고통이 되살아났다.

'저놈이 있는 동안은 이 병원에 발도 들이지 말아야겠어.'

강자 앞에선 꼬리를 마는 건 당연했다.

"…그냥 없었던 일로 해."

"신고 안 한다는 거지?"

"그래. 안 해!"

"안 한다는데 선생님 생각은 변함없습니까?"

"하하하! 그럼요. 남자가 두어 대 맞을 수도 있지, 안 그렇습니까.”

철썩!

두삼은 호탕하게 웃으며 염동결의 등을 가볍게 때렸다. 염동결은 기분은 더러웠지만 지금은 그냥 가는 게 상책이었다.

경찰과 함께 병원을 나올 때 스치듯이 두 가지 선물 어쩌고저쩌고 했지만 무시했다.

“캬악~ 퉤!”

고통 때문에 기껏 마신 술이 다 깬 염동결은 거칠게 침을 뱉은 후 동네 슈퍼로 들어가 소주 두 병을 샀다.

그러고는 슈퍼 앞에 있는 낡은 의자에 앉아 부글거리는 스트레스를 어디 가서 풀지 고민하며 술을 한 모금 꿀꺽 삼켰다.

한데 술이 목을 넘어간 순간 속이 뒤집어졌다.

“우웩! 웩!”

조금 전에 먹은 술까지도 온통 바닥에 쏟아냈다.

“젠장! 아깝게.”

기분이 더러운 상태에서 마셔서 그런가 싶어 다시 한 모금 마셨다. 한데 마찬가지. 몇 번을 마셔도 술이 목을 넘어가는 순간 몸에서 거부했다.

술을 마실 수 없게 되자 짜증이 극에 달했다. 그에 욕을 뱉으며 옆에 있는 아이스크림 냉장고를 손으로 ‘쾅!’ 하고 때렸다.

“……!”

평소 자주 하는 짓이었는데 결과는 전혀 달랐다.

아까 두삼에게 맞을 때처럼 손에서 시작한 엄청난 고통이 온몸으로 퍼졌다.

두삼의 두 가지 선물은 고통 신경의 극대화라는 병과 술을 못 마시게 하는 약이었다.

염동결이 그걸 약으로 여길지는 미지수였지만.

43. 새로운 능력과 실마리

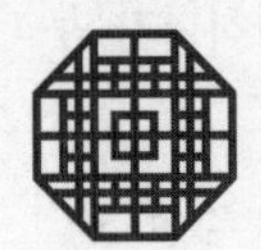

염동결의 행패 이후로도 술에 푹 절어서 온 환자들로 주말 동안의 응급실은 꽤 시끄러웠다. 일요일 역시 그러지 않을까 하고 출근을 했는데 응급실은 의외로 썰렁했다.

인수인계를 마치고 세 명뿐인 환자를 돌아본 후 데스크 앞 의자에 앉았다.

"환자도 세 명뿐이고 조용하네?"

"하암~ 내일 월요일이잖아요. 집에서 다들 내일을 위해 쉬고 있을 겁니다. 오늘은 그냥 수술 한두 건만 들어오고 조용했으면 좋겠네요."

"상윤인 꽤 피곤해 보이던데, 어제 바빴나?"

그 잘난 척하기 좋아하는 인간이 오늘은 아무 말 없이 떠났기에 물은 것이다.

"어제 진상들이 엄청 들이닥쳤대요. 거기에 꽤 어려운 수술 건도 두 건 있었고요. 무엇보다도 선생님이 진상을 어떻게 처리했는지 듣고 그대로 따라하다가 무리를 한 모양이더라고요. 지금쯤 제정신 아니실걸요?"

"하여간 그놈의 승부욕은. 어쩐지 기운이 없더라니. 그렇다면 나한테 말을 하지. 안마라도 해줬을 텐데."

"아! 맞다. 선생님 안마 엄청 잘하신다면서요?"

"…나 안마과거든."

"듣긴 했는데 워낙 응급실에 적응을 잘하셔서."

"웬 아부? 안마해 달라는 거냐?"

"헤헤! 그렇게 들렸나요?"

"오래간만이라 만족을 할지 모르겠네. 침대에 가서 엎드려. 간만에 손 좀 풀자."

"에이~ 제가 어떻게… 저기 구석이 낫겠죠?"

연용섭은 친해지니 꽤 재미있는 친구였다. 그를 눕혀놓고 두피 마사지부터 시작했다.

경락을 꾹꾹 누르자 그는 무척 아파했다.

"…아아!"

"운동 좀 해야겠다. 몸이 그만큼 안 좋다는 얘기야."

"펠로우 되면 그래야죠. 지금은 시간이 너무 없어요."

"그건 핑계야. 없으면 짧은 순간이라도 해야지. 너 내가 다니는 피트니스 센터에서 운동해. 비용은 내가 지불해 줄 테니까."

"선생님도 참. 그런 거까지……."

"그냥 고맙다고 하면 돼. 그리고 시원해지면 자도 괜찮으니까

마사지를 즐겨."

"…감사합니다. 하지만 응급실에서 자는 건 스스로도 용납을 할 수 없습니다."

그는 그 말을 한 지 10분도 되지 않아 잠들었다.

마사지를 마친 후 코를 골지 않게 살짝 고개를 돌려준 후에 데스크 옆으로 돌아왔다.

여전히 환자는 없었다.

혼자 앉아 있으려니 심심해서 데스크 위에 있는 충남신문을 펼쳤다. 제일 먼저 눈에 띄는 건 네 컷짜리 정치 비평 만화.

정치엔 관심이 없지만 만화라 그냥 보게 된다.

도의회가 뭘 하고 있는지, 도에서 무슨 일이 일어났는지는 그냥 넘겼다. 그러다 기획 기사에서 눈이 멈췄다.

지방 의료가 개선되어야 한다고 말하고 있지만 읽다 보니 충남 병원과 자신을 까고 있는 글이었다.

"…김기순? 이 기자도 어지간하네. 알아보지 않고 까기만 하다니!"

악플을 읽은 듯한 기분이다.

그때 손에 있던 신문을 누가 채갔다. 손 간호사였다.

"기레기가 쓴 글은 읽지 마세요."

그녀는 신문을 그대로 쓰레기통에 넣어버렸다.

두삼은 피식 웃으며 말했다.

"훗! 신문을 안 받으면 되는 거 아닌가?"

"읽지도 않는 신문을 왜 받는지 저도 모르겠어요. 커피 드세요."

"고마워."

야식을 사고 틈틈이 얘기를 하다 보니 친해져서 둘만 있을 땐 말을 낮췄다.

"선생님에 대한 소문 굉장히 좋아요. 그러니 신경 쓰지 말아요."

"그래?"

"그럼요! 응급실에 들어온 사람은 아무도 죽지 않았잖아요. 그래서 위급할 땐 우리 병원으로 와야 한다는 소문이 쫙 퍼졌어요. 어제 위급 환자 두 명이 우리 병원으로 온 것도 그 때문일걸요."

"에이~ 설마. 그래도 기분은 좋아지네."

"진짜래도요! 환자들 사이에서도 선생님 얘기 많이들 해요. 그리고 이건 비밀인데 접수하러 온 환자들 중에 선생님한테 진료받으면 안 되느냐고 묻는 사람들도 있대요."

"알았어. 이제 충분히 위로가 됐으니 고만해. 야식은 내가 쏠게."

"야식 때문에 하는 말 아니거든요."

"그래서 안 먹겠다고?"

"그건 아닌데……. 참! 내일부터 휴일이시죠? 애인 만나러 가세요?"

하란과 통화할 때 대놓고 연락을 했기에 두삼에게 애인이 있다는 건 응급실 사람 모두 알고 있다.

솔직히 손 간호사가 관심을 보이는 것 같아 한 행동이었다. 한데 원래 사람들에게 친근하게 구는 스타일인지 애인이 있다는 걸 알게 된 후에도 별다른 변화는 없었다.

"어머니랑 여행 간대. 그래서 부모님께 다녀오려고. 여기서 멀지 않거든."

"어디 계신데요?"

"고창."

"전북 고창이면 2시간 정도면 가겠네요."

훨씬 가까워졌으니 가끔 찾아뵐 생각이었다.

환자가 오면 연락하라고 한 후 7층으로 올라가 환자들을 살폈다. 어제 쉬면서 휴일 동안 못 할 치료는 해뒀기에 그저 한 바퀴 돌기만 하면 됐다.

"저만 쉬어서 어떻게 해요?"

"저희도 두 명은 쉬기로 했어요. 발작이나 경련이 없으니 딱히 손댈 일이 없거든요."

"잘됐네요. 새로운 환자들은 화요일 저녁 때 입원하라고 해주세요. 그때 와서 치료를 하게요."

"네. 그렇게 정했어요. 그리고 한 명 더 오게 될 것 같아요. 그게 어떻게 된 거냐 하면……."

"시간이 남으니 상관없어요. 그럼 모레 봬요."

설령 뒷돈을 받고 먼저 치료하게 되었다고 해도 상관이 없었기에 굳이 듣지 않고 엘리베이터로 갔다.

내려가는데 엘리베이터가 5층에서 멈췄다. 그리고 한 소년이 제법 큰아이가 탄 휠체어를 밀며 탄다.

아는 얼굴들.

"어디 가니?"

"…응급실에요."

휠체어에 앉은 큰애가 말했다.

"왜? 어디 아파? 아프면 간호사에게 말하면 되는데."

"아뇨. 한두삼 선생님 뵈려고요."

그때 정신이 없었던 모양이다. 하긴 그 상황에 기억이 온전한 것도 이상하다.

"나를 왜?"

"아! 선생님이 한두삼 선생님? 그러고 보니… 맞네요. 맞지, 현우야?"

"응! 맞아, 형. 안녕하세요, 선생님."

"으응, 그래. 일단 내릴까?"

형제를 데리고 휴게실로 갔다. 초코 음료수를 뽑아 건넸다. 형제가 온 이유는 살려준 것에 대한 감사의 인사를 하기 위해서였다.

"노상철 선생님이 저희가 살 수 있었던 건 선생님 덕분이라고 하셔서요."

"난 너희들이 수술을 받기 전까지 돌봐준 것밖에 없단다. 이상윤 선생이 너흴 수술해 주셨고."

"이상윤 선생님껜 인사드렸어요. 몇 번 저희 병실에 오셨거든요."

"그랬구나. 난 좀 더 나으면 가려고 했었는데."

그날 치료했던 환자들 중 일부는 수술이 완료된 후 다른 병원으로 이송이 됐고 일부는 남아 있었다. 그래서 찾아가 볼까도 생각했지만 신문에서 떠드는 것 때문에 망설이고 있었다.

자신의 생명이 한의사의 손에 잠시나마 맡겨져 있었다는 걸 알게 되면 기분 나쁜 사람도 있을 터였다.

"감사해요, 선생님."

"그래. 건강해진 것 같아 다행이다."

두삼은 이왕 이렇게 내려온 거 퇴원할 때 해주려던 말을 꺼냈다.

"근데 혹시 아빠에 대해서 들었니?"

"…네, …돌아가셨다고……."

"이미 들었는지 모르겠지만 구급대원이 말하기를 정면으로 부딪치면 너희랑 너희 엄마가 위험할 것 같아서 자신의 쪽으로 차를 틀었대. 즉, 너희가 무사한 건 너희 아빠 덕분이란다. 선생님이 한 건 그저 너희 상처가 더 심해지지 않게 빨리 조치를 취한 것뿐이고."

"…그랬나요? 처음 듣는 얘기예요."

"그렇구나. 나한테 고마워하지 말라는 건 아냐. 하지만 너흴 살린 건 너희 아빠란다. 사실 이 말을 언제 해야 하나 고민이 많았단다."

"말씀해 주셔서… 흑! 흐흑!"

두 아이는 음료수를 꼭 쥔 채 눈물을 뚝뚝 흘리며 더 이상 말을 잇지 못했다.

그 모습을 보니 꼭 지금 했어야 했을까 의문이 들긴 했지만 언젠가는 알아야 할 터.

두삼은 두 아이가 진정될 동안 옆을 지켰다.

* * *

근무를 교대한 후 숙소로 가서 부모님께 갈 준비를 했다. 그리고 빌라 밖으로 나오는데 노상철의 차가 주차장으로 들어왔다.

"저녁에 교대인데 일찍 오셨네요?"

"근무 나가기 전에 좀 쉬려고 일찍 왔다."

"…집에 가서 쉬지 않으셨어요?"

"너도 결혼해서 애 생겨봐라. 휴일이 휴일인지. 딸내미들이랑 놀아주고 마누라 비위 맞춰주느라 죽는 줄 알았다. 너도 이제 서울 올라가는 거냐?"

"아뇨. 고창에 부모님 뵈러 가요."

"효자네. 근데 고향이 경상도라고 하지 않았나?"

"어쩌다 보니 거기 계세요."

"그럼 올 때 복분자 부탁하마. 나도 요강 한번 뒤집어보자."

비위를 맞춘 게 아니라 배꼽을 맞추고 온 모양이다.

그가 들어가는 것을 본 후 병원 주차장으로 갔다. 밖에다가 비싼 차를 세워뒀더니 각양각색의 군상들이 몰려드는 통에 옮겨둔 것이다.

다행히 루시가 경고를 해 무사했지만 차를 배경 삼아 찍는 건 양반이고 밤엔 차를 긁거나 도둑질하려는 이들도 있었다.

"루시, 부모님 댁까지 운전 부탁해."

—네, 두삼 님.

한때 루시의 자율 주행을 걱정했던 것이 우습게 한숨 자고 나니 부모님 댁 앞이었다.

안으로 들어가자 어머니만 계셨다.

"여기도 먹을 건 천지구만 뭣 하러 이런 걸 사왔어?"

"빈손으로 오긴 뭐해서요. 아버진요?"

"출근하셨지. 아침은?"

"퇴근하고 바로 오는 길이라 아직요. 김치 있으면 김치국밥으로 해주세요."

"그걸로 돼?"

"곧 점심 먹을 거잖아요."

김치를 잘라 팔팔 끓이다가 밥을 넣고 조금 더 끓이면 되는 음식인데 할아버지가 좋아하셔서 자주 먹었다.

"김치야 당연히 있지. 잠깐만 기다리렴."

엄만 금방 김치국밥을 끓여 오셨다.

"사귀는 여자는?"

"…엄만 만날 그 소리예요?"

"장가갈 때가 됐으니 그렇지. 혹시 없으면 내가 괜찮은 처자 한 명 알아뒀는데. 아빠 다니는 공장의 이사 딸인데 학교 교사라더라. 아주 참한가 봐."

"엄마, 됐어요. 그리고… 저 사귀는 사람 있어요."

"그래? 어떤 아가씬데?"

두삼은 스마트폰을 꺼내 하란의 사진을 띄운 후 엄마에게 보여줬다.

엄만 사진을 물끄러미 보다가 갑자기 등을 소리 나게 쳤다.

"이 녀석이 엄말 놀리고 있어! 잔소리할까 봐 연예인 사진을 보여주면 내가 모를 줄 알고."

"엄마는 참. 진짜라니까요. 그리고 연예인 아니에요. 봐요, 함께 찍은 사진도 있잖아요."

두삼은 몇 장의 사진을 더 보여줬다. 그중에 꽤나 친근하게 찍은 사진도 있었는데 그제야 엄마의 표정이 조금 바뀌었다.

"…직업은?"

"뭐, 그냥 자기 일 해요."

"그 아가씨도 너 좋아하고?"

"그러니까 사귀죠."

"결혼은?"

"아직 사귄 지 얼마 안 됐는데 결혼은요. 엄마, 그만해요. 밥이 코로 들어가겠어요."

"알았다. 그만할 테니 먹고 쉬려무나. 부족하면 더 있으니 더 먹고. 엄만 잠깐 비닐하우스에 갔다 올게."

"밥 먹고 같이 가요."

"됐어. 의사는 항상 손을 조심하는 거라고 그랬어."

"그런 얘긴 누구한테 들으셨어요."

"네 아버지. 하여간 옛날에 일 좀 시키려고 하면 그 소리였다. 의사가 안 됐으니 망정이지 됐으면 밥도 떠먹여 달라고 했을 양반이다."

엄만 과거를 떠올리며 진절머리가 난다는 듯 고개를 절레절레 흔들며 작업 차림으로 나가셨다.

밥을 먹고 상을 치우고 나니 조금 졸렸다. 그러나 가벼운 스트레칭으로 잠을 떨치고 대문을 나섰다. 막상 엄마를 도우러 나왔지만 비닐하우스가 어디 있는지 모르겠다.

걸음을 동네 위쪽으로 돌렸다. 조금 올라가자 밭을 가는지 작업복을 입은 한 아저씨가 알은척했다.

"어? 용세 아저씨 아들 아니에요?"

"아! 안녕하세요."

전에 급성 충수염 때문에 병원에 데려다줬던 할머니의 아들, 수한이라고 했던가.

"그때 고마웠어요. 경황이 없어서 인사도 못 했네요. 고마워요."

"아닙니다. 그저 태워 드린 것밖에 없는데요."

"근데 어디 가요?"

"어머니가 비닐하우스에 일하러 가셔서 가보려고요."

"아하~ 밑에 있어요. 나도 그리 가는데 같이 가요."

그를 따라 내려가 한적한 도로를 건너자 수십 개의 비닐하우스가 나타났다.

"저기 구석에 있는 비닐하우스가 아저씨네 비닐하우스예요."

"감사합니다."

인사를 하고 비닐하우스로 갔다. 문이 열린 곳으로 들어가자 바깥 공기완 달리 뜨끈한 열기가 반긴다.

엄만 복분자 나무 옆 고랑에 앉아 잡초를 제거하고 계셨다.

"좀 쉬라니까 뭘 하러 왔어."

"이게 쉬는 거죠. 잡풀 제거하면 돼요?"

"응. 장갑 끼고 하려무나."

"네. 그나저나 옛날에 먹던 산딸기랑은 크기가 다르네요?"

익은 것이 간간이 있었기에 몇 개 먹어봤다. 달콤새콤함을 기대했는데 예상과는 달랐다.

"달콤한 맛은 없고 신맛이 강하네요? 씨도 조금 억센 것 같고요."

"다른 품종이라 그런 것도 있고 입맛이 설탕에 길들여져서 그런 것도 있을 거야. 다른 비닐하우스엔 옛 품종으로 키우는 게 있는데 나중에 좀 달라고 할 테니 먹어보렴."

"뭘 그렇게까지 해요."

어린 시절 기억과 다른 맛에 더 이상 따 먹지 않고 잡풀을 제거하기 시작했다.

비닐하우스 안은 꽤 더웠다. 정신없이 잡풀을 제거하다 보니 땀이 송골송골 맺히고 등이 젖었다.

점점 날씨가 더워지는데 그때도 일할 어머니를 생각하자 마음이 걸렸다.

"엄마, 이제 이거 그만해도 되지 않아요? 생활비가 부족하면 제가 더 보낼게요. 아니, 제가 집 구해줄 테니까 서울로 올라오세요. 이젠 다른 사람들처럼 편하게 살 때도 됐잖아요."

"돈이 없어서 하는 게 아냐. 할 일 없이 집에만 있어서 소일거리로 하는 거야. 너나 잘 살아."

"저 건물도 있어요. 정 일을 하고 싶으면 아버진 건물 관리 하시고 엄만 다른 일 하세요."

"난 시골이 좋아. 서울에서 살고 싶으면 말할 테니 그때 해주렴. 자! 이제 됐으니 일어나자."

자신에게 짐이 될까 저어하는 건지, 진짜 시골이 좋아서 하는 말인지 모르겠다. 조만간 다시 말하기로 하고 일어났다.

비닐하우스를 나가는데 꼬부랑 할머니가 위태위태하게 비닐하우스 쪽으로 다가오는 게 보였다. 엄마가 아는 분인지 인사를 건넸다.

"경자 할머니, 아프시다는 건 괜찮으세요?"

"…으응, 약을 먹었더니 버틸 만해."

"잡초는 제가 제거해 뒀어요."

"…고마워."

어머닌 인사를 한 후 간단히 설명하듯이 말했다.

"산 중턱에 사는 분인데 항상 끙끙 앓으면서도 손주들 복분자 좋아한다고 저렇게 나오신다."

"전 복분자 좋아하지 않으니 저러지 마세요. 저러다 병원비가 더 나오겠어요. 가요."

"누가 의사 아니랄까 봐 말하는 거 하곤… 아!"

엄마의 깜짝 놀라는 외침에 돌아보니 할머니가 휘청하며 바닥에 주저앉았다.

두삼은 얼른 뛰어갔다. 그리고 할머니를 붙잡아 일으키며 말했다.

"할머니, 괜찮으세요?"

"으응, 괘, 괜찮아. 오늘 약을 너무 많이 마셨나? 머리가 어지럽네."

"무슨 약을……."

무슨 약을 먹었느냐고 물으려 할 때 할머니의 몸에서 풍기는 진한 나뭇잎 태우는 냄새에 의심이 가는 것이 있었다.

'대마초?!'

대마초는 약이다, 마약이다 설왕설래가 많다.

미국만 보더라도 합법인 곳이 있고 불법인 곳도 있을 정도니 정체성이 애매모호한 건 사실이다.

약이라고 보는 입장에선 뇌전증, 치매, 파킨슨병 등 뇌 질환과 신경 질환에 효과가 있다고 말하고, 한의학에선 씨앗을 약으로 쓴다.

그러나 마약이라고 보는 입장에선 다른 마약으로 넘어갈 수 있는 통로적인 역할을 한다는 점과 중독, 정신착란, 환각 작용을 일으키는 점을 빌어 반대한다.

두삼 역시 의료용으로 쓰인다는 것은 찬성하지만, 개인적으로는 합법화의 반대다.

중학교 땐가, 담배에 관심이 많을 때 동네 친구 녀석이 할아버지가 가끔 피우는 거라고 대마초를 가지고 왔었다.

피우면 뿅 간다고 떠들던 그 친구는 어느 날부터 학교에 나오지 않았다. 그리고 얼마 지나지 않아 그가 죽었다는 얘기를 들었다.

어른들 몰래 피우기 위해 동네 뒷산에서 피우다가 환각 상태에서 꽤 높은 절벽에서 뛰어내렸다는 것이다.

흔히 대마초는 하이 상태라고 해도 술보다 덜 취한다고 말한다. 그러나 마약을 했을 때 기분이 좋아지기보단 나빠지는 사람이 있듯이 사람마다 다르다.

어떤 이에겐 그저 기분 좋게 취한 상태가 될 수 있지만 또 다른 이에겐 완전히 기억이 끊긴 상태가 될 수 있기 때문이다.

술의 부작용도 제대로 잡지 못하는 나라에서 대마초를 합법화한다? 우습다.

"괜찮니?"

할머니를 업고 언덕을 올라가는 것이 안쓰러워 보였는지 엄마가 물었다.

"네. 그냥 걷는 거랑 별 차이가 없어요."

"예전엔 쌀 한 가마니도 낑낑거리던 녀석이."

"요즘은 쌀 세 가마니도 한꺼번에 나를 수 있을 것 같아요. 하하!"

"누가 한씨 아니랄까 봐. 너도 각성인지 뭔지 했나 보구나."

"네? 그건 무슨 소리세요?"

"잼 뚜껑도 못 따던 양반이 어느 순간부터 잼 병을 깨뜨리더라. 혹시 무슨 병인가 싶어서 네 할아버지에게 말했더니 유전이라고 금방 익숙해질 거라고 하시던데."

"진짜요?"

"응. 할아버지께선 10대 중반에 힘이 세졌대. 하지만 조심하라고 하셨어. 힘을 쓸 준비가 안 된 상태에서 힘을 쓰면 몸에 좋지 않다고 네 걱정을 많이 하셨어. 그러니 너도 힘이 좋아졌다고 막무가내로 힘쓰지 마."

"…네."

대답을 하면서도 두삼은 머리가 복잡해졌다.

'손아귀의 힘이 세진 게 장갑 때문이 아니라 유전 때문이라고? 그럼 장갑은?'

할아버지가 계시다면 당장 달려가서 물어보고 싶었다. 하지만 불가능한 일.

장갑의 힘이 아니라면 솔직히 좋은 일이지만 의문은 여전했다. 아버지도 자신과 똑같이 각성을 했다면 한의사를 했어도 됐을 텐데 말이다.

"다른 말씀은 없으셨어요?"

"유전이라고 해서 더 묻진 않았다. 왜? 몸에 뭔가 이상이라도 있니?"

"아뇨. 유전이라면 아버지는 왜 한의사가 되지 않았나 궁금해서요."

"한의사를 힘으로 뽑는다면 됐겠지. 그런데 그렇다고 하더라도 그때 네 아버진 사업하느라 정신없었어. 다 왔다. 저기가 할머니 집이야. 어? 근데 연기가 나는 것 같은데?"

꼬부랑 할머니의 집은 언덕의 중턱 정도에 위치한 70년대식 낡은 집이었다. 한데 엄마 말처럼 연기가 담 너머로 올라오고 있었다.

심했다면 119에 전화했겠지만 그리 심해 보이지 않아 속도를 높였다.

"제가 먼저 갈게요!"

후다닥 뛰어올라 가다 보니 쑥 냄새와 비슷한 대마초 타는 냄새가 났다. 열린 대문으로 들어가자 한쪽 방에서 연기가 나고 있었다.

"할머니, 여기 계세요."

평상에 할머니를 놓아두고 얼른 방문을 열었다.

"쿨럭!"

방 안에 있던 연기가 몰려나오며 마침 들이켜는 숨을 통해 폐로 쑥 들어왔다. 연기가 어느 정도 빠지자 방 한구석에 놓인 풀에 불씨가 붙어서 천천히 타오르고 있는 것이 보였다.

마당에 있는 수돗가로 가서 파란 물통에 물을 가득 담아 가져다가 뿌렸다.

치익!

다행히 심하지 않아서 불씨는 단번에 꺼졌다.

"어떠니?"

"콜록! 콜록! 큭! …꺼졌어요. 엄마, 좀 떨어지세요. 대마초 연기라 좋지 않아요."

"넌 괜찮니?"

"연기를 좀 마시긴 했는데 괜찮아요."

좀 많이 마셨다. 약간 몽롱해지는 기분이다. 일단 평상으로 가서 시원한 공기를 마시며 방 안의 연기가 빠지길 기다렸다.

"할머니, 여기저기 많이 아프신 건 알겠는데 대마초 사용하시면 안 돼요. 잠깐 고통은 잊을 수 있겠지만 정신이 깨면 더 아플 수밖에 없어요. 병원에 가서 치료를 받으셔야 해요."

"…으응."

헤~ 하고 웃으며 대답하는 모습에 지금 말해봐야 소용이 없다는 걸 알았다.

연기가 사라지자 엄만 얼른 들어가서 방을 치우셨다.

두삼은 그 모습을 멍하니 지켜봤다. 아무래도 대마초 연기를 마신 것이 문제가 된 모양이다.

"두삼아! 두삼아! 저 방은 안 되겠다. 할머니 저 방으로 옮겨놓고 넌 내려가라. 엄만 좀 더 살펴보다가 내려갈게."

"…네, 엄마."

조금 전까지 가벼웠던 할머니가 갑자기 무겁게 느껴졌다. 그리고 왠지 행동 자체가 느릿해진 느낌이다.

'흐응~ 상관없으려나?'

이래도 좋았고 저래도 좋았다.

할머니를 옮겨놓고 괜찮으냐고 묻는 엄마를 향해 '헤~' 웃으며 괜찮다고 말한 후 집으로 향했다.

조금 전과 다를 바 없는 세상인데 뭔가 달랐다. 설명할 길은 없었다. 그냥 달라 보였다. 붕 뜬 것 같은 기분으로 집에 도착한 두삼은 바로 바닥에 누웠다. 눕자마자 천장이 빙글빙글 돌았다.

그제야 자신의 몸 상태에 대해 살짝 걱정됐다.

'기운이 없애주지 않을까?'

걱정도 잠시, 내부를 관조하며 기운을 평소보다 빨리 돌리던 두삼은 자신도 모르게 잠들었다.

꿈속도 현실과 크게 다를 거 없었다.

오히려 더 어지럽다고 할까. 꿈과 현실의 중간쯤 되는지 생각이 가능했다.

하얀빛이 빙글빙글 돌다가 갑자기 파랑, 노란색으로 바뀐다. 그리고 이리로 갔다가 저리로 갔다가, 커졌다가 작아졌다가, 원이 됐다가 사각형이 됐다가 난리도 아니었다.

두삼은 그러한 세 가지 색의 향연이 좋아 보였다.

익숙하고 친근했다. 자식을 바라보는 느낌이랄까. 그래서 흐뭇하게 그 모습을 바라봤다.

얼마나 바라봤을까, 제멋대로 움직이고 있을 거라 생각했던 색의 향연에 묘한 규칙이 있음을 알게 됐다.

'이제 저곳에서 노란색이 점점 작아지면서 좌측으로 갈 거야. 그리고 파란색이 두 줄로 지나갈 거고. 붉은 색이 그 두 곳을 관통하듯 지나가겠지.'

두삼의 말처럼 한 부분에서 똑같이 일어났다. 그리고 규칙을 알아내는 부분이 점점 넓어졌다. 그러다 파란색 빛의 움직임이 굉장히 익숙하다는 느낌을 받았다.

'설마……!'

두삼은 현재 보고 있는 것이 뇌의 일부분이라고 확신을 했다. 그래서 마음속으로 줌아웃을 원했다.

뒤로 물러나는 시선.

역시!

뇌전증 치료제 개발을 위해 음식을 먹을 때처럼 자신의 뇌를 확대해서 관조 중이었다.

'가만… 근데 노란색은 뭐지?'

지금까지는 기를 나타내는 하얀색. 전기적 신호를 나타내는 파란색이 전부였다. 한데 지금은 노란색이 머릿속의 많은 부분을 차지하고 움직이고 있었다.

파란색과 노란색은 별도로 움직이지 않았다. 목 아래에서 올라온 전기적 신호로 인해 노란색이 활성화되고, 그 노란색이 뇌를 자극해 노란색과 전기적 신호를 만들어내서 아래로 보냈다.

'노란색은 호르몬?!'

다양한 농도의 노란색의 흐름을 물끄러미 바라본 결과 호르몬임을 확신했다.

도대체 얼마나 많은 색이 나오려고 이러는 건지 모르겠다. 게다가 아직 전기적 신호도 배울 것이 많은데 호르몬이라니.

물론 새로운 능력이 개화된 건 반갑다. 뇌전증의 실마리를 잡을 수 있을 테니 말이다.

"아주머니! 아주머니!"

"……."

호르몬을 살펴보는데 밖에서 들리는 소리에 잠에서 깨어났다.

아직까지 대마초의 기운에서 깨지 못했는지 살짝 멍한 상태. 소리가 난 쪽을 보니 엄마가 수한과 얘기하고 있는 장면이 보였다.

대화를 끝낸 엄마는 바구니를 들고 들어오셨다.

“깼니? 수한 씨가 너 먹으라고 옛 품종 복분자 가지고 왔다. …괜찮니?”

“네. 약간 멍한 거 빼곤 괜찮네요.”

“항상 쑥 냄새가 나서 벌레 쫓으려고 쑥을 태우나 했는데 대마초를 피우고 있을 줄이야… 생각도 못 했다.”

“옛날 분들에겐 그냥 피로 회복제였을 테니까요. 할머닌 괜찮으세요?”

“주무시는 거 보고 내려왔어.”

“다행이네요. 그나저나 꽤 오래 잤군요. 슬슬 아버지 보러 가야겠어요.”

저녁은 아버지가 다니는 회사 근처에서 먹기로 했다.

“정신도 없는데 뭣 하러. 그냥 먹을 거 포장해서 오라면 되지. 이거 씻어줄 테니까 먹어보렴.”

엄만 흐르는 물에 씻어온 복분자를 앞에 놓아주곤 아버지에게 전화를 걸었다.

괜찮다고 말하려다가 컨디션을 생각하곤 관뒀다.

“외식은 내일하면 되겠지. 그나저나 한번 해볼까.”

마침 복분자도 앞에 있으니 음식과 호르몬이 뇌전증에 어떤 식으로 작용하는지 알아보기로 했다.

일단 강제로 뇌전증이 일어나도록 전기적 신호를 일부 신경세포에 강하게 흘렸다.

이마 한쪽이 부들부들 떨리는 상태를 만든 후 숟가락으로 복분자를 퍼서 먹었다.

입안에 들어간 복분자는 저작 운동으로 잘게 부서지고 녹아

식도를 통해 위로 들어갔다. 그리고 다양한 영양분이 흡수되면서 많은 전기적 신호가 뇌로 올라갔다.

올라간 전기적 신호는 뇌를 자극해 다양한 호르몬을 생성했다. 그리고 그 호르몬들은 다시 뇌에 영향을 주거나 몸으로 신호를 보냈다.

그리고 그중 일부가 이상한 전기적 신호를 발하고 있는 신경세포 쪽으로 향하더니 차분하게 만들었다.

그 순간, 부들부들 떨리던 이마가 거짓말처럼 천천히 멈췄다.

"……!"

이렇게 공교로울 수가! 그토록 찾길 바라던 뇌전증에 효과가 있는 음식이 복분자라는 말인가?

"그 표정은 뭐니? 맛이 없어? 그럴 리가 없는데 총각네 복분자는 아주 비싸게 팔리는 건데?"

"…아, 아니에요. 잠깐 딴생각 중이었어요."

놀라움에 멍하니 있던 두삼은 정신을 차리고 다시 이상 신호를 만들려고 했다.

한데 강하게 올라가던 신호가 신경세포에 이르기 전에 점점 약해져 버렸다.

혹시나 이마 부분만 그런가 싶어 다른 부분의 신경세포도 이상하게 만들어보려 했지만 마찬가지였다. 마치 뇌 전체에 강한 보호막이라도 생긴 것처럼 이상 신호는 통과를 하지 못했다.

"하하……!"

대마초 연기를 마셔 운이 없다고 생각했는데 이런 결과가 나올 줄이야.

물론 오롯이 복분자 때문이 아니라 대마초의 영향으로 이미 만들어진 호로몬이 합쳐지면서 현재의 증상을 만든 걸 수도 있었다.

하지만 실마리를 잡은 것만은 분명해 보였다.

* * *

두삼은 아침 일찍 일어나 복분자를 한 움큼 먹었다. 그리고 내부를 관조했다. 한데 한참이 지나도 이마의 부들거림은 사라지지 않았다.

"…역시 쉽게 가는 법이 없네. 약효는 대략 12시간쯤 가는 건가?"

대마의 어떤 성분과 복분자의 성분이 합쳐지면서 뇌전증에 효과를 보인 게 틀림없었다.

테스트를 마친 두삼은 욕실로 들어가 씻고 나왔다. 소음 때문에 깬 건지 어머니가 거실에 나와 계셨다.

"하암~ 더 자지 않고."

"이 시간에 깨는 게 이제 습관이 됐네요. 엄만 더 주무세요."

"이제 밥해야지. 아침 안 먹으면 안 되는 사람이 있잖니. 근데 어디 가려고?"

"어제 그 할머니에게 가보려고요."

"왜? 걱정되는 거라도 있니? 그 연세에 멀쩡하면 이상한 거야."

"대마초 하지 마시라고 말씀드리러 가는 거예요."

할머니는 모든 신체가 약해지고 이상한 곳도 많았지만 손대고 말고 할 것도 없었다. 오히려 어설프게 만지면 그게 더 위험한 상태였다.

해가 뜨기 직전이라 길을 걷는 데는 문제없었다.

"실례합니다."

"…누구요?"

"어제 할머니 모셔다 드리고 방에 불을 끈 밑에 집 청년입니다."

"아~ 용세네 아들."

기억이 없는 줄 알았는데 있으셨던 모양이다.

덜컹! 오래된 낡은 철문이 열렸다.

"한데 아침부터 웬일이여?"

"별건 아니고 앞으론 대마초는 사용하지 마시라고요. 잠깐 고통을 잊기 위해 쓰셨겠지만 이젠 많이 위험합니다."

"…그래야지. 어제 다 타버리기도 했고 하마터면 영감하고 지냈던 집까지 몽땅 태워먹을 뻔했잖아. 그 말하려고 여기까지 온 거야?"

"산책 겸해서요. 병원에 가셔서 진통제 처방 받으시고요. 근데 할머니 혹시 대마를 키우고 계시진 않으시죠? 그럼 큰일 나세요."

두삼은 아들, 손주들을 들먹이며 과장해서 말했다. 알면서도 대마를 키우게 두는 건 마음에 걸렸다.

할머니는 잠시 머뭇거리다가 말했다.

"집 뒤 텃밭에 조금 키우고 있는데 다 뽑아버려야지."

"그럼 제가 도와드려도 될까요?"

"그래주면 고맙지."

집 뒤로 가자 할머니 말처럼 텃밭 한곳에 대마초가 자라고 있었다.

두삼은 뿌리째 뽑아서 작게 토막을 낸 후 땅 깊숙한 곳에 묻어버렸다.

이미 뿌려진 씨앗이 다시 자랄 수 있겠지만, 그마저도 통제할 수는 없는 법이었기에 할머니에게 다시 한번 주의를 준 후 집으로 내려왔다.

44. 살고 싶은 자,
죽음을 바라는 자

아버지와 회사 근처에서 점심을 먹은 후 엄마를 모셔다 드리고 논산으로 돌아왔다. 한데 엉뚱하게 이상윤이 빌라 거실 소파에 누워 있었다.

"…호텔은 어쩌고 여기에 있냐?"

"호텔인지 모텔인지 구분도 되지 않는 곳에서 지내려니 지겨워서 그런다. 조식도 마음에 안 들고."

"여기 네 방이 있으니 오는 건 상관없는데 빨래랑 청소는 해야 한다."

"걱정 마. 미국 기숙사에서 함께하고 싶은 룸메이트 1위에 뽑힌 적도 있으니까."

"도대체 그딴 조사는 어디서 하는 거냐? 됐고. 흡연은 나가서 하는 걸로."

"알았어. 근데 여친이랑 좋은 시간 보내고 왔냐?"

"…부모님 만나고 왔거든!"

"그래서 얼굴이 그렇게 안 좋은 거냐?"

"널 봐서 그런 거야."

"아~ 그래. 자주 듣는 말이라."

"……."

놀리는 것도 쉽지 않았다.

엄마가 챙겨준 음식들을 냉장고에 넣어두고 별도로 사온 옛 품종의 복분자는 '식용 불가능'이라는 글을 붙여놓았다.

노상철은 배고프면 반찬거리로 사둔 어묵에 케첩까지 뿌려 먹는 '보이면 일단 먹는다'는 식성의 소유자였다.

할 일이 없어 방 침대에 누워 호르몬의 작용을 살폈다. 진하기에 따라 각각 다른 종류의 호르몬이라 구분하려면 시간 날 때마다 봐야 했다.

똑똑!

한창 살피는데 노크 소리와 함께 문이 열렸다.

"자냐?"

"아니, 생각 중. 왜?"

"…저녁은 어떻게 할 거냐? …만들지 않을 거면 나가서 같이 먹자고."

"저녁을 벌써부터 고민해? 좀 이따가 병원 가서 일 좀 하고 장 봐서 해야지. 노 선생님도 그때쯤 근무 끝내고 오실 테니까."

"…도와줘?"

어째 말투와 행동이 이상하다.

'설마, 밥 먹으러 집에 들어온 거냐?'라는 말이 튀어나오려는 걸 간신히 참았다. 다른 건 몰라도 먹는 것 가지곤 치사하게 굴긴 싫었다.

"됐어. 숟가락 하나 더 얹으면 되는데……. 뭐 먹고 싶은 거라도 있냐?"

"난 아무거나 괜찮아. 몸이 조금 허한 기분이 들긴 하지만."

"…알았다. 허한 기를 보충할 거로 준비하마."

"카드 줘?"

"됐거든. 대신 위급한 환자 올 때 부르면 군소리 말고 와주기만 해."

"…힘든 걸 주문하네. 알았어, 그 정돈 해주지."

노상철도, 서훈도 수술할 수 있는 분야가 한계가 있었다. 한데 이상윤은 한계가 없는 듯 나흘 전엔 수술을 구경하다가 실수로 혈관이 터진 환자의 혈관 수술까지 완벽하게 했다는 소문이다.

농담처럼 했던 1인 종합병원이 사실이 될지도.

두삼은 바로 일어나 옷을 갈아입었다. 저녁은 간단히 먹으려던 계획을 바꿔야 하니 조금 서둘러야 했다.

"어머! 한 선생님 웬일로 1시간 일찍 오셨네요?"

약속된 시간보다 늦은 적은 많아도 일찍 온 적은 없었기에 전 간호사가 놀라워했다.

"다음부턴 일찍일찍이 다니겠습니다."

"놀리려고 한 말이 아닌데, 호호호! 뭐, 그래도 일찍 오시니 좋네요. 안 그래도 새로 온 환자들 중 경련이 심한 사람들이 많아서요."

"그래요? 그럼 바로 시작할까요?"

첫 번째 아이는 파란색 눈을 가진 금발 소년이었다. 물론 어머니로 보이는 이 역시 금발. 의아한 표정으로 전 간호사를 돌아보자 그녀가 작은 목소리로 설명했다.

"미국에서 온 조나단이에요. 우리 병원에서 뇌전증을 잘 고친다는 소문이 난 후 예약을 했대요. 조나단 말고 일본 애도 한 명 있어요."

"허~ 그래요?"

"네. 이젠 세계적인 뇌전증 치료 의사가 된 거예요."

"음. 그보단 궁금한 점을 설명할 수 있을까 모르겠네요. 듣는 건 제법 하는데 회화는 자신이 없어서."

"제가 치료 시간과 어떤 식으로 치료하는지에 대해선 이미 설명을 했으니까 평소처럼 하시면 돼요."

"전 간호사님 영어 잘하세요?"

"잘해서 하나요. 필요한 단어만 말해도 잘 알아듣던데요."

그녀의 말에 용기를 얻은 두삼은 잘하지 못하는 영어로 말했다.

"조나단, 반가워. 이제부터 내가 고칠 거야. 손 좀 줘볼래?"

발음이 구렸나? 조나단은 엄마에게 말을 들은 후에야 손을 내밀었다.

외국인의 신체라고 동양인과 크게 다를 것이 없었다. 그래서 별다른 어려움 없이 치료를 끝냈다.

"끝났어요. 내일 다시 오세요."

"…손을 잡은 게 끝이라고요?"

설명했다며?

물론 전 간호사를 돌아보는 짓은 하지 않았다. 어찌 되었건 담당의는 자신이고 설명 역시 자신의 몫이다.

"보기엔 아무것도 안 한 것처럼 보일 수 있습니다. 하지만 이건 동양의학의 기 치료예요. 오늘 하루 아이의 발작이나 경련의 횟수를 살펴보고 그때도 의심이 되면 그때 다시 말하죠."

"…알았어요."

이상윤에게 통역을 부탁해야 하나 싶었는데 다행히 말한 의미가 제대로 전달이 된 모양이다.

담담한 표정으로 아이와 엄마에게 인사를 하고 돌아섰다. 하지만 속으로는 안도의 한숨을 쉬며 영어 회화 공부를 해야겠다고 마음을 먹었다.

일본 환자는 다행히 엄마가 한국인이라 긴장할 필요가 없었다.

일곱 번째 환자를 끝내고 나오는데 서울에서 내려온 간호사 중 가장 어린 간호사가 다가왔다.

"선생님, 손님이 오셨는데요?"

"누구신데요?"

"안면은 없는데 잠깐 봤으면 한다고. 일단 데스크 앞 의자에 앉아 있어요."

"알았어요. 남은 환자마저 끝내면 30분 정도 걸리니까 그때 간다고 전해주세요."

일단은 환자가 우선이다.

열두 명을 치료한 후 데스크로 향했다. 깔끔한 정장 차림의 중년인에게 다가가자 그는 묘한 웃음을 흘리며 일어났다.

"안녕하세요, 한두삼입니다. 절 찾으셨다고요?"

"난 이런 사람이오. 조용한 곳에 가서 얘기할 수 있겠소?"

명함엔 부동산 개발의 대표 주자 리얼프라퍼티 컴퍼니 사장 허영기라고 적혀 있었다. 부동산업자가 왜 자신을? 혹시 서울 건물 때문에 왔나? 이상했지만 기다린 시간을 생각해서 잠깐 얘기를 들어보기로 했다. 병원 로비에 있는 휴게실로 자리를 옮겼다.

"말씀하시죠."

"지금부터 내가 하는 말이 이상하게 들릴지 모르지만 끝까지 들어줬으면 좋겠소."

"…가급적 그러죠."

"한 선생, 당신의 의술은 소문대로 진짜요?"

"어떤 소문을 들었는지 모르겠네요."

"서울 병원에서 했던 상류 사회의 사람들을 살리고, 이곳 병원에서 기적 같은 실력을 보여줬다는 소문?"

서울 병원에서의 일은 정말 극소수만이 알고 있는 일이다.

한데 누구에게 들은 걸까? 민규식 원장이 두원식에게 말한 것이 흘러간 걸까? 아님 앞에 있는 사람이 상류 사회의 그들과 친한 걸까?

모르겠다. 솔직히 어느 쪽이든 상관없긴 하다.

"글쎄요. 딱히 대단하다고 생각하진 않습니다. 그저 남들보다 조금 나은 정도죠."

"듣던 중 반가운 소리군요. 물론 남들과 비슷했으면 더 좋았겠지만."

"…마치 제 실력이 평범하길 바라는 말투네요. 귀하가 어떻게 생각하든 상관은 없습니다만 이제 본론을 얘기했으면 좋겠는데요. 수수께끼는 별로 좋아하지 않아서요."

"하하! 복잡하게 들렸다면 미안하오. 단도직입적으로 말하겠소. 내일, 아님 모레쯤 한 사람이 찾아올 거요. 그리고 한 사람을 치료해 달라고 할 거요. 치료 가능성이 없는… 노인이죠."

"그래서요? 치료는 거부해 달라는 말인가요?"

"…그럼 좋겠지만 맡게 될 거요. 굉장한 제안을 할 테니."

굉장한 제안, 돈을 말하는 것이라면 이 사람은 확실히 자신에 대해 모르고 있다.

"그럼 맡게 되겠군요. 그다음은요?"

"당신이 평범하길 바라오. 소문이 사실이든 아니든 상관없소. 그럼……."

"그럼?"

"세 배를 더 주겠소."

"굉장한 제안의 세 배라면 아주, 아주, 아주 굉장하겠네요. 근데 말입니다. 전 말은 믿지 않습니다. 그리고 내일 일은 내일 생각하고 싶네요."

"하하! 당연한 말이오. 오늘은 그저 의견을 제시하러 왔다는 정도라 생각하시오. 물론 내가 여기에 왔다는 건 비밀로 했으면 좋겠소."

"의사들은 비밀을 잘 지키죠."

"그럼 조만간 다시 얘기합시다."

"그러시죠. 먼저 일어나겠습니다. 저녁 준비를 해야 해서요."

솔직히 허영기가 하는 말 중 태반을 이해하지 못했다. 저런 식으로 빙빙 돌려 말하는 사람은 처음 봐서 그런지도 모르겠다.

다만 두 가지 확실한 건 환자에게 최선의 의료를 하지 말기를 바라고 있다는 것과 저렇게 말하는 사람들 대부분이 속내가 검다는 것이다.

'내일이나 모레가 되면 알겠지.'

대수롭지 않게 넘긴 두삼은 마트로 갔다.

* * *

논산 시내에서 조금 떨어진 고급 주택 단지. 그곳에서 산 쪽으로 조금 더 들어가다 보면 굉장히 높은 담을 가진 저택이 나왔다. 대부분의 사람들은 저택이 참 크다는 정도로 넘어가겠지만 충남의 권력자 혹은 권력을 꿈꾸는 사람들이라면 저택 앞에서 옷매무새를 바로잡을 것이다.

그러나 그것도 저택의 주인이 정정하게 업무를 보던 3년 전까지의 일이다. 집주인이 가지고 있던 권력은 여섯 자녀들에게 일부 넘어가고 일부는 원래의 권력자들에게 돌아갔다.

빛나는 샹들리에 아래.

널찍이 포진된 소파에 다섯 사람이 앉아 있다.

고등학생인 소녀부터 40대 중반의 남자까지. 삼남이녀는 꽤나 심각한 얘기를 하는지 표정들이 상당히 굳어 있었다.

30대 중후반으로 보이는 사내, 권력자 집안의 넷째인 허영웅이 말했다.

"내 생각엔 변함없어. 해볼 수 있는 건 다 해봐야 하는 거 아냐? 난 그 의사에게 아버지를 맡겨보는 건 나쁘지 않다고 생각해."

옆에 앉아 있던 40대 초반의 여자, 셋째이자 장녀인 허영희가

답했다.

"…나쁘다고 말하는 게 아니잖아? 지금까지 이곳을 드나들었던 의사들을 생각해 봐. 그리고 그들이 내린 결론을. 아버진 편히 쉬길 원하시는지도 몰라."

"아버지가? 진짜 그렇게 생각해?"

허영웅이 아는 아버지는 삶에, 돈에, 권력에 엄청난 집착을 가진 사람이었다. 갑자기 쓰러지지 않았다면 지금도 마찬가지였을 것이다.

그때 소파의 등받이에 팔을 걸친 채 삐딱하게 앉아 있던 둘째가 말했다.

"흥! 꽤나 아버지를 위하는 척하는군. 네가 원하는 건 아버지가 정신을 차려 우리에게 준 사업자금이 얼마나 되지는 알고 싶은 거잖아. 그래야 네 유산이 많아지니까 말이야."

"…형! 무슨 말을 그렇게 해!"

"훗! 찔리나 보네. 왜, 덤벼보게? 내가 나이가 들었다지만 아직 너 정도는 손봐줄 수 있는데. 어떻게 드잡이질 한번 할까?"

껄렁한 둘째의 말에 허영웅은 강하게 나가지는 못하고 투덜댔다.

"흥! 주먹으로 모든 걸 해결하려는 건 예나 지금이나 변함이 없네. 그리고 말이 나와서 하는 말인데 형들이나 누나는 이미 아버지에게 많은 돈을 받아서 까먹은 건 사실이잖아. 그러면서 자신들의 몫을 주장하는 건 너무 염치없는 거 아냐?"

"아버지가 나한테는 얼마 대주지도 않았어. 첫째, 둘째 오빠한테 많이 대줬지. 두 사람은 벌써 망한 게 몇 번째야."

"지랄!"

"오빠!"

"귀 안 먹었어. 니가 많이 안 망했다고? 명품샵 한다면서 파는 것보다 니가 들고 다닌 게 더 많아서 망하고, 패밀리 레스토랑 한다고 공격적으로 매장 늘리다가 망하고. 호텔은? 잘 운영되던 호텔 운영한다고 했다 반토막 내고. 그뿐이면 말을 안 해. 김 서방이 말아먹은 것도 말해볼까?"

"…그래도 오빠들만큼은 아니거든!"

"아버지 깨어나시면 물어보면 되겠네. 그리고 영웅이 넌 사업을 안 했다 뿐이지 네 뒤치다꺼리하면서 들어간 돈은 생각도 안 나? 연예인 건드려서 몇 억, 때려서 몇 억, 술집 년이랑 애 싸질러서 몇 억. 너도 우리랑 크게 다르지 않아."

"흥! 비교할 걸 비교해. 형은 누나랑 내가 쓴 걸 합친 것보다 훨씬 많잖아. 거기에 형수는 어떻고."

"…숨쉬기 힘드냐? 자꾸 콧방귀를 뀌는데 평수 좀 늘여주랴?"

"삐뚤어진 형 코나 고쳐. 또 싸웠나 보네."

"이 새끼가 정말……!"

당장 달려들 것처럼 일어나자 경호원 중 위협적으로 보일 만큼 큰 덩치가 슥 다가오며 입을 열었다.

"이 집에선 싸울 수 없습니다."

"…쳇!"

아버지의 경호원인데 오로지 아버지 말만 들었다. 예전에 멋모르고 덤볐다가 죽도록 맞은 기억이 있었기에 둘째는 화를 삭일 수밖에 없었다.

넷째인 허영웅은 그 모습에 고소하다는 듯 '흥!' 하고 다시 콧방귀를 뀌곤 얌전히 앉아 있는 배다른 동생들을 보며 물었다.

"너희들은 아버지 치료하는 거 찬성이지?"

"…으, 응. 물론이에요."

스물을 갓 넘은 다섯째는 여리하게 생기고 어깨를 잔뜩 움츠리고 있는 것이 다른 형제들과 달리 용기가 없어 보였다.

그에 반해 고등학생인 여섯째는 팔짱을 낀 채 그저 고개만 까닥일 뿐이었다.

"싸가지 없는 건 딱……."

찌릿!

제 엄마 닮았다고 말하려던 허영웅은 얼른 입을 닫았다. 현재 의사를 부르자는데 손을 들어줄 사람은 배다른 동생들뿐이었다.

'젠장! 이것도 못 할 짓이네. 도대체 어떻게 된 법이 첩년의 자식들에게도 유산 상속이 되는 건지. 아버지가 깨어나셔야 해. 지금 이대로라면 정당한 내 몫보다 더 적게 받을 수밖에 없어.'

허영웅은 아버지를 깨우면 자신이 더 많은 유산을 받게 될 거라고 확신했다. 1퍼센트만 더 받아도 상속세를 빼고도 수십억이다.

술이라도 한잔해야겠다 싶어 자리에서 일어나려는데 허영기가 들어왔다.

"만나기로 한 약속 시간 지난 지가 언젠데 형님은 어디 갔다가 이제 옵니까?"

둘째와 셋째에겐 말을 편하게 했지만 첫째 허영기에게만큼은 말을 놓지 못했다.

"아버지가 운영하는 회사는 그냥 굴러가는 줄 알아? 나 대신 너희가 관심 좀 가지든가. 그나마 여섯이서 나눠야 하는데 반토

막 난 상태에서 받고 싶으면 내가 손 뗄게."

"…그게 아니고요."

"앉아. 길게 얘기할 시간 없어."

허영기는 장남답게 좌중을 휘어잡곤 아버지가 앉던 소파의 중앙 자리에 앉았다.

"영웅이가 말한 의사에게 아버지의 치료를 맡기느냐 마느냐 결정하기 위해 모인 건 다들 알 거다. 허영웅, 치료비는 얼마나 생각하고 있어?"

"이름값이 있으니까 1장 정도 생각하고 있어요."

"니가 낼 거야?"

"내, 내가 돈이 어디 있어요! 다 같이 내든가, 아님 일단 아버지 돈으로 지불해야죠."

"자식이 그만한 일로 놀라긴. 일단 찬성이 반대보다 많이 나오면 돈은 우선 내 돈으로 낸다. 아버지가 나으시면 주시겠지. 자! 그럼 더 이상 왈가왈부하지 말고 투표로 결정하자. 아버지의 상태를 의사에게 맡겨보자는 데 찬성하는 사람 손 들어."

허영웅이 가장 먼저 손을 들었고 그다음 다섯째와 여섯째가 손을 들었다.

반대 입장인 둘째와 셋째는 슬슬 눈치를 보며 허영기를 봤다. 한데 허영기가 손을 들면서 말했다.

"반대한다고 아버질 위하지 않고, 찬성한다고 아버질 위한다고 생각하지 않아. 난 지금도 의사를 부르는 것이 아버지를 더 괴롭히는 거라고 생각한다. 그러나 마지막이라 생각하고 한 번 더 해보고 싶기도 하다."

이미 기울어진 추. 둘째와 셋째도 슬그머니 손을 들었다.
"좋아, 만장일치네. 의사를 설득하는 건 영웅이 네가 할 거냐?"
"원장은 내가 설득할게요. 의사는… 아무래도 어린애들이 부탁하면 더 잘 들어주지 않겠어요?"
네 명의 시선은 배다른 두 명의 동생들에게 향했고 두 명은 거부하지 못했다.

*　　　　*　　　　*

낮 근무를 시작한 지 이틀째.
낮엔 병원이 정상적으로 운영이 되니 응급실을 찾는 사람은 많지 않을 거라 생각했는데 착각이었다. 고열로 인한 감기 환자들도 많았고 자전거나 오토바이에 치여서 오는 이들도 있었다.
노상철이 고열로 응급실을 찾은 아기를 보고 물었다.
"뭐 같아?"
"감기에요."
"폐렴은?"
"다행히 없습니다."
"조치는?"
"IV injection(정맥주사)으로 수분, 영양, 치료제를 투입하면 되겠네요."
"그럼 해."
그는 할 말을 마쳤다는 듯 다음 환자에게로 갔고 두삼은 얼른 링거를 달고 작은아이 손에 주사 바늘을 꽂았다. 그리고 링

거에 영양제를 추가했다.

노상철은 응급실 일을 배우라는 듯 간호사들이 하는 일도 두삼에게 맡겼다. 그러다 보니 자연 일이 많아졌다. 하지만 해보는 만큼 배우는 것이니 불만은 없었다.

"아가야, 푹 쉬렴. 금방 다 열이 떨어질 거야."

두삼은 아이의 머리를 조심스레 쓰다듬었다. 그러자 열 때문에 징징거리던 아이는 곧 잠이 들었다.

"와! 선생님, 아이 정말 잘 다루시네요. 그리고 애기한테 어떻게 그렇게 주사를 잘 놔요?"

다음 환자에게 가는데 간호사가 낮은 목소리로 감탄했다.

"소아과에서 일 좀 했거든요."

"전 아무래도 아이에게 주사 놓는 건 익숙해지지 않더라고요. 혹시 요령이 있으면 알려주세요."

"손끝 감각이라 설명하기가 애매하네요."

"그런가요? 부럽네요."

가르쳐 줄 수 있으면 그러고 싶다.

다음 환자는 팔을 잘못 짚으면서 팔이 부러진 환자. 가볍게 뼈를 맞춘 후 정형외과에 연락을 하고 돌아서는데 웬 남자가 상자를 들고 서 있었다.

"한두삼 씨?"

"네, 전데요."

"서울 한강병원에서 보낸 물건을 가져왔습니다. 여기 확인 좀 부탁드립니다."

"아! 네!"

두삼은 기뻐하며 얼른 사인을 하고 물건을 받았다. 그리고 열쇠를 이용해 테이프를 잘랐다. 일요일 날 신경과 김영태 교수에게 연락해서 자신이 겪었던 것을 설명하고 대마 관련 제품들을 구해달라고 부탁을 했는데 그것이 도착한 것이다.

안에는 금속 박스가 있었는데 그 안에 여러 개의 유리병이 담겨 있었다.

"뭔데 그리 좋아하냐?"

노상철이 어깨 너머로 얼굴을 내밀며 물었다.

"서울에서 부탁한 게 도착해서요."

"영양제 같은데? 좋은 거면 같이 먹자."

"대마초 관련 제품인데요."

"…너 인생 망치려고 작정한 거냐? 당장 버려!"

"오버하지 마세요. 의료용이에요."

"의료용?"

"네. 실험할 것이 있어서 서울 병원에서 특별히 보내준 거예요."

"그래? 그럼 진즉에 그렇게 말했어야지. …근데 무슨 실험이냐? 혹시 실험자가 필요하면 말해라. 내가 특별히 도와주도록 하마."

"……."

이 인간… 버렸으면 주워서 자신이 썼을 사람이다.

그때 데스크의 간호사가 말했다.

"원장님이신데 바쁘지 않으면 올라오시래요."

상자를 데스크에 맡겨놓고 원장실로 향했다. 이틀 전에 찾아온 사람이 떠올랐다.

원장실로 들어가자 원장 말고도 어려 보이는 두 명의 남녀가 소파에 앉아 있었다.

"어서 오게, 한 선생. 응급실에서 일하는 건 괜찮나?"

"제 분야가 아니지만 열심히 하려고 노력 중입니다. 한데 무슨 일이십니까?"

"바쁜 걸 빤히 아는데… 부탁이 있네. 우리 병원에 많은 기부를 해주신 허 회장님을 개인적으로 봐줬으면 하네."

"개인적이라 하시면?"

"서울 병원에서 민 원장이 운영하는 VIP실과 비슷하게 생각하면 돼. 물론 병원에 입원하는 건 아니고 자네가 그 집으로 가야 하는 건 다르지. 필요한 것이 있다면 얼마든지 지원하겠네."

"병명이 뭡니까?"

"솔직히 나도 모르네. 지금까지 거쳐 간 의사들의 기록은 확인할 수 있을 걸세. 그렇지 않나? 영호 군?"

"…아, 네. 그, 그렇습니다."

여리하게 생긴 청년이 대답했다.

두삼은 이틀 전 사내가 말했던 것이 실제로 일어나자 살짝 고민이 됐다.

아픈 허 회장, 치료를 하길 바라는 자, 그걸 반대하는 자. 대충 어떤 상황인지 머릿속에 그려졌다.

환자를 보지도 못했는데 벌써부터 이런 식이면 고쳐도, 고치지 못해도 곤란해질 가능성이 높았다.

고민이 길어지자 두원식이 말을 덧붙였다.

"치료를 하든지 못 하든지 한 달간 그 집에 가는 조건으로 1억을 준다더군."

"돈 때문에 고민하는 게 아닙니다."

1억? 그 세 배인 3억? 예전이라면 눈이 돌아갔을지도 모르겠다. 하지만 지금은 줘도 그만, 안 줘도 별로 아쉬울 것 없다.

한데 1억을 거부한다니 다른 방향으로 해석하는 사람이 있었다. 소파에 있던 어린 여자애였다.

그녀는 잔뜩 날 선 목소리와 얼굴로 외쳤다.

"1억이 적은가 보네요? 얼마를 원하시죠? 제가 지금은 돈이 없지만 유산을 받게 되면 드리죠. 5억? 10억? 어차피 받아봐야 나중에 다 뺏길 테니 100억이라도 드릴게요. 이제 할 마음이 생겼나요?"

두삼은 그녀를 일견하고 두원식에게 설명을 요구하듯이 바라봤다.

"허 회장의 여섯째 딸 허세라 양이네. 자네에게 부탁을 하러 왔다네."

"부탁하는 태도는 아닌 것 같은데요?"

"부탁하는 태도가 어때야 하는데요? 빌기라도 해야 하는 건가요?"

계속 도발적으로 나오니 두삼은 어떻게 해야 하나 머리를 긁적거렸다. 그러나 그렇다고 아버지를 구해달라고 온 애랑 싸울 수는 없지 않은가.

"그렇게 들렸다면 미안해요. 한데 학생을 보니 마음이 굳어지네요. 원장님, 이 일은 맡지 않겠습니다."

"한 선생……."

"부탁하셔서 웬만하면 하려 했는데 도저히 안 되겠습니다. 돈 때문이라는 오해도 받기 싫고, 그리 절실해 보이도 않는데 굳이 시간을 내면서까지 치료하고 싶지 않습니다. 차라리 그 시간에 7층 환자를 몇 명 더 보도록 하겠습니다."

두삼은 단칼에 끊어버리고 돌아섰다. 저런 태도라면 나중에 살리지 못했을 경우 보따리 내놓으라고 할 게 분명했다.

두삼이 나가자 두원식은 머리를 짚었다.

민원식에게 들은 말이 있어 두삼이 고민한다고 할 때도 별로 걱정을 안 했다. 한데 결정을 하는 데 도움이 될 거라고 생각했던 허세라가 그의 성질을 긁어버릴 줄은 생각도 못 했다.

허세라 역시 황당한지 아무 말도 못 했다. 그러다 어떻게 좀 해보라는 듯 두원식을 바라봤다.

"세라 양, 한 선생을 강제할 수 있는 방법은 없어."

"원장님이시잖아요?"

"병원에서 나가길 두려워하는 사람이라면 그럴 수 있겠지. 하지만 그가 병원을 나간다면 연봉을 10배를 더 주더라도 붙잡아야 하는 건 병원 쪽이야."

"…오빠 말처럼 정말 그 정도란 말인가요?"

허세라는 허영웅의 말을 곧이곧대로 믿지 않고 있었다. 그럼에도 불구하고 찬성했던 건 치료를 하는 동안엔 생명 유지 장치를 떼자는 말이 나오지 않을 거라 생각해서였다. 하루라도 더 아버지가 살아 있기를 바라서였다.

"나도 자세히는 모르지만 치료 방법이 없는 환자들을 여럿 고쳤다더군."

"…제가 실수한 건가요?"

"글쎄, 오늘 그 친구의 컨디션이 안 좋은 걸 수도 있겠지. 시간을 주면 내가 다시 설득을 해보도록 하마."

"안 돼요! 설득하는 시간이 오래 걸리면 찬성이 반대로 돌아설 게 분명해요. 그럼 아빤……."

"그러나 지금 당장 설득하는 건……."

"제가 망친 거라면 제가 설득을 할게요!"

"세라 양!"

허세라는 말릴 사이도 없이 두삼을 따라 나갔다.

두원식은 그녀가 두삼의 기분을 더 상하게 만들지 않기를 바랐다.

두삼은 응급실로 내려가기 위해 엘리베이터 앞에서 대기 중이다. 그때 원장실에서 봤던 허세라라는 학생이 빠르게 다가오며 말했다.

"의사 아저씨! 얘기 좀 해요."

"…좀 전에 얘기 끝낸 것 같은데요?"

"제가 말을 잘못했어요. 사과드릴게요. 부족하다면 무릎이라도 꿇을게요."

진짜 무릎을 꿇을 생각인지 주저앉으려 했기에 두삼은 얼른 외쳤다. 여학생의 무릎을 꿇게 한다? 이건 누가 보더라도 결코 좋은 광경은 아니었다.

"알았어요! 사과받을게요. 그러니 멈춰요!"

"…그럼 저랑 얘기할 건가요? 아님……."

질색하는 모습에 약점을 잡았다고 생각한 건지 무릎 꿇는 것으로 협박을 한다.

허세라의 영악함에 두삼은 결국 고개를 끄덕일 수밖에 없었다.

자리를 병실 끝에 위치한 조용한 휴게실로 옮겼다.

"맡지 않으려는 이유가 혹시 저희 집안의 복잡한 사정과 관련이 있나요?"

건넨 음료수를 한 모금 마신 그녀가 물었다. 한데 원장실에서의 철이 없는 모습도, 복도에서의 치기 어린 모습이 아닌 아주 진지한 목소리였다.

"그냥 하는 일이 많아서 그런 거예요."

"오빠나 언니가 왔다 갔나요? 그들이 뭐라던가요? 그냥저냥 치료를 하면 더 많은 돈을 준다고 하던가요?"

"…무슨 말인지 모르겠네요?"

"흣! 맞나 보네요."

어이, 어이! 무표정으로 있는데 어떻게 그런 결론을 내는 건데?

"선생님이 실수한 건 없으니 놀라지 마세요. 다만 워낙 자주 있는 일이다 보니 그들의 행동, 눈빛, 작은 움직임만 봐도 본능적으로 알아요. 제가 진짜 궁금한 건 한 달간 치료하는 시늉만 해도 몇 억이 생기는 일을 왜 거절했냐는 거예요."

두삼은 앞에 있는 학생이 어리고 아무것도 모르고 있다는 생각을 머리에서 지웠다. 그리고 이틀 전에 찾아온 사내를 상대할 때처럼 대했다.

"돈에 아쉬움이 없으니까요. 그리고 가족 문제는 가족끼리 해결하는 게 낫다는 생각도 했고요."

"…하긴 선생님이 보기엔 가족 문제겠네요."

그녀는 잠시 말을 멈췄다가 이었다.

"한데 저에겐 가족 문제가 아니에요. 아빠의 목숨과 제 생존의 문제죠."

"좀 전에 말했듯이 난 의사일 뿐이지, 집안 문제를 해결하는 해결사가 아니에요. 환자에게 온전히 집중을 해도 치료할 수 있을지 없을지 모르는데… 아무튼 학생의 얘긴 더 듣고 싶지 않아요."

"…냉정하시네요."

"미안해요. 상담이 필요하면 저보다 다른 사람에게 하는 게 나을 것 같아요."

"…없어요."

"네?"

워낙 낮은 목소리라 제대로 듣지 못했다.

"내 말을 들어줄 사람이 아무도 없다고요! 내 말을 들어줄 사람은 누워 있는 아빠밖에 없어요. 아빨 맡지 않아도 좋아요. 대신 들어줄 수 있는 건 아닌가요?"

"세라 양."

"당신, 의사잖아요! 의사가 신이 아니라는 거 알아요. 하지만… 하지만… 살려달라고, 도와달라고 외치는 사람의 말엔 귀를 기울여야 하지 않나요?"

외침이 아니라 울부짖음이었다.

문득 자신이 섬에서 섬 사람들을 향해 외칠 때가 떠올랐다.

아무도 듣지 않고 이해하려 하지 않을 것임을 알고 있었다. 그럼에도 소리치지 않으면 미쳐 버릴 것 같아 외쳤었다.

외치면 편할 줄 알았는데, 속이 시원해질 줄 알았는데, 혹시 누구라도 들을 줄 알았는데…….

외침 후 남는 건 더 큰 절망과 비참함뿐이었다.

앞에 있는 허세라 역시 예전의 자신과 다르지 않아 보였다.

다른 건 자신보다 훨씬 어린 나이에 자신과 비슷한 경험을 하게 될 거라는 점이다.

"그들의 제안을 거절한 선생님이라면… 혹시나 했는데 죄송하게 됐네요."

그녀는 당장 울 것 같은 표정으로 힘겹게 일어나 나가려 했다.

그때 두삼이 손을 뻗어 그녀의 팔을 잡았다.

"…뭐죠?"

"들어줄게요. 학생의 외침. 다만 너무 큰 기대는 하지 말아요. 난 신이 아닌 의사잖아요."

"……."

잠깐 고민하는 그녀. 그리고 잠시 후 자리에 앉았다. 그리고 긴 얘기의 서두를 꺼냈다.

* * *

두삼은 일을 맡기로 했다.

사실 인터폰 앞에 선 지금도 여전히 지금 하는 행동이 과연 잘하는 짓인지 고민하고 있다.

'일단 환자만 생각하자.'

후우~ 길게 한숨을 내쉬며 인터폰을 향해 말했다.

"충남 한강대학병원에서 나온 의사입니다."

덜컹!

커다란 철문이 열렸다. 안으로 들어가자 경호원들이 가장 먼저 반겼다. 그들에게 가볍게 인사를 한 후 안으로 들어갔다.

2미터에 가까운 키에 바위처럼 탄탄해 보이는 경호실장이 가장 먼저 눈에 보였고 다음으로 소파에 앉아 있는 여섯 명의 남녀가 보였다.

거실에 들어가자 허영기가 일어나 반겨준다.

"안녕하세요, 허영기입니다."

"처음 뵙겠습니다. 허 회장님을 보러 온 한강대학병원의 한의사 한두삼입니다."

"아버진 위층에 있습니다. 그 전에 잠깐 앉아서 커피 한잔하는 게 어떻습니까?"

"얘기를 하려면 일단 환자를 먼저 보는 게 낫지 않을까 생각하는데요."

"하하! 그건 그렇군요. 잘 부탁드립니다, 한 선생님."

허영기는 마치 '내가 했던 말을 기억하느냐?'고 말하는 것 같았다.

"물론입니다. 최선을 다할 겁니다."

"소 팀장, 안내해 줘요."

"알겠습니다. 이쪽으로 오시죠."

경호실장이 2층의 좌측의 큰 방으로 안내했다.

안으로 들어가자 침대에 노인이 누워 있었는데 그 옆에 웬 아주머니가 얌전히 앉아 있었다.

"회장님의 옆을 지키고 있는 간호사입니다. 나가 계셔도 됩니다."

경호실장의 말에 간호사는 고개를 숙인 후 밖으로 나갔다.

"보시죠."

"고맙습니다. 한데 혹시 전에 왔던 의사들의 의료 기록을 볼 수 있을까요?"

"침대 옆 책장에 순서대로 꽂혀 있습니다."

그의 말대로 책장엔 의료 기록들이 쭉 꽂혀 있었다. 두삼은 진료에 앞서 의료 기록을 살폈다.

'원인 불명? 게다가 작성한 의사 이름이 없다?'

대여섯 개의 의료 기록을 봤지만 도움이 될 만한 것은 MRI와 CT 등 검사 자료밖에 없었다. 물론 그마저도 정확한지는 의문이지만 말이다.

의료 기록을 꽂아두고 막 허 회장의 몸을 살피려는데 경호실장이 빤히 쳐다보고 있는 게 느껴졌다.

"…계속 지켜보시는 겁니까?"

"회장님을 지키는 것이 제 일이니까요. 왜, 불편하십니까?"

"아뇨. 시간이 걸릴 것 같아서 지켜보실 거면 앉아 계시라고 말씀드리고 싶어서요."

"전 신경 쓰지 않으셔도 됩니다."

"그럼."

두삼은 그에 대한 신경을 끄고 허 회장의 마른 팔목을 잡고 진맥을 시작했다.

손에서 빠져나간 기운이 허 회장의 몸에 스며들면서 수많은 정보를 보내왔다. 그리고 어느 순간, 두삼의 이마가 살짝 찡그려졌다가 펴졌다.

'젠장! 허세라의 추측이 그저 추측이길 바랐는데. 일이 더럽게 꼬이네.'

"선생님이 보기에 아버진 어떻습니까?"

허영기의 물음에 여섯 명의 시선이 일제히 두삼에게 꽂혔다. 두삼은 입에 갖다 댄 커피를 한 모금 마시며 빠르게 머리를 굴렸다.

'이거 연기가 제대로 될까 모르겠네.'

허세라는 누군가에 의해 허 회장이 미세한 양의 독극물을 장기 복용하지 않았을까 의심했다. 어느 날 갑자기 쓰러진 후 점차적으로 상태가 나빠진 것으로 볼 때 그렇게 생각할 여지는 충분했다.

한데 그녀의 예상은 반만 맞았다. 두삼이 진단한 허 회장의 병은 한약의 부작용으로 인한 전신 마비였다.

물론 한약의 부작용이라고 해서 허 회장이 실수했다고 생각하진 않는다. 오히려 범인이 훨씬 치밀하고 한두 명이 아니라는 확신이 들었다.

'모두가 범인이라고 생각해야 해.'

생각을 정리한 두삼은 커피 잔을 내려놓으며 말했다.

"진료 기록과 진맥을 짚어봤지만… 글쎄요. 현재로써는 다른 선생님들의 판단처럼 원인 불명이라고 밖에 볼 수가 없습니다. 다만……."

"다만?"

허영기가 살짝 올라간 입꼬리를 내리며 물었다.

"이런 말씀 드리기 죄송한데… 긴 병상 생활로 인해 몸이 극도로 약해져 있습니다. 제가 치료하는 와중에 변고가 있을 수 있음을……."

"뭐요! 치료를 시작하기도 전에 마음의 준비를 하라는 말입니까!"

넷째, 허영웅이 발끈하고 외쳤다.

"그런 의미에서 하는 말이 아니라……."

"그럼 어떤 의민데요?"

집요하게 묻는 허영웅. 다행히 허영기가 나서줬다.

"영웅아! 우리도 이미 각오하고 있는 일이잖아."

"…각오는 하고 있지만 첫날부터 이런 말을 하는 건 좀 아니지 않나요?"

"의사들은 항상 최악의 상황을 먼저 염두에 둔다는 걸 알 만한 녀석이 왜 그래? 미안합니다, 한 선생님."

"아닙니다. 가족분들을 먼저 배려하지 못한 점 사과드립니다."

"이해합니다. 그럼 치료는 어떻게?"

"일단 너무 오랫동안 몸을 쓰지 않아서 모든 장기가 약해진 상태입니다. 하여 진맥을 계속하면서 안마와 물리치료를 병행할까 생각 중입니다."

"자식으로 이런 말하는 게 민망합니다만 저흰 마음의 준비를 하고 있으니 선생님께선 최선을 다해주십시오."

"알겠습니다."

커피를 마시고 두삼은 일어났다. 밖으로 나올 때 허세라와 잠깐 눈이 마주쳤지만 모른 척했다.

차에 오르자 루시가 말했다.

—경호원들 중 일부가 차 문을 열려고 했어요.

"…그래?"

—도청 장치를 장착하려는 것 같았어요. 실패하자 차 밑에 위치 추적기를 장착했어요. 제거할까요?

"아니, 내버려 둬. 지금은 제거하는 게 더 이상해."

도청 장치와 위치 추적기라니. 괜한 일을 맡은 건 아닌지 걱정이다.

어떻게든 되겠지, 라는 생각으로 두삼은 복잡한 심사를 털어내고 시동을 걸었다.

저택에서 고급 주택가 쪽으로 내려가는 길. 좌회전은 신호를 받아야 했기에 차의 속도를 높이는데 갑자기 검은 승용차가 앞을 가로막듯이 끼어들었다.

위험을 느끼고 브레이크를 밟으려는 순간, 루시에 의해 차의 제동 장치가 작동됐다.

끼이익!

"이런 미친……!"

자신도 모르게 욕이 튀어나오려는데 루시가 말했다.

―뒤에도 차가 오고 있어요.

백미러를 보니 또 다른 검은색 차가 움직이지 못하도록 바싹 차를 세웠다. 그러고는 앞과 뒤차에서 검은색 양복을 입은 남자들이 나왔다.

"…조폭들인가?"

―처리할까요?

"…그런 것도 가능하냐?"

―뒤 트렁크에 있는 드론을 이용하면 잠을 재울 수 있어요.

"언제 그런 걸 설치해 둔 거냐?"

―자율 주행 장치 설치하면서요. 하란 님이 걱정된다고 해뒀어요.

하란의 마음이 느껴지는 것 같아 기분이 좋았지만 과민하게 반응하는 건 오히려 역효과를 불러올 것 같았다. 그렇게 생각하는 이유는 그들의 손에 쇠파이프나 각목이 없다는 것이다.

똑똑!

왼쪽 볼에서 입술까지 흉터가 있는 남자가 차창을 두드리면서 차창을 내리라는 제스처를 취했다.

두삼이 창을 살짝 내리자 사내가 말했다.

"한두삼 씨, 맞죠?"

"네. …그런데 무슨 일이십니까?"

"우리 형님… 사장님이 댁을 잠깐 봤으면 해서요. 고이 모셔오라고 했는데 배운 게 없다 보니 이런 방법을 쓴 거요. 고이 따라오겠소, 아님, 고이 모실까?"

"절 데리고 가려는 이유를 물어봐도 되겠습니까?"

"의사를 왜 데리고 가겠소? 혹시나 경찰에 연락하거나 달아날 생각이라면 하지 마쇼. 서로 피곤해 봐야 좋을 것 없잖소."

"…그러죠."

두삼은 일단 어디까지 가나 두고 보기로 했다.

두 대의 검은색 승용차의 호위를 받듯이 어디론가 이동을 시작했다.

루시가 말했다.

—경찰에 연락하는 게 좋을 것 같은데요.

"괜찮아. 진짜 깡패라면 저들 말대로 더 귀찮아질 거야."

—가짜라는 말인가요?

"글쎄? 아직까진 정확하게 모르겠다."

허 회장의 집을 나서자마자 깡패들이 길을 막아서다니 정말 공교롭지 않은가.

'딱히 진짜 깡패 같진 않고.'

두삼이 살면서 깡패를 본 건 두 번이다. 악양에서 한 번, 최익현 사건으로 병원에서 한 번. 그때 그들을 보고 느낀 건 흡사 짐승 같은 눈빛을 가지고 있다는 거였다. 그에 아무 거리낌 없이 그들을 엉망으로 만들 수 있었다.

한데 지금 앞뒤 차에 타고 있는 이들은 얼굴과 덩치는 험악해 보였지만 눈빛이 그전에 봤던 깡패완 달랐다.

물론 확신도 없는 눈빛 때문에 그들을 따라가는 건 아니었다.

자만일 수 있지만 자신의 한 몸은 어떤 상황에서든 피할 수 있을 것 같았다.

도착한 곳은 귀신이 나올 것 같은 3층짜리 옛 건물.

좁은 복도를 따라 3층으로 올라가 내부로 들어가자 겉과는 달리 제법 괜찮게 꾸며져 있었다.

푹신해 보이는 소파에 살찐 중년의 남자가 앉아 있었고 좌우에 건장한 남자들 호위하듯 서 있었다.

"하하하! 자네가 소문 자자한 한 선생이군."

"…아, 네."

"미안하네. 당당하게 병원에 갈 입장은 아닌지라 여기까지 불렀네."

"어디가 불편하십니까?"

"요즘 설사가 심하다네. 장염인가 싶어서 동네 의원을 가봤지만 아니라더군. 자네가 좀 봐주겠나?"

고작 이깟 일로 사람을 납치하듯이 데려왔다는 생각에 설사를 얼굴에 뿌리는 상상을 했다. 물론 상상과는 달리 웃는 얼굴로 '알겠다' 답했다.

아무리 조폭이 아닌 것 같다고 해도 테스트해 볼 생각은 없었다.

그의 맥을 잡았다.

불규칙한 맥박. 위와 장이 좋지 않다는 건 단번에 알 수 있었다. 그리고 살짝 기운을 일으켜 그의 몸속을 살폈다. 위와 장이 음기로 많이 약해져 있었다.

"찬 음식들을 많이 드셨군요? 밀가루 음식은 삼가는 게 좋습니다."

"내 몸을 보면 알겠지만 더위를 많이 타서. 그리고 배가 아프니 면만 당기더군."

"현재 설사병이 난 건 찬 음식을 많이 먹어서입니다. 에어컨과 선풍기도 가급적 삼가는 게 좋습니다. 그리고 마늘, 쑥, 견과류, 과일은 바나나를 드시면 금방 효과를 볼 겁니다."

"다른 이상은?"

"평소 식습관으로 인한 고혈압, 당뇨, 고지혈증이 있으니 운동을 하는 게 좋습니다."

"워낙 먹는 걸 좋아하다 보니 운동을 조금 해선 도움이 안 되더라고."

"그래도 꼭 해야 합니다. 심장 수술을 한 적이 있으시니 조심해야 합니다."

"하하하! 간단히 맥을 짚는 것만으로도 수술한 것을 알아내는 걸 보니 소문이 사실인가 보군."

"아닙니다. 누구나 알 수 있는 수준인데요. 혹시 더 궁금하신 건."

"없네. 여기까지 오느라 고생했는데 넉넉히 챙겨줘."

"알겠습니다, 사장님!"

우려했던 것과는 달리 금세 잘 해결이 됐다. 게다가 옆에 있던 사내가 봉투를 건네는데 제법 두둑하다.

'…진짠가?'

막상 아무 일이 없이 해결이 되자 안도하면서도 묘하게 허탈하다.

막 나가려 할 때였다. 사장이라는 자가 물었다.

"참! 생강차가 몸을 따뜻하게 하는데 좋다고 와이프가 잔뜩 사 왔는데 마셔도 될까?"

"그건……."

생강차가 몸을 따뜻하게 하는 데는 효과가 좋은 건 사실이다. 하지만 그는 사상 체질로 보자면 태음인이고, 기미론(氣味論)적으로도 그에게 생강차는 맞지 않았다.

한데 말을 하려던 두삼의 머릿속에 문득 떠오르는 것이 있었다. 그래서 하려던 말을 바꿔서 말했다.

"당연히 좋습니다. 몸을 따뜻하게 하니까요."

"하하! 와이프가 간만에 제대로 일을 하는군. 다음에도 볼 수 있으면 봅시다, 선생."

살짝 고개를 숙인 후 나왔다. 그리고 같이 따라나서는 이들을 향해 말했다.

"혼자 갈 수 있습니다. 그리고 다음엔 이리 무섭게 접근하지 마시고 연락을 하십시오."

두삼은 입에 흉터가 있는 사내에게 명함을 건네주고 차에 올랐다.

"루시, 혹시 저들이 이 시간 이후로 어디로 가는지 살펴볼 수 있을까?"

—모두는 힘들지만 세 명은 가능해요.

"그럼 저 입이 찢어진 남자랑 건물 안에 있는 40대 중반의 남자 두 명만 해줘. 들키지 않게."

—물론이죠. 도청도 할까요?

"그것도 가능해?"

—네. 얼마 전에 저에게 기지국 코드가 이식됐어요.

정부 일을 한다더니 그런 것도 가능해졌나 보다.

"그럼 해줘."

차가 출발하고 얼마 되지 않아 트렁크가 열리고 세 대의 드론이 하늘로 날아올랐다.

* * *

두삼에게 돈 봉투를 건넸던 남자가 창문으로 두삼의 차가 사라지는 걸 지켜봤다. 그리고 시야에서 완전히 사라지자 지금까지의 무뚝뚝한 표정을 지우고 환하게 웃으며 말했다.

"갔습니다!"

그러자 의자에 있던 사장이라는 이가 자리에서 벌떡 일어나며 말했다.

"모두들 수고했어. 얼른 떠날 준비들 하라고 해라. 너랑 용익인 혹시 모르니 나흘 정도는 지키고 있다가 정리하고 내려와."

"네! 근데 아까 그 의사 봤어요? 아주 부들부들 떨던데요."

"우리가 누구냐? 천하의 무지개극단의 배우들 아니냐. 그리고 이 일, 한두 번 하냐?"

"하하하! 그렇긴 하죠. 근데 단장 형, 이런 일 또 없어요? 완전 짭짤하네요."

"글쎄다. 나도 계속했으면 좋겠다. 뭐, 지난번에 마지막이라고 했었는데 한 번 더 했으니 다시 있을 수도 있겠지."

무지개극단의 단장인 하영욱은 극단 식구들과 오늘과 같은 연기를 여러 번 했었다.

처음에 할 땐 사람을 속이는 것 같아 미안했지만 할 때마다 짭짤하게 생기는 돈 때문에 이젠 은근히 불러주길 바랐다.

"다들 조용히 해봐라. 물주한테 연락해야 한다."

주변을 조용히 시킨 그는 두삼과 대화했던 음성 파일을 매번 일을 시키는 이에게 보낸 후 전화를 걸었다.

"예, 사장님. 하영욱입니다. 파일 받으셨죠?"

—받았소. 어떻게 됐소?

"하하! 저희 실력 잘 알지 않습니까. 이번에도 깔끔하게 처리했습니다."

—대본대로 했겠죠.

"물론입니다. 보내 드린 음성 파일 들어보시면 알겠지만 완벽합니다. 참! 마지막 대답은 문 앞에서 말해서 녹음이 안 됐습니다."

—그가 뭐라고 했소?

"몸을 따뜻하게 하니 양껏 먹어도 된다고 했습니다."

—그랬단 말이지…….

"네. 한데 그게 중요합니까? 그렇다면 다른 단원들의 스마트폰을 확인해 보겠습니다."

—…됐소. 그거면 충분하오. 지금 입금시키겠소. 계약보다 10퍼센트 더 보내니 오늘 있었던 일을 잊으시오.

"물론입니다. 감사합니다! 언제든지 필요할 때 불러주십시오!"

하영욱은 상대가 보고 있는 것도 아닌데 저자세로 전화를 받았다.

그도 그럴 것이 차를 빌리고 양복을 빌리는 돈을 제외하고라도 몇 시간 짧게 일을 한 후 받는 돈이 삼천만 원이 넘었다.

—일이 있으면 다시 연락하겠소. 3일 정도는…….

"나흘간 유지할 생각입니다. 걱정 마십시오."

가려운 부분도 먼저 긁어주는 센스까지 발휘하는 그였다.

통화가 끝나자 이번에 처음 참가한 단원이 물었다.

"단장 형님, 근데 전화하는 사람 누구에요?"

"나도 몰라."

"네? 얼굴도 몰라요?"

"응. 지금까지 통화만 했어."

"그러다 돈 떼이면 어쩌려고요?"

"떼이긴 왜 떼여. 여기 봐라. 입금됐다고 나오지. 쓸데없는 소리 말고 떠날 준비나 해. 극단에 가서 한잔 진하게 해야지."

무지개극단 단원들은 서둘러 떠날 준비를 했다.

*　　　　*　　　　*

조용한 방 안.

경호실장 전두기는 막 전화 통화를 끝내고 스마트폰을 맞은편에 앉은 여자에게 건넸다.

"녹음을 확인해 보시오."

여자는 스마트폰에 이어폰을 끼고 조용히 두삼이 하영욱을 진맥하면서 한 말들을 들었다. 길지 않은 얘기였기에 금방 이어폰을 귀에서 뽑은 여자가 물었다.

"생강차에 대한 그의 답은요?"

"마셔도 된다고 했다더군요."

"…그래요?"

여자는 살짝 아미를 찌푸렸다.

"그 질문이 꽤 중요했나 보군요?"

"그의 실력을 파악하기 위한 질문이거든요."

"그래서 파악이 됐소?"

"글쎄요. 조금 혼란스럽네요. 소문에 비해 수준이 낮다고 해야 할지. 아님……."

"아님?"

"알면서 모른 척하는 건지. 헷갈리네요."

"어떤 면에서 그렇다는 거요?"

"당신이 사진으로 보여준 사람의 체질은 태음인에, 열기를 내뿜는 성질의 음식과 맞지 않는 신체를 가지고 있어요. 즉, 생강차와 맞지 않아요."

"으음, 그가 우리가 테스트를 한 걸 눈치챘다고 생각하는 거요?"

"모르겠어요. 안마과라는 특이한 과에서 일하고 침술에 능하다 하니 사상의학에 대해선 잘 모를 수도 있으니까요."

"당신이 한 일을 알아낼까 걱정되는 거요?"

전두기의 말에 자존심이 상했을까, 여자는 발끈하며 외쳤다.

"당연히 알아보지 못해요!"

"그럼 걱정할 것이 없잖소? 게다가 이미 만성이 되어 누구도 살리지 못할 거라고 한 건 당신이오."

안다. 아는데 아까 병실에 들어왔을 때 두삼의 눈빛이 마음에 걸린다.

여자가 말이 없자 전두기가 말했다.

"정 의심스러우면 몇 가지 테스트를 더 해보시오."

"…그래도 되겠어요?"

"9부 능선까지 온 일인데 마지막 방해꾼이 생기면 곤란하지 않겠소."

"제 생각도 그래요. 그럼 몇 가지만 더 해보기로 해요. 먼저……."

여자는 어떤 방식으로 테스트를 할지 전두기에게 설명했다.

45. 치료보다 더 어려워

대마초에서 마약으로 지정된 부분은 꽃봉오리와 잎이다. 그 외에 줄기, 뿌리, 씨앗은 삼베를 만들거나 한약재로 쓰이거나 식용으로도 가능하다. 하지만 실험에 사용한다고 해서인지 마약으로 지정된 잎과 꽃봉오리도 말린 채 일부 담겨 있었다.

두삼은 상자를 열어 대마초 오일을 꺼냈다.

잎에서 환각 성분을 빼고 추출한 기름이지만 당연히 불법이다. 그러나 실험용으로 허가를 받은 것이라 사용량을 정확하게 기록을 해야 했다. 두삼은 아예 카메라로 촬영을 하고 있었다.

"오늘 먹을 양은 작은 티스푼 정도로 대략 1.2*ml* 정도 되겠네요."

두삼은 작은 스푼에 따른 후 카메라를 보고 입에 넣었다.

씨에서 짠 기름과 다를 것 없는 맛. 꿀꺽 삼킨 후 복분자를 큰 스푼으로 한입 먹었다.

"현재 제 이마가 떨리는 거 보이시나요? 과연 현재의 비율에서 효과가 있는지 보겠습니다."

말을 한 후 내부를 관조했다.

대마초 오일과 복분자가 위에서 흡수되며 뇌를 자극했고 갖가지 농도의 노란색 호르몬들이 뇌에서 분비되기 시작했다.

한데 30분이 넘었음에도 뇌전증은 멈추지 않았다.

"음, 오늘은 아무래도 실패 같네요. 내일 다시 해보기로 하죠."

두삼은 카메라를 끈 후 머리를 긁적거렸다.

"아무래도 비율을 맞춰야 하는 모양이네."

두삼은 지금이라도 더 먹어볼까 하다가 시간을 보곤 자리에서 일어났다. 이제 허 회장의 집으로 갈 시간이었다.

주차장으로 나가자 담배를 피우고 있던 연용섭이 담배를 숨기며 인사했다. 문밖으로 나가자 이상윤이 소파에서 꾸벅꾸벅 졸다가 화들짝 놀라 일어났다.

방귀 뀐 놈이 화를 낸다더니 그는 짜증을 냈다.

"…아이 씨, 깜짝이야. 조용히 다녀라."

"안에 들어가서 자지, 거실에서 뭐 하는 거냐?"

"좁은 방은 답답해."

"아주 복에 겨웠구나? 고시원에서 자봐야 네 방이 얼마나 넓고 좋은지 알지."

"그런 일은 평생 없을 듯하니 신경 꺼라. 어디 가냐?"

"일이 있어서."

"아르바이트? 아님 나의 실력에 위기감을 느껴서 과외 공부하러 가는 거냐?"

그는 두삼이 들고 있는 가방을 보며 말했다.

"뭐든 열심히 해라. 그래야 나중에 지더라도 다른 변명을 못 하지."

"…잠이 덜 깼냐? 헛소리 그만하고 자라."

일관성 하나는 칭찬해 줄 만하다.

"조심히 다녀와라."

막 나가려는데 정말 잠이 덜 깬 건지 그답지 않은 말을 했다. 그에 물끄러미 바라봤더니 발끈해서 외쳤다.

"다, 다치면 누가 아침밥 해주냐!"

"…그 때문이냐?"

"그럼 무슨 이유가 있어. 가려면 얼른 꺼져!"

"어련하겠냐. 갔다올게."

집에서 나와 차를 끌고 허 회장의 집으로 갔다.

10시가 넘은 시간. 첫날과 달리 거실엔 허영기와 허세라만 있었다. 그리고 경호실장이 있었다.

"한 선생, 치료에 앞서 계산부터 합시다."

"계산요?"

"세라가 약속한 돈 말이요. 앉아요. 차 한잔하면서 얘기합시다. 여기 차 세 잔 부탁해요."

소파에 앉자 아주머니가 차를 가지고 왔다. 한데 향이 아주 진한 인삼차였다. 향기만으로도 상당한 양기가 느껴지는 것이 소양인에겐 좋지 않은 차였다. 두삼은 소양인. 물론 내부의 기운을 조절할 수 있는 그에겐 그냥 건강식이었다.

'이것 봐라. 그때 테스트한 걸로 부족했나?'

루시 덕분에 어제 일이 테스트라는 것과 그들이 연극단 단원이라는 것, 그리고 누가 사주했는지를 알게 됐다.

'내가 병의 원인을 알아낼까 걱정하는 모양이군. 하면 체질과 약초에 대해서 상당한 실력자가 여전히 이 집에 머물고 있다는 소린데…….'

허영기의 목소리에 상념에서 깨어났다.

"남자한테 좋은 찹니다. 드세요. 하하하!"

"그렇긴 한데 소양인인 저한테는 맞지 않습니다."

"아! 그래요?"

"네. 제 분야가 아니라서 허술하긴 하지만 어느 정도는 알고 있습니다. 전 차가운 물이면 됩니다."

"그래선 안 되죠. 인삼차 말고 다른 차들도 많아요. 다른 차로 갖다줘요."

다시 가져온 차는 버섯 차였다.

버섯은 흔히 음의 성질을 가졌다고 알려져 있지만 양의 성질을 가진 것도 많았다. 차의 향기로 볼 때 양의 기운이 가득한 영지와 표고버섯, 거기에 단맛을 내기 위해 꿀을 살짝 넣었다.

좀 전의 인삼차와 마찬가지로 양의 기운 덩어리다.

"이번 건 어떻습니까?"

"버섯은 음의 성질을, 꿀은 양의 성질을 가지고 있어서 음양의 조화가 제대로입니다."

이왕 모른 척하는 거 잘난 척하려는 인상을 주기 위해 적당히 지껄였다.

"한 선생 덕분에 많은 걸 배우는군요. 난 그저 주는 대로 먹는 편이었는데. 아무튼 약속했던 금액은 여기 있소."

그는 작은 쇼핑백을 밀었다.

안을 슥 살폈다. 5만 원 100장 묶음 스무 다발.

돈 벌기 참 쉽다.

"감사합니다."

"하는 걸 봐서 더 줄 수도 있으니 열심히 해주시오."

열심히 아무것도 하지 말라는 뜻이리라.

"알겠습니다. 이건 일단 여기에 두고 내려올 때 가져가겠습니다."

"그러시오."

"올라가시죠."

비서실장에게 말했는데 갑자기 허세라가 벌떡 일어났다.

"오늘은 제가 옆에서 지키고 있을게요."

"…그러십시오."

비서실장은 성큼성큼 2층으로 올라가는 허세라를 보며 묘한 표정을 지었다.

두삼 역시 살짝 눈을 찡그렸다가 2층으로 올라갔다.

'이상한 소리를 안 했으면 좋겠는데…….'

뭔가 묻고 싶은 게 있다는 건 알겠다. 그러나 이 집에서 안전한 곳은 없다는 게 두삼의 생각이다. 열려 있는 문으로 들어가려는데 허 회장 곁을 지키다가 나오는 간호사와 살짝 부딪혔다.

"아! 죄송합니다."

"…괜찮아요. 그럼."

인사를 하기도 전에 쌩하니 사라지는 간호사. 두삼은 사라지는 그녀의 뒷모습을 물끄러미 쳐다봤다.

"나이 많은 스타일을 좋아하나 봐요? 아님 코스튬을 좋아하는 건가요?"

"흠! 학생한테 그런 말을 듣는 건 사양하죠. 치료하는 데 방해가 되니 조용히 있어주세요."

이상한 헛소리를 하지 말라고 돌려 말한 것이다. 하지만 알아듣지 못했는지 문을 닫은 그녀가 입을 열었다.

"지난번에 말한……."

허 회장에게 손을 올리려던 두삼은 얼른 말했다.

"지난번에 말했지만 넌 내 스타일이 아냐. 그러니 제발 마음에 든다느니, 이상형이라든지 그런 소린 그만했으면 좋겠어."

"…지금 무슨……."

어이없다는 듯 말하려는 그녀의 입을 다시 막았다. 그리고 제발 알아달라는 듯 윙크를 보냈다.

"무슨 소린지는 알 만한 나이잖아. 네 또래를 만나. 그리고 많이 사귀어봐. 그게 네 인생에 더 도움이 될 거야. 내가 더 설명해야 해?"

"…알았어요."

다행히 눈치를 챈 모양이다. 그녀는 눈으로 주위를 돌아보며 '도청?'이라고 입을 벙긋거렸다.

"그래. 알아들었다니 다행이네. 이제 난 치료에 집중해야 하니 넌 의자에 앉아서 지켜보기나 해."

입을 다문 채 조용히 의자에 앉는 걸 보고 허 회장에게 시선을 돌렸다.

'어떻게 한다?'

원래 계획은 다 나을 때까지 비밀로 했다가 다 나았을 때 '짠!' 하고 보여줄 생각이었다. 한데 허 회장을 이렇게 만든 사람이 이 집에 여전히 있다면 어느 정도 낫게 되면 단번에 알아차릴 것이다.

'진맥을 통해 건강 상태를 알아내는 거라면 맥을 혼란스럽게 만들면 되는데……. 일단 해보는 수밖에.'

자신처럼 기를 이용해 살펴보는 것이 아니라면 진맥 말고 다른 방법은 없다는 결론을 내렸다.

생각을 마친 두삼은 허 회장의 팔을 잡았다.

현재 허 회장의 상태는 과다한 양기로 인해 몸의 균형이 무너진 상태. 음의 기운과 섞어서 자신의 몸으로 흡수를 해야 했다.

두삼은 하얀 차가운 기운이 서린 손으로 천천히 주무르기 시작했다. 스며드는 차가운 음의 기운. 한데 이거 한강물에 물 한 잔 붓는 꼴이다. 감추는 걸 걱정할 때가 아니었다. 일부라도 되돌리려면 정말 죽을 둥 쏟아부어야 할 것 같다.

한데 목을 주무를 때였다. 기운이 스며들 때마다 묘한 이질감 같은 것이 느껴졌다.

'뭐지?'

두삼은 이질감을 찾기 위해 중화시키는 걸 멈추고 기운을 넣어 안을 살폈다. 그리고 조금 전 주무른 부위로 향하는 전기적 신호를 보고 깨달았다.

'설마?! 정신은 깨어 있었던 거야?'

이번엔 주무르면서 뇌의 변화를 살폈다.

주무른 위치에서 일어난 전기적 신호가 뇌에 올라갔고 호르몬이 곧바로 분비됐다.

'이건 잠자고 있는 뇌의 반응 속도가 아냐. 몸은 못 움직이지만 뇌는 살아 있다는 뜻이야!'

설마 하는 심정으로 마지막 확인 작업을 했다.

두삼은 허세라를 향해 외쳤다.

"왜 이렇게 더워? 세라 양, 에어컨 좀 높여줄래요?"

"참아요. 아빠가 감기에 걸리면 큰일 나요."

"그럴 수도 있겠네요."

확인했다. 고막에 닿은 음성에 뇌가 반응하며 호르몬이 분비되고 전기적 신호는 눈과 코 신체로 빠르게 퍼져 나갔다.

'울고 싶은 겁니까? 아님 분노하는 겁니까?'

호르몬은 희한하다. 슬플 때도 기쁠 때도 때론 우울할 때도 거의 비슷한 호르몬들이 발생한다. 단 그 양만 다를 뿐이다. 막상 그의 뇌가 살아 있다는 걸 알았지만 지금 당장 해줄 수 있는 건 없었다. 그저 마사지를 하는 척하며 그에게 속삭이는 수밖에.

"살리려 노력해 볼게요. 그러니 회장님도 노력해 주셔야 합니다."

구구절절 설명하기엔 아직까지 고려할 것이 많았다.

그 말을 끝으로 다시 치료에 전념했다.

차가운 기운을 쏟아붓고 양기로 한껏 뜨거워진 기운은 받아들이고. 계속 반복하다 보니 자신의 몸이 양기로 인해 후끈 달아올랐다.

'뒷골이 뻐근해지는 느낌이 드네. 오늘은 더 이상 무리야.'

기운이 소모되진 않았다. 오히려 시작할 때보다 늘어난 기분이다. 한데 더 이상 했다간 활화산처럼 터져 버릴지도 모르겠다.

땀도 땀이지만 붉게 상기된 두삼은 허 회장에게서 손을 뗐다.

"후우!"

숨을 내쉴 때마다 뜨거운 열기가 나오는 느낌.

"끝났어요?"

음기가 가득한 목소리에 자신도 모르게 목소리가 나는 곳을 바라봤다. 그리고 아까까지 아무 느낌이 없던 허세라의 몸을 쓱 훑었다.

'미친……!'

이성이 뜨거운 열기를 살짝 밀어냈다.

"…네."

"어때요?"

"글쎄요. 그저 움직이지 않는 굳은 몸을 푼 정도라."

"그렇군요. 근데 조금 전 왜 절 그런 눈으로 봤어요?"

"무슨 말인지……?"

"조금 전에 제 몸을 쭉 훑었잖아요. 제가 그 정도도 모를 줄 알아요?"

"…그, 그런 게 아니거든요!"

"아니긴요. 방금도 눈이 제 다리를 쓱 훑었잖아요?"

몸이 뜨거워지면서 생긴 본능이었다. 하란이 있는데 저런 빈약한… 그리 빈약하진 않지만 어린… 낭랑 18세라고… 이런 18!

제멋대로 상상의 나래가 펼쳐졌다. 다시 이성의 끈을 붙잡지 않았다면 상상 속에서 나쁜 짓을 했을 것이다.

겨우 이성의 끈을 잡았는데 또다시 도발적인 말을 하는 그녀.

"아까는 이상한 애로 만들더니… 어떻게 데이트 한번 해줘요? 이상한 상상 말고요."

"됐거든요. 미성년자랑 뭘 한다고……."

"미성년자가 아니라면 뭘 하려고요?"

놀리는 데 재미가 들린 모양이다.

"그만 놀려요. 이제 가봐야겠어요. 잠을 못 자서 그런지 피곤하네요."

두삼은 비정상적인 몸 상태에선 얼른 자리를 피하는 게 상책이라고 생각했다.

한데 막 나가려는데 허세라가 예상외로 나왔다.

"놀리는 거 아닌데. 아까도 말하려고 했듯이 난 선생님 정말 마음에 들어요. 며칠 내로 찾아갈게요."

"……."

장난? 연기의 연장선?

어떤 이유든 어색하다. 그렇다고 진짜 좋아하는 건 절대 아니다. 좋아하는 눈빛이라기보단 뭔가 기대하는 눈빛이랄까.

무슨 의도인지 지금은 이 자리를 피하는 게 우선이었다.

아래로 내려가자 허영기는 없고 비서실장만 소파 근처에 서 있었다. 그는 두삼과 2층 난간에 서 있는 허세라를 흘낏 보다가 입을 열었다.

"…치료가 끝난 겁니까?"

"네. 내일 다시 오겠습니다."

두삼은 돈이 든 쇼핑백을 챙긴 후 현관 쪽으로 향했다. 왠지 뒤통수가 간질거려 돌아보니 비서실장이 뒤따라오고 있었다.

"안 나오셔도 됩니다."

한데 그는 무뚝뚝한 표정으로 차가 주차되어 있는 대문 밖까지 따라 나왔다. 그러고는 대문을 살짝 닫자마자 동굴 목소리로 말했다.

"세라 아가씨에게 허튼짓할 생각은 마시오."

"네? 그게 무슨 말이신지……?"

"얌전히 회장님 치료에만 전념하라는 겁니다. 아가씨에게 찝쩍대면 그땐 내가 용서하지 않을 거요."

"……"

"분명 경고했소."

그는 마치 당장에라도 죽일 것 같은 표정을 짓다가 안으로 들어갔다.

쾅!

마치 그의 속마음을 보여주는 듯 세차게 닫히는 문.

그의 발소리가 완전히 사라질 때까지 멍하게 있던 두삼은 사뭇 진지한 표정으로 중얼거렸다.

"허세라를 마음속에 품은 거야? 미친 새끼, 어렸을 때부터 봐왔을 텐데……."

욕을 하다 보니 자신 역시 이상한 상상을 했던 것이 떠올랐다. 아무리 몸 상태가 이상했다곤 하지만 욕할 처지는 아닌 듯했다.

문득 조금 전에 허세라가 도청이 되고 있다는 걸 알면서도 왜 그런 소리를 했는지 알 것 같았다.

비서실장의 마음을 진즉에 알고 있었던 것이다.

"훗! 이 집안에 만만한 사람이 없네."

이래저래 골치가 아팠지만 일단 몸 상태부터 정상으로 만들기 위해 차를 타고 숙소로 향했다.

*　　　　*　　　　*

"선생님, 환자 파악은 끝내뒀습니다. 근데 꽤 피곤해 보이시네요?"

연용섭이 응급실로 들어오는 두삼을 보고 말했다. 잠을 거의 자지 못하고 욕조에서 밤을 새다시피 했으니 당연하다.

양기는 겨우 진정시켰다. 그러나 찬물로 몸을 식히는 것이 한계가 있는지 20퍼센트는 여전히 들끓고 있었고 신경은 날카로워진 상태라 연용섭에게서 풍기는 미약한 향수 냄새마저 진하게 느껴졌다.

"여자 친구 만났냐?"

"어? 어떻게 아셨습니까? 어제 저녁에 찾아와서……."

"즐거운 시간 보냈나 보다?"

부러움에 물었다.

"…즐겁기는요. 일주일 밤 근무에, 일주일 낮 근무를 해서인지 컨디션이 엉망이에요. 어제 여친이 자기 전에 보약 먹어야겠다고 은근히 말하는데 쪽팔려 죽는 줄 알았습니다. 하긴 레지던트 3년 차면 벗은 여자를 봐도 '어디가 이상이 있을까?'라는 생각이 들지, 뭔가 해야겠다는 생각은 안 들죠."

"보약이라도 끓여줘?"

"아! 선생님 한의사시죠? 양기가 끓어오를 만한 약재 없습니까? 오늘 저녁에 복수 혈전 해야죠."

"보약은 꾸준히 먹어야……!"

말을 하다 보니 머릿속에서 번쩍! 떠오르는 바가 있었다.

'아! 다른 사람에게 나눠주면 되는 것을!'

이미 악양에서 배영옥을 치료하면서 하란과 기운을 공유한 경험이 있었다. 오늘 저녁은 어떻게 해야 하나 걱정했는데 해결점이 보이는 것 같았다. 다만 어떻게 데리고 들어가느냐가 문제인데, 일단 그건 좀 있다 생각해 보기로 했다. 우선은 몸속에 있는 20퍼센트의 기운을 없애야 했다.

"당장 효과를 보는 방법이 없는 건 아니지."

"진짜요? 어떤 방법인데요?"

"나한테 마사지를 받으면 돼."

"마사지로 그런 것도 가능해요?"

"아주 가끔 기회가 있는데, 그게 오늘이야. 받아볼래?"

"해주신다면 저야 무조건 오케이죠. 오늘 점심은 제가 거하게 쏘겠습니다."

"그럼 휴게실로 가자."

없는 양기를 억지로 쥐어짜는 건 몸에 나쁘지만 기운을 나눠주는 건 상관이 없었다.

두삼은 안마를 하면서 남은 20퍼센트를 아낌없이 연용섭에게 전해줬다. 그만큼 기운이 사라졌지만 끙끙 앓는 것보단 훨씬 좋았다.

"진짜 대박이네요. 왠지 모르게 몸이 뜨거운 느낌이에요."

연용섭은 자신의 하체를 보며 연신 대박을 외쳤다.

"두 번 다시 하기 힘든 일이니 마음껏 즐겨라."

홀가분하게 털어버린 두삼. 한데 생각지도 못한 문제가 발생했다.

두삼에겐 20퍼센트에 불과한 양기가 연용섭에겐 꽤 큰 양이었는지 안절부절못하다가 점심시간이 되기도 전에 여자 친구가 머물고 있는 호텔로 뛰어갔다. 그러고는 점심시간이 훌쩍 넘어 돌아왔다.

기운과 체력은 다른지 다리가 후들거리는 것이 짠해 보였다.

"…환자 볼 수는 있겠냐?"

"헤헤… 물론이죠. 선생님 식사도 하셔야 하는데 늦게 와서 죄송합니다."

"내가 한 일 때문에 이렇게 된 건데 어쩌겠냐. 급한 환자 오면 연락해라."

"외과 인턴 내려오라고 해서 같이 보고 있을 테니 천천히 식사하고 오십시오. 그리고 점심은 이걸로……."

그는 점심 사준다는 말을 잊지 않았는지 조심스레 카드를 내밀었다.

"됐다. 다음에 같이 먹을 때 사."

응급실 사람들은 이미 다 식사를 마쳤기에 혼자 병원을 나와 근처에 있는 순댓국집으로 갔다.

"대짜로 하나 주세요."

넘치던 양기가 사라지자 헛헛한 기분이 들었다.

'근데 저 사람은 왜 저렇게 힐끗거려?'

수저를 꺼내놓고 스마트폰을 보고 있는데 대각선에 앉아 있는 남자가 연신 자신을 바라봤다. 그리고 막 음식이 나왔을 때 슬며시 웃는 얼굴로 다가왔다.

"혹시, 한강대학병원의 한두삼 선생님?"

"…그런데, 누구세요?"

"하하! 반갑습니다. 전 이런 사람입니다."

그는 명함을 꺼내 건넸다. 막 양념과 새우젓을 넣고 한 숟갈 먹으려던 두삼의 손은 명함을 보고 멈췄다.

충남신문, 김기순.

자신에 대해 확인도 하지 않은 악의적인 기사를 쓴 기자였다.

"…이렇게 인사를 할 사이는 아니지 않나요?"

"하하! 제가 쓴 기사를 봤나 보군요."

그는 척하니 앞에 앉았다. 능글능글한 것이 여간내기는 아닌 것 같았다.

"눈이 있으니 보게 되더군요. 재미없는 소설이라 쓰레기통에 넣어버렸지만요."

"찔리는 게 있는 사람들이 신문을 보면 보편적으로 하는 거죠. 그다음이 고발이나 고소인데, 그것을 대비해 두루뭉술하게 적는 답니다. 하하하!"

김기순은 화를 나게 하는 묘한 재주가 있었다.

자신이 쓴 기사에 책임을 지지 않아도 된다는 언론인다운 배짱이라면 배짱이랄까.

"더 이상 얘기하고 싶지 않은데, 이만 가주시겠어요?"

"아! 미안합니다. 그냥 반가워서."

"세상 참 편하게 사시네요. 본인만 반가우면 남이 불편하든 말든 막무가내로 말을 거니 말입니다."

"모두가 불편해하는 직업이잖습니까. 하하! 다른 건 아니고 새로운 기획 기사를 준비 중이니 너무 불편해하지 말라는 말을 전하기 위해 잠깐 실례했네요."

"…고소, 고발당하지 않게 잘 쓰세요."

"걱정 마십시오. 외줄타기가 제 특기라. 그럼 맛있게 먹고 가세요. 하하하!"

그는 마지막까지 재수 없는 말을 하고 갔다. 두삼은 식당을 나서는 그의 뒷모습을 보며 중얼거렸다.

"그렇게 살지 마라, 인간아. 남의 눈에 눈물 흘리게 하면 넌 피눈물 흘리는 법이다. 에이~ 식었잖아."

짜증을 내면서도 먹는 게 남는 거라는 생각에 순댓국을 남김없이 먹고 병원으로 갔다.

*　　　*　　　*

"가보겠습니다. 내일은 낮에 연락하고 오겠습니다."

내색하지 않고 인사를 한 후 현관을 나왔다. 그리고 대문이 가까워질수록 점점 발걸음이 빨라졌다. 대문을 열고 나와선 날듯이 차에 올라 시동을 걸었다.

"루시, 이곳에 오기 전에 왔던 곳으로!"

—알겠어요.

한 달 전후로 치료를 끝내야 하니 아무래도 조급했다. 그래서 각오를 하고 한껏 양기를 흡수한 상태였다.

아무리 익숙해지려 해도 익숙해지지 않는 느낌. 지금이라면 17 대 1은…….

상상의 나래가 가도 너무 갔다.

떨어지지 않는 잡념을 겨우 털어내고 내부에 집중해서 양기를 세차게 돌렸다. 이러면 서서히 가라앉는다는 걸 어제 알게 됐다.

—도착했어요.

"뒤쫓는 차는?"

다행히 집중한 효과가 있었는지 목적지에 도착할 때까지 괜찮았다.

—없었어요.

"위치 추적기는?"

—지금쯤 숙소에 도착해 있을 거예요.

위치추적기를 드론에 달아뒀기에 이곳에 왔다는 걸 아무도 모를 것이다. 목적지는 논산 시내에서 10㎞ 정도 떨어진 곳에 위치한 연무면. 흔히 논산 훈련소, 정확한 명칭으로 연무대 육군 훈련소 근처에 있는 마을이다.

군대 위수 지역 근처에 다방과 같은 위락 시설이 많다는 생각에 왔고 미리 선금을 걸어놓고 예약을 해뒀다.

물론 논산 시내에도 다방은 많았지만 아무래도 얼굴이 팔릴 수 있기에 여기까지 온 것이다.

빨간색 장미꽃이 인상적인 장미다방으로 들어가려 했다.

철컥철컥! 한데 문이 닫혀 있었다. 혹시 너무 늦어서 들어갔나 싶어 시간을 확인했지만 오기로 한 11시가 넘지 않았다. 다행히 엉뚱한 사람이 들어올까 닫아둔 모양인지 인기척이 들렸다.

—누구세요?

"아까 저녁때 예약한 사람입니다."

문이 열리고 아까 봤던 얼굴이 보였다.

"들어오세요. 가끔 술 취한 사람이 들어올 때가 있어서 닫아

됐어요."

"그랬군요. 급한데 당장 시작해도 되겠죠?"

"…급하신가 봐요? 그럼 누구부터?"

"같이하죠."

기다리고 있는 이는 그녀 말고도 한 명이 더 있었다. 혹시 한 명으로 부족할까 두 명을 예약해 뒀다.

"차나 음료수라도?"

"괜찮습니다. 저기 넓은 자리에 앉죠. 아가씨는 왼쪽으로, 아가씨는 오른쪽으로."

두삼은 두 명의 아가씨를 좌우에 앉혔다. 그다음 그들의 손을 붙잡았다.

"근데 이걸로 되겠어요? 주기로 한 금액에서 조금만 더 보태면 2 대 1로도 가능한데……."

다방 아가씨는 남은 손으로 허벅지에 손을 올리며 말했다.

그녀의 손끝에서 나온 음기가 허벅지 피부로 스며들면서 짜릿한 느낌이 들었다. 순간 이성이 날아가 버릴 뻔했지만 17 대 1로 이미 상상한 덕분에 참을 수 있었다.

"…손이면 충분해요. 돈은 필요에 따라 더 줄 수 있으니 함부로 손대지 말아요. 이제부터 집중해야 하니 두 사람은 편하게 있어요."

양손으로 기를 내뿜고 다시 회수하는 건 처음 해보지만 그리 어려울 거라곤 생각하지 않았다. 천천히 좌우 손으로 양기가 가득한 기운을 그녀들의 몸속에 집어넣었다.

한껏 달아오른 검을 물속에 집어넣을 때처럼 양기는 음기와 만나자 금세 식어갔다. 하지만 극히 일부분일 뿐. 계속해서 뜨거운 기운이 들어가자 금세 식지 않고 그녀들의 단전에 이르렀다.

급하지 않게 그녀들의 독맥 쪽으로 기를 보냈다. 천천히 하는 이유는 임독맥의 막힌 부분이 다를 수 있기에 공통적으로 뚫린 부분으로 기를 돌릴 생각이었다.

좌측 아가씨의 아문혈이 막혀 있었기에 어쩔 수 없이 다른 길로 둘러 독맥과 임맥을 연결시켜 회전을 시작했다.

왼손과 오른손으로 나간 기운은 그녀들의 단전으로 들어가 독맥과 임맥을 한 바퀴 돌며 적절히 식어 다시 몸속으로 돌아왔다.

"…으음, 왜 이렇게 덥지?"

"…그러게."

양기와 음기가 만나면서 묘한 느낌이 나는지 두 여자는 살짝 상기된 표정으로 손부채질을 했다. 그러나 두삼은 두 여자의 목소리에 신경 쓸 틈이 없었다.

'부족해. 아직 30퍼센트밖에 처리 못 했는데… 이 여자들이 음기가 부족한 거야, 아님 허 회장의 양기가 많은 거야?'

그 자신이 품을 수 있는 기의 양이 많아진 것인데, 두삼은 그것까진 생각하지 못했다.

'어쩔 수 없군. 아가씨들 돈을 넉넉히 챙겨줄 테니까 참아봐요.'

두삼은 기의 일부를 돌려 그녀들의 내재된 음기를 자극했다.

폭발적으로 일어나는 음기들이 두삼이 뿜어내는 양기와 부딪혔다.

"…가, 갑자기 내 몸이 왜… 왜 이러지? 하악!"

"이, 이상해요. 언니. 이, 이건 마치… 아항~"

두 아가씨가 몸을 배배 꼬았기에 두삼은 깍지를 끼고 있는 손을 더욱 강하게 잡았다. 이제 시작이라는 걸 경험상 알고 있었다.

곧 신음 소리의 폭풍이 몰아쳤다. 두 사람이 양옆에서 스테레오처럼 외쳐대니 정신이 사나웠다.

게다가 어찌나 기대오는지 평상심마저 깨질 지경.

모든 걸 무시하고 오로지 양기를 몰아내는 데 몰두했다. 그리고 사투 끝에 마침내 마지막 남은 양기까지 깔끔하게 세탁을 해서 단전에 갈무리했다.

손을 놓고 눈을 떠보니 자신의 옷이 엉망진창이었다.

와이셔츠 단추는 어디 갔는지 다 뜯겨 있었고 지퍼까지 절반쯤 내려와 있었다.

여자들은 더 엉망이었다. 치마는 허리까지 올라가 있었고 한 여자는 가슴 한쪽이 삐져나와 있었다.

'다음부턴 칸막이라도 쳐야 하나?'

완전히 지쳐 무방비로 널브러져 있는 두 사람은 성관계가 끝난 후 여운이 남은 사람들처럼 몽롱한 시선으로 자신을 바라보고 있었다. 두삼은 옷을 바로 한 후 지갑을 꺼냈다.

"수고하셨어요. 이건 원래 주기로 했던 20만 원."

선금으로 5만 원을 줬기에 5만 원 3장을 밀려난 테이블 위에 놨다.

"그리고 이건 고생해서 주는 겁니다."

하루 이틀은 맥이 없을 수 있었기에 50만 원씩을 추가로 줬다. 그녀들이 해준 것에 비해 부족하다는 느낌이 있지만 더 주는 것도 이상했다.

"그럼 전 이만. 문은 닫고 갈게요."

막 돌아서는데 한 여자가 말했다.

"…어, 언제 다시 오세요?"

"글쎄요. 일주일은 지나야 할 것 같은데요."

"…꼬옥! 꼭! 다시 와주세요. 돈은 일당만 챙겨주시면 돼요."

"…네! 꼭이요."

두 여자를 말하는 투가 왠지 조금 무서웠다. 하지만 남은 날 동안 새로운 곳만 갈 순 없었기에 다음에 오겠다는 말을 한 후 다방을 나왔다.

두삼이 떠난 다방 안. 두 여자는 될 대로 되라는 듯 소파에 누웠다. 그중 나이가 많은 여자가 중얼거렸다.

"…움직일 힘도 없어."

"나도 언니."

"아~ 얼마 만에 오르가즘을 느끼는 건지 모르겠다."

"언닌 그래도 행복하네. 난 방금 전까지 단 한 번도 없었어."

"꽤 많이 사귀었다고 하지 않았어?"

"다 허깨비였어. 난 내가 석녀인 줄 알았다니까. 오늘에서야 세상이 노랗게 되고 쾌감에 머리가 텅 빈다는 걸 비로소 느껴보네."

"불쌍한 년. 호호! 난 그래도 한 번은 느껴봤는데. 그나저나 그 남자랑 손만 잡고 있었는데 어떻게 이럴 수가 있는 거지?"

"그러게. 근데 손끝에서 느껴지는 찌릿함도 말도 못 하게 좋았어."

"그렇긴 하더라. 그나저나 그 남자 마스터베이션을 마스터한 거 아냐? 그래서 손으로 그런 효과를 낼 수 있는 거고."

"호호호! 언니 웃기지 좀 마. 웃을 힘도 없단 말이야. 언니 말대로라면 왼손 오른손 둘 다 마스터한 거네."

"마스터에게 그 정도는 껌 아니겠어. 호호호!"

두 여자는 한참 동안 마스터베이션의 마스터에 대해 애기를 나누었다.

*　　　*　　　*

어제부터 두 번째 비번인데 딱히 할 일이 없다. 하란이 아직 외국에서 오지 않은 것도 있지만, 왔다고 해도 허 회장 때문에 서울에 갈 수도 없다.

그저 하루 두 번 하란과 전화하는 것만이 유일한 즐거움이랄까.

—그래서 다방 아가씨들에게 예전 악양에서 정 간호사에게 했던 것처럼 하고 있다는 거야?

"미안. 다른 방법이 없었어."

—어쩔 수 없는 일이라며?

"그야 그렇지만 보기에 상당히 민망하거든."

두삼은 현재 하고 있는 일을 숨기지 않았다. 괜스레 나중에 루시를 통해 들으면 더 기분이 나쁠 것이다.

—오빠가 음흉한 짓을 하는 건 아니잖아?

"당연하지!"

—그럼 됐어. 일부러 하는 것도 아니고 사고 안 치려고 하는 건데 뭐라겠어. 그걸로 엄마를 살리기도 했잖아. 아무튼 사고 치기 전에 그곳으로 갈게.

"사고 안 치니까 천천히 놀다가 와."

—안 돼! 다음 주에 도착하면 바로 내려갈게. 엄마 나오셨다.

이만 끊을게. 사랑해. 쪽!

"나도 사랑해."

다음 주에 내려온다니 벌써부터 기대가 됐다.

하란의 목소리를 들어서 기운이 났기에 침대에서 일어났다. 하릴없이 방에 있는 것보다 동네를 걷기라도 하자는 생각이었다.

반바지에 티셔츠, 모자를 쓴 후 문을 나서려 할 때였다. 메시지가 띠링! 하고 왔다. 하란이 사진을 보냈나 싶어 봤더니 허세라가 병원으로 오겠다는 글이었다.

학교도 안 다니냐고 보내자 금세 '개교기념일이라 쉰다'고 연락이 왔다. 어쩔 수 없이 숙소 위치를 말하고 주차장에서 서성이고 있자 택시 한 대가 도착했다.

허세라는 반바지에 헐렁한 티, 거기에 슬리퍼를 신은 채 택시에서 내렸다. 집에서도 좋은 옷만 입고 있던 애가 허름한 옷을 입고 있는 것이 이상해 물었다.

"…집 나왔니?"

"아빠가 안 계셨다면 그랬겠죠."

"근데 복장이 왜 그래?"

"도청 장비가 달려 있을까 봐 어제 직접 시장에서 사온 것들이에요. 스마트폰도 집에 놓고 선불폰으로 들고 왔고요."

"그런 생각도 할 줄 알고 기특하네. 혹시 근처에서 감시하고 있는 사람이 있을지 모르니 걸을까."

"그래요. 가만… 근데 왜 반말이에요?"

"남자의 관심을 받게 한 벌이랄까."

"…무슨 말이에요?"

"비서실장. 그 사람 관심을 나에게 돌리려고 그때 연기한 거 아냐?"

"그가 뭐라 해요?"

"일만 열심히 하라고 하더라."

"더러운 소아성애자 새끼… 그 자식, 제가 어릴 때부터 절 이상한 눈으로 봤어요. 그리고 할아버지가 쓰러지자 기회다 싶었는지 본격적으로 들이대더군요. 나중에 눈알을 파버릴 거예요. 기회가 올지 모르겠지만요."

허세라와 천천히 걸음을 옮기며 말했다. 허세라는 분한 목소리로 중얼거렸다. 하지만 분노를 숨길 줄 아는지 금세 표정을 풀며 물었다.

"아빠 치료는 어떻게 되고 있어요? 원인은 알아냈나요? 아님, 아직인가요?"

솔직히 어제까지만 하더라도 허 회장 집안에서 믿음이 가는 사람은 한 명도 없었다. 어젯밤 허 회장 집을 감시하고 있는 루시가 보여준 영상을 보지 않았다면 허세라도 의심했을 것이다.

한데 허 회장의 침실로 들어와 그를 껴안고 얼른 일어나라고 서럽게 우는 모습을 봐서인지 그녀에 대한 혐의는 약해졌다.

두삼은 잠깐 고민하다가 입을 열었다.

"원인은 알아냈어."

"진짜요? 원인이 뭐예요?"

그녀는 바싹 붙으며 두삼의 팔뚝을 잡았다.

"…떨어져라. 진짜 골목에서 뒤통수 맞고 싶진 않다."

"아! 미안해요."

그녀가 떨어지자 두삼은 말을 이었다.

"허 회장님은 사상 체질 중 태양인이야. 양기가 원래부터 왕성한 사람이지. 한데 그런 사람에게 꾸준히 양기가 가득한 음식을 먹인 거야. 그래서 몸의 균형이 깨진 거고."

"아! 그럼 그 여자가 아빠를……."

"누구?"

"간호사요. 3년 전에 아빠가 쓰러졌을 때 집안에 간호사 자격증과 함께 한약에 대해서도 잘 알아서 들어왔어요. 가만! …그 여자를 데리고 온 사람이 경호실장이었어요! 이 개새끼! 날 더럽게 본 것도 모자라서……."

그녀가 당장에라도 어디론가 뛰어갈 것 같았기에 얼른 팔을 잡았다.

"어쩌려고?"

"경찰에 알려야죠."

"증거가 없어. 양기 때문이라고 증명하는 건 더욱더 불가능하고."

"그럼. 오빠들에게라도 알려야죠. 그들을 의심했지만 범인이 경호실장이라면 오빠들과 언니도……."

"그들이 관여하지 않았다고 확신해? 네가 처음 봤을 때 그랬잖아. 그들이 수상하다고. 그들이 네 재산을 뺏으려 할 게 분명하다고. 이젠 아닌가?"

"그건… 아니네요."

원인을 알아내고 새로운 인물들이 범인이라고 생각되자 너무 흥분한 모양이었다.

그녀는 흥분을 가라앉히고 다시 걷기 시작했다.

“오히려 그들이 오빠들과 손을 잡았다는 게 훨씬 설득력이 있겠네요.”

“내 생각도 그래.”

“고마워요. 원인을 알았다고 고칠 수 있을지 없을지도 모르는데… 잠깐 흥분했네요. 한데 치료 방법은 있는 건가요?”

“아직까진. 하지만 일단은 내부의 양기를 제거하는 데 집중하고 있어.”

“그럼 마사지가 치료 방법이었어요? 난 또 그냥 포기해서 그냥 마사지만 하는 줄 알았는데.”

“그렇게 생각해 주길 바라고 하는 일이니까. 하지만 허 회장님이 일어나게 될지는 아직 몰라.”

두삼은 현재 자신이 하고 있는 일에 대해 짤막하게 설명을 했다. 역도청을 한다든지, 간호사에 대해 이미 알고 있었다든지 따윈 말하지 않았다.

“일어나실 거예요. 분명! 감사해요, 선생님. 전 그런 줄도 모르고 선생님이 그저 제 부탁 때문에 어쩔 수 없이 온다고 생각했어요.”

“이왕이면 계속 그렇게 생각해. 괜스레 네가 이상한 기색을 보이면 의심할 거야.”

“그럴게요. 근데 아빠에게서 양기를 빼서 다른 사람에게 준다고 했잖아요?”

“믿기 힘들다는 거 알아.”

“안 믿는다는 게 아니에요. 다만 저한테도 나눠주면 조금이라도 도움이 되지 않겠어요?”

“네가 가질 수 있는 양은 극히 일부에 불과해. 작은 양을 나눠주다가 괜스레 의심만 받으면 그게 오히려 손해야."
"여자들이 많다면요?"
"그렇다면 도움이 되겠지. 하지만 괜스레……."
"그건 제가 알아서 할게요. 맡겨두세요."
"……."
괜한 말을 한 건 아닌지 모르겠다. 그러나 뱉은 말을 주워 담을 방법이 없으니 제발 사고나 치지 말길 바랄 수밖에 없었다.
"선생님, 배고파요. 우리 밥 먹어요."
"붙지 말라고 했을 텐데? 경호실장한테 내가 이상이 생기면 그땐 치료를 어떻게 하라고?"
"그럼 전 이상이 생겼으면 좋겠어요?"
"그건 아니지만 다른 사람들에게 오해를 받고 싶은 생각 없다. 그러니 한 걸음 떨어져."
떼어내려 하니 더 달라붙는다.
"선생님, 나 좋아하지 않는다면서요?"
"물론!"
"그럼 여동생이라 생각해요."
"여동생이랑 이렇게 걷는 사람이 어디 있어?"
"여기 있잖아요!"
"저리 가라고! 찰거머리야!"
"싫은데요."
티격태격하는 두 사람. 그리고 그 두 사람을 멀리서 지켜보며 연신 셔터를 누르는 이가 있었다.

*　　*　　*

띵! 띵! 띵!

연신 메시지가 왔다고 알리는 스마트폰을 확인하던 전두기가 으드득! 소리가 나게 주먹을 쥐었다.

"…분명히 경고를 했는데 무시한단 말이지?"

사진에 두삼과 허세라가 다정하게 팔짱을 끼고 있는 장면과 장난치는 장면이 찍혀 있었다. 도청과 위치 추적기가 가능한 신발, 옷, 스마트폰을 다 벗고 나가서 사람을 붙인 것이다.

"이 웃음은 나만의 것인데……."

사진을 확대해서 허세라의 웃는 모습을 보는 전두기의 눈은 묘한 집착과 탐욕으로 일렁였다.

허 회장의 장학금으로 자란 그는 그 은혜를 갚기 위해 허 회장의 집으로 들어왔다. 그렇게 10년. 한데 변함없을 것 같은 충성심이 어린 소녀로 인해 깨졌다. 처음엔 스스로 생각해도 이해할 수 없고 더럽다고 생각했기에 부정했다. 그래서 숨겨왔다.

그러나 숨길 수 없는 것이 사람 마음이라고 했던가. 결국 들키게 되었고 키워준 은인을 배신하는 결과로 이어졌다.

허세라가 자신의 여자가 된다는 생각에 후회는 없었다. 한데 거의 성공 직전에 방해꾼이 나타난 것이다. 사진 속 두삼을 향해 살기를 줄줄이 뿜어내던 그는 신경질적으로 스마트폰을 호주머니에 넣고 허 회장이 누워 있는 방으로 들어갔다.

간호사가 허 회장의 맥을 잡고 고개를 갸웃거리고 있었다.

"뭔가 이상한 일이라도 있소?"

"한의사가 안마를 해서 그런지 맥이 이상해졌어요."

"놈이 당신이 작업해 둔 걸 눈치챘다는 거요?"

"며칠 만에 깰 수 있는 게 아니에요. 다만 내부를 살필 수 없게 된 건 사실이에요."

뭔가 어긋나는 듯한 느낌에 한마디 했다.

"…차라리 약을 쓰는 게 낫지 않겠소?"

"안 돼요! 3년간 기다린 이유를 잊었어요? 이제 한 달만 참으면 되는데 무리할 이유가 없죠."

3년간 기다린 건 첫째인 허영기에게 자연스럽게 권력이 승계되도록 하기 위함도 있지만 완벽 범죄를 만들기 위함이기도 했다.

자칫 독약을 썼다가 부검을 하게 되면 그땐 모두가 위험할 수 있다는 생각에 서서히 몸을 망가뜨리고 중이었다. 이대로 죽기만 하면 어느 누구도 의심할 여지가 없다.

"해본 소리요. 한데 얼마나 남은 거요?"

"계산대로라면 보름에서 20일 정도면 몸이 열기를 버티지 못할 거예요."

"얼른 시간이 가면 좋겠군. 한데 말이오. 만일 그 의사가 오지 않는 경우는 어떻게 되는 거요?"

맥을 짚고 있던 간호사가 처음으로 고개를 돌리며 물었다.

"왜요? 거치적거리나요?"

"……."

"훗! 말 안 해도 무슨 일인지 알겠네요. 한데 그것도 이왕이면 기다리는 게 어때요? 그는 이 영감의 죽음을 확인해 줄 의사예요. 셋째 허영웅의 고집을 들어준 이유도 그 때문이고요."

"…알고 있소."

"자칫 심하게 대하면 긁어 부스럼이 될 것 같은데. 무엇보다도 지금 건드려 봐야 가볍게 때려주는 게 다잖아요? 예쁜 아가씨를 데리고 살려면 일이 제대로 끝나야 하지 않겠어요?"

옳은 얘기였다.

3년을 버텼는데 고작 30일을 못 버틸까.

다만 불같은 열이 솟아나고 있어 경고는 한 번 더 해줄 생각이었다.

"…그럼 경고만 하기로 하겠소."

간호사는 어린애처럼 구는 전두기가 별로 마음에 들지 않았지만 마냥 참으라고 하다간 오히려 문제가 발생할 것 같았다.

"그것까진 뭐라 할 수 없겠네요. 반대하진 않겠지만 허 사장에게 말은 하세요."

"그럴 생각이오. 그럼 수고하시오."

방에서 나온 전두기는 허영기에게 말하기 위해 아래층으로 내려갔다.

* * *

일요일 근무는 오후에 야외 활동을 하다가 가볍게 다친 사람들로 반짝 바쁜 후 딱히 할 일이 없었다. 그래서 돌아가면서 숙직실로 가서 잠을 청했다.

"아함~ 잘 잤다. 환자들은?"

늘어지게 자고 온 노상철이 물었다.

“취객, 열상 환자가 다예요.”

“오케이. 한 선생은 들어가서 좀 쉬어.”

“조금만 있다가 올게요.”

오전에 7층 뇌전증 환자를 보느라 자리를 비웠는데 또 오랫동안 비우긴 미안했다.

레지던트와 인턴들이 있었기에 조용히 숙직실로 들어갔다. 그리고 막 침대에 누우려 할 때 진동으로 해둔 스마트폰이 울렸다.

‘어? 대우 형이 웬일이야?’

고시원 총무에서 공무원이 된 노대우 전화였다.

다른 사람들이 깰까 얼른 통화 버튼을 누른 후 숙직실에서 나왔다.

“어, 형. 웬일이에요?”

―…안 바쁘냐?

“논산에 내려와 있는데 한가해요.”

―논산엔 왜?

“여기 분원이 있거든요.”

―…그래? 그럼 안 되겠네.

목소리에 실망한 기색이 역력했다.

“무슨 일인데요.”

―네가 한강대학병원에 다닌다고 들어서 부탁 좀 하려고 했지. 사실 우리 어머니가 좀 아프시거든.

“여기 있어도 병원 소속인데요. 말씀하세요.”

―그러냐? 그럼 암센터에 병실 좀 알아봐 주면 안 되겠냐? 급

한데 병실이 언제 나올지 모르겠단다.

"바로 알아봐 드릴게요. 근데 어머니께서 혹시?"

—…응, 췌장암이래.

"아!"

췌장암은 일단 확인이 되는 시점에서 열에 여덟은 시한부 인생이다.

운이 좋아 수술을 해보자는 20퍼센트에 든다고 해도 열어보고 바로 닫는 경우가 많았다. 즉, 걸렸다 하면 낫는 사람이 드문 암이었다.

『주무르면 다 고침!』 7권에 계속…